文芸社セレクション

あの日のワイキキ

ジョージのつぶやき

広野 城治

KONO George

文芸社

まえがき

本書の前半は、マッサージ師の私が、日本経済のバブル絶頂期、昭和六十二年五月二十日から約五年間（一九八七〜一九九二年）、Ｈ－１ビザ（特殊技能者ビザ）資格で、米国ハワイ州ワイキキに滞在してマッサージ業に就いていた時期に経験した面白い話や事件・出来事を中心に、また米国滞在中に実行したドライブ旅行や、生活のなかでの失敗談など、他に得がたい、嬉し、恥ずかし、楽しいアメリカ生活体験を様々な角度から書いた自分史のようなものです。

私は、若い頃の夢（アメリカで一年くらい暮らしたい）を、とっくの昔に叶えました。その時期のエピソードからお読みください。それ以前の目標であった野球の夢は、到達せずに病に倒れましたが、精いっぱい努力し勉強して頑張れたことには満足しています（既刊『ビーストボール（野獣野球）』参照）。

二〇一九年のアメリカでの世論調査（約二千人）で、「民主社会主義で良い」と答えた人々が六七パーセントあったそうです。変われば変わるものです。昔は自由に命をかける

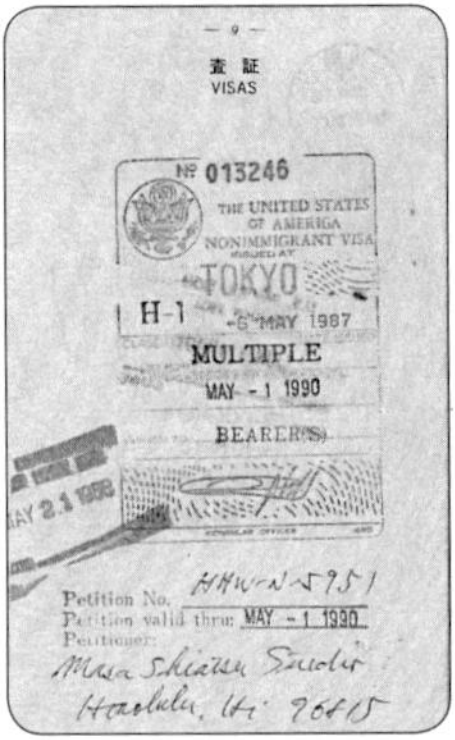

H－1ビザ

と答えた人々がたくさんいたように思いますが…。楽なほうに流れる人間性の劣化でしょうか？　未だに文化の違い（映像文化＝日本とライブ文化＝アメリカ）は歴然と私は理解していますが、少し驚きました。何やら地球上の多くの地域が混沌としてきました。アジアの先進国は、特に混沌がヒドイと思います。

二〇世紀後半、日本人はエコノミックアニマルと欧米から称されていた時期がありましたが、今はもっと下品な一億総マネーゲーマーです。道義を無視して品格を失ったのです。悲しい限りです。ザル法しか作らない行政府と、そのザル法と悪法を抱き合わせで通す立法府、浮世離れした司法。本当に残念です。悔しいです。三権分裂、または三権無用分立。

人類は間違いなく破滅に向かって歩を進め

ています。法律や規則は、人間を律し、人間社会の秩序を守る根幹でなければならず、そこに一部の人を忖度し、身内を庇う運用があってはなりません。地球を守る事と人類を守る事、おそらく同時進行であろうと私は思います。

今、パンデミック状況にある地球・人類ですが、アメリカと日本、今と昔、相互に入り乱れて、（自分史上においても）天国と地獄の表現が妥当と思っています。

本書の後半は、天国を経験したことがあり、地獄をたくさん見せられてきた私の、エンディングノートとなることを初めに書いておきます。すでに家族全員を亡くして血縁者は存在せず、たった一人の個体で、私は現在六十八歳で高齢・独居・障害者男性です。孤独な老人のたわ言と思わず、多くの日本人が本書を読んでくださることを希望します。

二〇二〇年　夏　コロナ禍において

あの日のワイキキ
ジョージのつぶやき／目次

シボレー・コルベット スティングレイ

カバー・本文写真／著者

東側、裏オアフのカイルアビーチ（朝焼け）

第一章　ワイキキにて

1　「ヘイッ、ジョージ、ジョージ！」

「ヘイッ、ジョージ！　今夜の景気はどうだ？　客を紹介しろ、こっちに回せ、そしたらお前にはタダでさせてやる」

まだ宵の口の午後八時頃でした。ひと仕事を終えて、私は、カラカウア大通りを歩いて移動中でしたが、八メートルほども離れているのに目が合ってしまったミス・ウエンディーが大声で話しかけてきました。日本人観光客も大勢歩いているのに、英語とはいえ恥ずかしくなりました。なぜなら、彼女はひと目でそれと分かる、その筋の制服姿で、今夜は超ミニの黒のワンピースだったし、顔もスタイルも目立って良く、上玉の美女だったから。その筋とは、一九九〇年代前半（このときは一九八七年）までワイキキ名物のようであった娼婦のことです。もちろん、ジョージとは私のことですが、H－1ビザ（特殊技能者のビザ）を取得して、主にワイキキ中を歩いて（時にはタクシーで、遠方にも出張で行ったが）ホテルやコンドミニアム（分譲マンション）へマッサージの出張仕事をしていた私たちと彼女たちとは、ワイキキの職場も時間帯も同じであったため、自然に顔馴染みになっていました。なかでもウエンディーとは、深夜の人通りが少なくなったカラカウアのハンバーガー店で雑談する程度の仲になっていました。

彼女は白人で、身長一七二センチくらいで顔も可愛く、愛敬のあるタイプの美人、特にスタイルは均整がとれていて抜群でした。制服の超ミニがよく似合っていました。出身はアメリカ本土で、確かオクラホマとかカンザスとか言っていました。性格が明るく気さくな西部のジャジャ馬風で、こんな制服仕事に就くような女性ではないように思えましたが、子供が四人いるらしく、ビーパー（ポケットベル）を持って頑張っていました。普通、アメリカで娼婦といえば、芸能人や政治家など有名人を相手にする超高級コールガール（電話で呼び出されるので、こう言われているらしい？）と普通のコールガール、そして街角に立つ、通称「立ちんぼ」と呼ばれる街娼と、さらにそれ専用の施設で客を待つ（ネバダ州などで）女性たちの四種類に大別されます。ちなみに、立ちんぼは、当時のネバダ州でも違法で、厳しく規制されていたし、現在のワイキキでは、もうほとんど見当たらないようです。

ウエンディーは、コールと立ちの両方で客をキャッチしていたようですし、さらに、顔見知りになった私たちにも、冒頭のセリフのように営業をしていました。もちろん、雑談のなかで私の仕事を話してからあとのことですが……。ウエンディーを見ていて、とても美人なのに、なぜ、こんな仕事に？　と感じながら、本当にアメリカは大きくて、懐が深く、明るく大らかで、自由な国だな、と思いました。と同時に、仕事に慣れた時期、この一九八七年の秋頃からワイキキ生活が楽しくなってきました。

この時期（一九八〇年代後半＝バブル経済絶頂期）のワイキキでは、日本からの数日間の観光で、カラカウア大通りやクヒオ通りを血眼で女漁りをしているオジサンたちが、旅の恥はかきすてとばかりに結構目立っていました。しかし、彼らの目には留まらないだろうけれど、立ちんぼたちの一部には、しっかりボディーガードが付いています。それがポールです。

確か一九九一年のある冬の夜、ポールの行動に私が気づいて英語で話しかけると（少し怖かったが……ヤクザ者かもしれないと思ったから）、なぜ、こいつ分かったのかな？と、不思議な顔をされ、逆に「女、欲しいのか？」と、流暢な日本語で聞き返されて、今度は私のほうが驚きました。私には、彼は三十代前半の白人に見えたのですが、なんと若いときに岩国基地に九年も勤務していた元日系米兵で、ハーフだとのことでした。

彼はカラカウア大通りの真ん中辺り、ハイアットリージェンシー・ホテルの北側入り口の歩道の広いスペース（向かいがプリンセスカイウラニ・ホテル）にたむろする女の子たちから一五メートルくらいの距離で、付かず離れず様子を見ています。何かトラブルがあったら、その場を収め、女の子たちを遠ざける役目だ、とポールは言っていました。きっとオトリ捜査への警戒も兼ねているのでしょう。一九八九年の秋に法改正があり、買うほうも罪に問われるようになり、逆に売る側も気をつけるようになってポールが出現したと思われます。

この頃は、もうウエンディーは見かけなくなっていましたが、一九八九年の秋から冬にかけて、特に色白で目がクリッとしたイタリア系（もしかしたら、今となっては確かめようもないがアイルランド系かも？）美人の白人女性がワイキキに出没するようになりました。名前はとうとう聞きませんでしたが、この彼女は日本語がペラペラで、大阪で日本人男性と結婚していた経験があったらしく、アメリカには「イタリア系に娼婦なし」という言い伝えがありますが（家族で移民して来るかららしい）、当時は、彼女もあまりハデな格好はせずに、めったに自分では仕事を取らず、どうやら前出のポールのような見張りと女の子たちのまとめ役だったようです。やはり、法改正のせいでしょうか？　彼女たちの仕事のなかでも客の取り合いなど、いろいろな問題が増えているからと言っていましたが、その割には皆明るく、カラカウアを闊歩しながら客を引いていて、ヒマだと、ハイアットリージェンシー・ホテルの植え込みのへりに腰かけて、ハンバーガーをパクついたりダべったりしていました。この頃のアメリカは不況の真っただ中だったのですが、本当に明るく楽しい国でした。今はもう、ワイキキに彼女たちの姿は見られないようです。

もう少し、当時のワイキキの夜の話を続けます。

一九八九年夏のある日、夕方の六時少し前でした。きれいな夕日が差し込む薄暮れ時の「マサ」（私の働くマサ指圧院の略）のオフィスがあるワイキキ最古のモアナ・ホテルでの出来事でした。ホテルの三階から仕事が入り、そのルームへ行くため、私がエレベーターを三階で降りた直前の廊下でした。目の前に三人のポリスマンと一人の女性がいました。

女性は赤の超ミニのワンピースで、どこから見ても例の職業のユニフォーム。真っ白な下着がやけにまぶしく私の目に飛び込んできました。パンツ丸出しで廊下に寝ころび、幼子がダダをこねるように泣き叫んで、手を取って立たせようとするポリスマンたちを恐れて腕を縮めています。ポリスたちは三人とも男だったので、手荒なこと（体に触れるなど）はできずに女性ポリスの到着を待っている状況のときに、私は出くわしてしまったようです。ポリスの一人が私に向かって、早く立ち去れと合図しました。

アメリカでは、捕物現場ではなく交通事故の時などでも、部外者はすばやく立ち去らないとえらい剣幕でポリスに注意されます。ロサンゼルスでも、時々ボディーチェック（映画の中などでよく見る、壁に手をつかせ手足を広げさせて行う所持品検査）の現場に通りかかりましたが、このようなときも、すばやく通り過ぎないと、ポリスたちに仲間が助けに来たと勘違いされて、ヘタをすると命がけの事件になる可能性があります。日本のように高みの見物やヤジ馬は許されません。私も、この時はすばやく現場を離れ、目指す客室に入り、日本人の中年男性をマッサージし始めたのですが、このお客さんの話を聞いてみると、なんと、先ほど床の上で大の字になっていた娼婦の犠牲になったのが、このお客さんと同じグループのオジサン二人だったらしいのです。

つまり、日本人男性観光客の二人がホテルの自分たちの部屋に娼婦を呼び入れて、良い事をしようと思ったらしいのですが、逆に合計五十万円ほどを彼女（たち？）にかすめ盗られたらしいのです。普通、彼女たちは、事の前に、「シャワーを浴びて」と言って男たちを裸でシャワー室へ入れ、その間にすばやく現金や金目の物を奪って逃走します。この時は、たまたま彼女が逃げ遅れたか、ワイキキポリスステーションがこのホテルの隣だったので、警官が予想外に早く到着したか？　で、廊下でバッタリの、ほぼ現行犯に近いかたちで、先ほどの捕り物騒ぎになったようでした。

ワイキキの大きなホテルでは、通常、セキュリティーが、この手の女性たちの侵入を未然に防いでいるのですが、当時は、所詮いたちごっこで、彼女たちはカモが待っていればなんとしてでも入ってきます。

私は別の夜に、ハワイアンリージェント・ホテル（ツインタワー）の中庭でベンチに腰かけて休憩を取っていたとき、白いポロシャツに白い短パン、黒ビーチサンダルの日本人中年男性が、例の黒い超ミニのワンピースの制服姿の白人女性を連れて、ホテルの自室へ上がるエレベーターの手前、まだ一五メートルほどもある場所、つまり私からは五メートルほどの所で、ブルーの制服のセキュリティーに制止されている場面を見ました。その中年のスケベ日本人は、自分が被害に遭うかもしれないのに「フレンド、フレンド」とセキュリティーに言い訳していて、側で見ていた私は、「お前たちは絶対、友達同士には見えない！」と、つぶやきながら次の仕事に向かいました。このように、恥知らずな日本人のオジサンたちを、彼女たちはカモにしています。慣れないアメリカ（ハワイ）での女遊びは絶対にやめたほうがよいでしょう。

（この項の最後に、私の恥ずかしいワイキキの夜の話を書きます）

一九八九年夏から一九九〇年にかけての半年くらいだったと記憶していますが、この頃、少し色黒で小柄な東洋人の女性がカラカウアを行き来し始めました。この彼女は制服とは違い、地味で目立たない黒っぽい服を着ていることが多かったのですが、何しろ立ちんぼたちは、白人にしても黒人にしても、皆身長一七〇センチ前後あるので、一五〇センチ台の東洋人らしい小柄な彼女の行動はかえって私の目に留まりました。日本人かな？留学生崩れかな？　あるいは元在日か？　と思いながら、ずっと仕事の合間、つまり歩いて、ホテルやコンドミニアム間を移動する途中に遠目で様子を見ていると、自分から声をかけているのは白人か、日本人以外の男性に対してだけのようでした。やはり彼女は日本人か？　と思いながら、まさか英語の勉強のつもりではないだろうな？　とも感じました。小柄な東洋人、もしくは日本人が、カラカウアで堂々と商売に立つのは非常に珍しく、そんなことをしなくても普通、日本女性はアメリカ人男性にもてます。ステディはすぐ見つけられるので、もちろん、私の滞在中、あとにも先にもこの子だけでした。

一九九〇年二月、職場に女友達が少なくなり、少し寂しかったある仕事帰りの深夜、もう人通りがほとんどなくなったカラカウアの外れ、ハワイアンリージェントの前辺りで、すれ違いざまに目が合ったので、どちらかともなく声をかけ合ってしまったら、案の定、日本語ペラペラ、自然な標準語で言葉が返ってきました。しかし、こちらは半年前から気がついてウォッチしていたのに、彼女は全然気がついていなかったようで、あまり頭は良さそうではありません。ウエンディーなどは、路上でのすれ違いの三回目くらいで、もうローカル（地元民）と気がついて話しかけてきたのに……。初めてすれ違う状況になって顔をよく見たら、少し可愛かったので、話したくなり声をかけてしまったのですが、失敗でした。その夜はヒマだったのか、何しろ商売熱心で、直接的な交渉話しかせず、本当に頭が悪そうでした。ガッカリしました。これなら英語でも、ウエンディーのような女の子たちのほうがよほどまし、と思いながら、今度はどうやってこの子から離れようかと思い始め、仕方なく、レモン通り（当時、彼女たちの住まいが多かった）に入る直前で、「すまん、他の約束を思い出した。また今度ね、オヤスミ」と一気に言って、二〇ドル渡し、逃げるようにして彼女から離れました。結局、二〇ドル、やらずぼったくられたのです（女の子チェンジやキャンセル時のマナーで、自分から差し出したようなものだが……）。東洋人の女の子は暗くていけない。自分が悪いんだから、もっと明るく上手に稼げ！　アホッ！　いや、オレがアホか？

2　海外転居

一九八七年五月二十日、三十五歳の誕生日までちょうどあと一カ月の私は、家族や友人らに見送られて、成田空港からコリアンエアの機上の人となり、ホノルルへ向かいました。機内の席上で、私は自分の行く末が不安で、あれこれと思いをめぐらせていました。「仕事さえ一人前にこなせれば、とりあえず三年間は合法的にハワイで生活できるわけだ」とか、「しかし、よりによって住みたいと思ったことがない、狭く小さなオアフ島で働くことになるとは……。あんな所はミーハーや田舎者が行く所だろうに……」などと考えていたのです。ただ前年、一九八六年十一月に、縁あって一度遊びに行っていたので、少しだけハワイの様子や環境は知っていました。そして、私は生まれつきの強度の近視と強度のアレルギー体質で、幼い頃から皮膚疾患や鼻炎や喘息に悩まされていました。だから、「まあ暖かい所で体に良いかもしれないから、よしとするか？」とも思いました。本当は、やはり暖かく、一度行ったことのある、西海岸のロサンゼルス辺りで一年くらい生活するのが夢だったのですが、まあ、これも縁とタイミングだから、とにかく心機一転、頑張ってみようと思いつつ、うとうとと少しばかり寝たあと、飛行機は定刻にホノルル空港に着きました。

「アメリカで一年くらい暮らしてみたい」というのは、初めてアメリカへ行った一九七八年以来の私の夢でした。アメリカで生活するためには、何か手に職をつけるか、技術を身につけることが必要だと考えた私は、そのために様々な経験と努力を積み重ね、「H－1ビザ」の取得を経て、やっと合法的にアメリカ（ただしハワイ）に滞在し、働くことのできるチャンスを得たのでした。昔も今も、アメリカに憧れて、何らかの事情から日本を捨てて海を渡る人たちは、ビザのことなど二の次で、とにかく入国してから職を得ようとする人がほとんどでしょうが、当時の私は、元地方公務員、そして、病院・医院職員としての「武士の商法」的な変なプライド（今は、そのかけらもありません）を持っていて、不法労働・不法滞在だけはしたくなかったのです。

到着した、その日のホノルルは快晴でした。空港の外に出ると、私はすぐにタクシーに乗り、これから働くことになるマサ指圧院（以下「マサ」と略す）のオフィスがあるワイキキのモアナ・ホテルへと向かいました。

ここで、私が渡米するにあたって取得したH－1ビザの取得方法・システムなどについて少し書いてみようと思います。

H－1ビザとは、日本の専門書などで、「特殊技能者・特殊職業就労者・専門職ビザ」などと訳されているように、アメリカで専門職に就いて働くためのビザで、以前は広い範囲の職業に適用されていて、私が滞在していた一九八八年十二月の法改正までは、年収制限もありませんでした。当時の米国移民局の内規の判断基準では、H－1ビザを取得するためには、すでにプロとしての実績（例えば、ミュージシャンならレコード売り上げ、野球選手なら成績など）がある者以外は、大学の専門分野で勉強した経験四年、あるいは、高校卒業後の実務経験十年が必要とされていました。つまり、大学の卒業証書と高卒からの実績十年とが、イコールだったということです。私の場合、専門学校で勉強した経験三年と、申請時に医療機関に勤務していた実務経験約三年半が加味されて、このビザの取得が可能になったのでした。アメリカで職に就くには、どの道でもプロとして専門家にならなければ、と思った私の考え方は正しかったのです。しかし、現在は移民法も細分化されていて、一般的な職業でのこのビザの取得は非常に困難になっているようです（一九八八年の改正では年収が七万五〇〇〇ドル以上となっています。つまり、野球選手でもマイナー契約ではH－1ビザは取得できません)。今、アメリカで活躍している日本人メジャーリーガー達は、細分化されたあとの「OかP」のビザ資格で渡米しているはずです。

H－1ビザを取得するためには、前述のように自身の経験・実績を積むことが基本ですが、さらに、アメリカ国内での受け入れ先＝雇用主を見つけなければ、事は始まりません。当然、特殊な技能職に限ります。アメリカ人の誰もができる仕事に、日本人が就くことはありえないのです。次に、日本人がなかなか馴染めない部分ですが、契約を交わさなければいけません。契約が成立したら↓このことにアメリカで働きたい若い方々は注意してほしいのですが、雇われた本人ではなく、雇用主がビザ取得の申請をします。私の場合、申請者(ペティショナー)は「マサ」というわけです。申請者が契約書はもちろん、被雇用者の能力・経験・実績を証明する書類を添えて、その地域の移民局へ提出します(現在は、提出先もサービスセンターなどに変わっているはずです)。移民局での審査後、許可されると、東京のアメリカ大使館に連絡が行き、大使館から本人にハガキで通知され、最後にやっと本人が大使館に申請して、書き間違いがなければ、めでたくH－1ビザが発行され、パスポートにスタンプされるのです。

さて、ハワイに行くことを決めて、ビザ申請に必要な書類を集めてハワイに送付するまで、一九八七年の三月中に全て終了して、あとはダマされたつもりで、大使館からのハガキを待っていましたが、もちろん、マサ先生は、私が心配しないように、二度三度、手紙

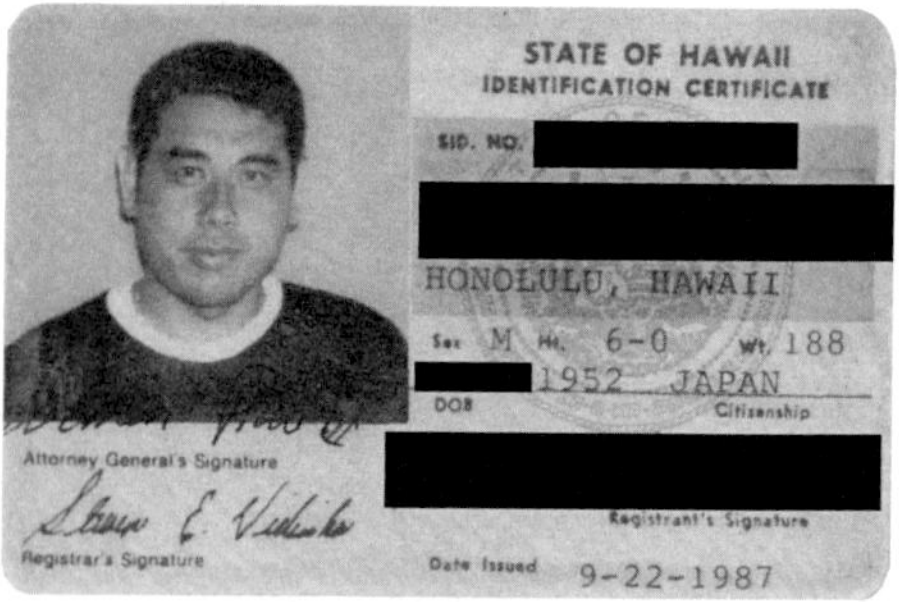

個人識別カード

や電話で連絡をくれました。約一カ月、四月の末頃に東京のアメリカ大使館からハガキが届き、H－1ビザの下りたことが確実になりました。その後、もう一人の早くハワイに行きたい女性マッサージ師のために、五月一日に大使館に出向き、一度、申請に失敗した彼女のために申請書の書き方を教えながら、私自身も同時に申請して無事発給されてパスポートにスタンプが付きました。しかし、当時、働いていた医院は労基法に則り、最短の五月十五日付退職とし、マサには残務整理があるとウソを言って、渡米は五月二十日と決めました。確かに、アパートを解約したり、車を処分したり、余計な荷物をフリーマーケットに出したりと、準備はそれなりに大変でした。市役所に出向き、海外転居の手続きも正規に済ませました。細かな状況は後述するとして、話をホノルルに戻しましょう。

　空港から乗ったタクシーがモアナ・ホテルの玄関に着いて、私がタクシーのトランクから自分の大きなスーツケースを下ろしている最中に、通りがかったムームーを着た日本人らしき女性が「あらっ、広野（こうの）さん」と独り言のように声を出されて、私は一応会釈をしましたが、その方とは一面識もなく、誰やら分かりませんでした。実は、この女性こそ「マサ」の受付のベテランH・Iさんでした。履歴書の写真でしか私を見ていないはずなのに、ずいぶんセクレタリーとして優秀な方だなと、その夜改めてオフィスで紹介されたときに感じました。

　実際、H・Iさんのセクレタリー能力には、その後の仕事上で大変助けられました。例えば、我々「マサ」のマッサージ師たちは、ワイキキ中を歩いて、また時にはタクシーで移動しながら、ホテルやコンドミニアム、一般の住宅・別荘へと出張してマッサージの仕事をしていたわけですが、何しろ客商売、約束の時間に訪ねても、まだお客さんは外出から戻っておらず留守だったり、予約時に告げていなくても、本当は女性、または男性マッサージ師が希望だったり、もっと悪いときは売春と勘違いしていたりなど、トラブルは日常茶飯事でした。そんな時に、H・Iさんの電話応対やマッサージ師の振り分けなどの管理能力に助けられたので、私は彼女の事務能力を尊敬しました。他のマッサージ師たちからは、良くないウワサ話や不評も聞きましたが、私は、自分で見て聞いて感じたことしか頭の中にインプットしないので偏見がなかったせいか、彼女も、私には好意的に接してくれていたように思います。

　さて「マサ」のオフィスに入ってみると、マサ先生と、もう一人、日勤の受付嬢、二十四歳の日系人Kさんが待っていて、挨拶したあと、すぐにKさんが私を今夜からの寝床であるアパートへ案内してくれました。案内された室内に入って、まず感じたことは、広いけれど少し汚いということでした。日本でいうワンルームマンション（この和製英語の意味がかなりおかしいのは、今さらここでは説明しません）でしたが、ハワイではステュディオ（スタジオ）と呼んでいて、日本のそれと比べたら、やや広めではありますが、靴のまま入室する習慣上、床の絨毯（じゅうたん）が安物かニードルパンチカーペットなので汚いのです。日本人は皆よく入居時に掃除してから、入り口で靴を脱ぎ、畳のように素足で暮らしていました。内装も、角部屋などに入居すると、コンクリートブロックにペンキを塗ったままだったりして、また、ワイキキは法律上新築が難しいので、窓枠も古いままだったり造りが簡素です。あとで分かったことですが、アメリカ本土へ行くと、ハワイのようなステュディオはほとんど見つかりません。本土では、独り者でもツーベッドルームなどをシェアするのが普通です。土地柄・気候柄だと思いますが、このステュディオは、一人で滞在する場合や、我々のように仕事のための単なる寝床にする時には、むしろ便利です。トイレと洗面とシャワーが一室になっている造りがほとんどで、ここに一人くらい寝られるなーと、当初は広さに感心しました。しかしその後、ロサンゼルスなどで、もっと広いアパートの一室に入居したりすると、ハワイの狭さ、島国であることが思い出されました。

いったん部屋に荷物を置いたあと、私はオフィスに戻り、マサから仕事や生活上のことで簡単な説明を受けました。この時、私の仕事上の名前が「ジョージでよいか？」というマサ先生の簡単な一言で、ジョージに決まりました。マサさんが私のラッキーネームの名付け親です。そして、出張先（仕事）になるワイキキ中のホテル、コンドミニアムの場所を早く覚えるために、少し外を歩いておいてくれと言われ、さっそく地図を買ってブラブラ歩きながらのワイキキ生活が始まりました。

　ひと月ほど経って、生活面での問題は何もなく、健康も良好で、土地勘もすぐにつき、ホテル間の移動などはマサが驚くほどのスムーズさでできるようになりましたが、しかし、全て（万事）順調とはいかず、私は肝心の仕事の中身である、按摩や指圧に馴染めずにいました。公務員、ノンプロ野球の投手、病院・医院での理学療法室主任などの、それまでの仕事や経験から得たプライドがじゃまをして、生活は楽しくても仕事中は暗くなってしまいました。医療機関でのマッサージと違い、按摩・指圧では、お客さんの体が皆やたらに硬く、時には丸太を押しているような錯覚にも陥ります。今まで健康に問題がありながらも頑張ってここまで生きてきたのに、とうとうこんな最低の仕事に就いてしまった、という悲しい気持ちから、何ともやる気が出ませんでした。当然お客さんからの苦情も多く出て、着任して一カ月と二週間後の六月二十八日、ついにマサから呼び出しがあり、「このままでは日本に帰ってもらうことになる。君は遊びに来たのかね？」ときつい二言三言をいただき、努力するように命じられて、一週間の再訓練を受けることになってしまいました。たしかにこの約一カ月間、週に一度の休みの日にはレンタカーでオアフ島をドライブして遊び回っていたので、マサの「君は遊びに来たのかね？」の指摘はまさに図星で仕方がありませんが、ビザ（パスポート）の滞在期限は三年もあるのに、まさか仕事がヘタクソという理由で一カ月あまりで帰国するわけにはいきません。真剣に一週間の再訓練を頑張り、幸い再訓練後のテストはH・Iさんが私のマッサージを受けてくださって満点の評価をしていただき、無事パスしてからは心を入れ替えて働きました。

夏休みに向かってだんだんと仕事が増えると同時に指名も少しずつつくようになり、その後の勤務は事なきを得ました。そして、夏休み期間中の忙しさとともに、九月には技術的にも一人前になり、前述の捨てきれずにいたプライドは、もうキレイさっぱりなくなっていたのです。

ハワイ生活が始まってから約三カ月半、一応、私の海外転居の初期段階は成功したと言ってよいでしょう。失敗する人たちは、だいたいこの期間中にひと山ふた山があるはずです。そして、この時期、自分自身で気づいて驚いたことが三つあります。その一、この仕事は天職かもしれない。その二、英語は無理だ、身に付かない。その三、アメリカでのドライブ能力（地図を見ながら自由にアメリカの大地を走り回れる土地勘・運転技術・方向感覚）が、自分にはある。

以上、三点が、自分自身の新しい発見でした。その一については、ここまで書いた中身から理解していただけるでしょう？　その二については、専門知識もなく、結局、私には学問としても道具としても英語力は身に付かない、馴染めないと、ただ単に感じただけなので、説明はできません。その三については、先天的な能力なのでしょうが、ハワイで休日ドライブを楽しんでいるうちに改めて気がついたということです。

地方公務員の職を病気のために自ら辞して、好きだったノンプロ野球もやめてから、実に九年目。その間、二〜三度、公務員の職に復帰した夢を見たことがありますが、ハワイに来てから以降、現在まで、その夢を見たことは一度もありません。そう、一九八七年の夏を最後に、私は完全に役人体質からふっ切れたのでした。

やはり、「アメリカを経験すると、人生観は変わる」という言葉は、実感している方々が大勢いるように、私にとってもそれは真実でした。

当初は情けなくて、嫌で嫌で仕方のなかった下働きの按摩人生でしたが、気持ちがふっ切れて、慣れると居心地がよくなってきて、ハワイでの毎日の生活がとても楽しくなってきました。そして、この商売のプラスの面がよく見えてきました。

考えてみれば、三十五歳にして初めて自由業、現金商売、個人事業主になったわけです。しかも当時はバブル経済の真っ最中で、ハワイブームでもあり、お客さんが多く、安定して仕事があり、忙しくしていました。人間、懐が豊かだと態度も優しく、気前もよくなるものです。お客さんに気に入られると、指名にチップや高級レストランへの食事の誘いなども増えて、結構、それなりの扱いをしてくれます。閉塞し、荒んだ不景気（この言葉、私は使いたくないが）の現代日本の社会状況下におけるよりも、当時の私たちの地位は、ずいぶん社会的、職業的に認められていました。今は、私たちが築いた土台の上に、金儲けの上手な人たちが、企業化したり、無免許者を多数使用したり、チェーン店化したり、また、柔道整復師たちが参入してきたりで、無法職域になってしまいました。この話は別の機会に述べるとして、とにかく仕事に完全に馴染んだと同時に、何より、体を使って労働する、汗を流すことが、人間の体には本当に大切なことだと痛感しました。

アメリカ滞在中の四年十カ月は、空気がきれいなせいだと思いますが（日本はディーゼル車両が多すぎて空気が汚いのだと私は確信しています）、喘息にも鼻炎にもなりませんでした。そして、仕事も楽しめて、ドライブ旅行や大リーグ観戦、ライブハウスめぐりなど、自分の好きなことで様々な体験ができ、健康がとても良好だったので、我が半生のなかで最高に楽しい期間でした。

さて、なんとか仕事で食べていける自信らしきものがついてきた一九八七年十月、大切な出会いがありました。ロスから〝コージ〟ジジイが「マサ」に転職してきたのです。

彼は私より十歳年上の兄貴分。すでにアメリカ永住権を取得していて、それまで七年間ロサンゼルスで生活し、さらに、この一年をラスベガスでのマッサージ免許収得やサンディエゴで開業した彼の友人の手伝いなどに尽力してきて、とうとう日本のバブル経済絶頂時のこの時に、ハワイの様子を知りたくてやってきたわけです。彼もやはり、日本での病院勤務の経験があり、アメリカ各地のマッサージの免許制度の研究や世界の歴史など、何でも勉強好きの「学者バカ」と言ってもよいくらい知識欲の旺盛な方でした。物知りなので大変慕われていて友人も多く、アメリカ生活の大長老であり、アメリカで暮らし始めた私の専属生き字引ともいえる人です。

このコージさんとアパートをシェアしたり一緒に仕事・生活して、様々な知識や知恵を彼から吸収できたことは、本当にラッキーでした。アメリカでの生活の知恵・習慣・常識・心得などを教わった、アメリカ生活の大恩人です。このあと、度々登場します。

一九八七年十二月からは、もう一人友人ができました。

クニは、私より六歳ほど年下ですが、性格はまるで私と違うのに、なぜかウマが合って、知り合った当初から一緒にハワイをドライブしたり、アメリカ本土に旅行にも行ったりしています。コージ、クニ、私の三人は、よくハワイではつるんで行動していました。クニもロサンゼルスで一年生活した経験がありますが、車社会に馴染めずハワイに転職してきました。クニには借金したこともあり、本当にいろいろ世話になっています。やはり、このあと本文中に度々登場しますが、指圧手技が得意なクニは現在、埼玉県で「おさだ治療院」を開業・経営しています。そして、どなたか、コージの現在の行方をご存じの方はお知らせください。たぶんハワイで生活していると思いますが……。

さて、一九八七年十月十九日の「ブラックマンデー」以降、アメリカは不景気、リセッションの真っただ中に叩き込まれました。しかし、ワイキキの「マサ」は、一九八七年の年末から八八年の年始にかけて、日本のバブル経済の恩恵を受けて絶好調。八八年の元日の一日の仕事量、客数は、マッサージ師十四人で「マサ」始まって以来の九十四人と、最高人数を記録しました。以後、この数字を超えたことは一度もありません。

私も二週間働きづめで、四〇〇ドルのボーナスも手にして、チップを含めてひと月の収入としては生まれて初めて四〇〇〇ドルを稼ぎました（当時の一ドル＝約百四十五円）。

この初体験が、その後、忙しい時期にハワイで集中して働いて稼ぎ、ハワイがヒマな時期はアメリカ本土をドライブ旅行したり、アナハイムでアルバイトするというパターンにはまるキッカケになりました。

そして、長い夏、短い秋、寒くはない冬のハワイを経験して、いろいろな自然や周囲の環境が分かってきました。何しろオアフ島は東京の山手線内の広さくらいしかなく、なおかつ真ん中は山なのですから、一九八八年の二月頃には、もう出歩き尽くして、行く所がないくらい飽きてきました。

ここからは、日本人にあまり知られていないオアフ島のことを少し書いてみようと思います。

オアフ島にコンドミニアムなり別荘を持っている日本人は大勢いらっしゃいますが、仕事などでの長期滞在者は別にして、日本からバカンスでオアフ島に来る方々のなかで、特に男性は、何度か来布すると飽きてきます。家事から解放される奥方たちは別にして、純粋に何もしないでのんびりオアフ島にいられるのは、一九九〇年代の私は一週間が限度でした。今は、十三年以上（最後にハワイに行ったのは一九九三年十二月）訪れていないので一カ月くらいはいられるかもしれません。狭いので、遊び場所が限られてくるからです。私は、ドライブ旅行やライブハウスめぐりが好きですから、アメリカ本土のほうが好みに合うのです。毎日ゴルフをしても飽きないゴルフ狂、毎日泳ぐかサーフィン、またはサイクリング、ジョギングで飽きないスポーツ狂、そして、ビーチで女の子をナンパして飽きない女好きは、ぜひハワイに住んでください。嫌というほど楽しめます。ハワイはやはり文化より自然です。青い海、白いビーチに女の子、です。

日本人が持っているハワイの間違ったイメージを、もう少し述べたいと思います。

これは、日本人によくある誤解ですが、オアフ島にプライベートビーチはありません。ビーチは全て州政府の管理で、環境が保護されています。また、よくハワイに行った日本人旅行者が、日本に帰ってから、「乾燥しているから夏でも木陰に入ると涼しい」と言っているのを耳にしますが、これは大きな勘違い。ハワイ諸島は、太平洋のど真ん中の小島の集まりで、亜熱帯気候です。湿気がないわけがありません。アメリカ本土など大陸と比べたら、ものすごい多湿で、本土に住むアメリカ人の一部の人々のなかでは「ホノルル空港に降り立つと、リウマチなどの病気が悪化する」と言われているほど高温多湿で、夏の東京と同じくらいです。ただ、東京と違うのは、ハワイには年中、貿易風が吹いているので、木陰に入ると涼しいのです。また、ハワイの貿易風は、冬の数日は別にして、通常、東北東から吹いています。この風が、オアフ島の東、裏オアフに毎日のようにシャワー（スコール）を浴びせ、山を挟んだ西側のワイキキを良い天気にします。日本は西から天気が変わるので勘違いしやすいのですが、冬のハワイでときどき西南西から風（コナウインド）が吹くと蒸し暑くなり、たまに嵐になることもあります。関連して、ハワイは一年中晴れているというイメージもありますが、これも少し違います。だいたい十二月初旬から二月中旬までは雨期で、この期間は雨が多く、時にはハリケーンが来たりもするし、風が強い日も多いのです。

私がハワイ生活を始めて最初の冬、一九八七年十二月初旬のホノルルマラソンの日は、嵐のようであったし、それがいったん治まった直後に、再び、確か十二月二十日から翌八八年の一月五日までの二週間、雨や曇りで太陽が見えなかったはずです。正月に普段の倍の料金を払ってハワイに来た日本人観光客たちが、旅行会社に苦情を言ったり、ヤクザ者が天候が不満で旅行会社の係員を殴ったという事件があったとも聞いています。

しかし、ハワイは年間を通じて高温多湿であることに変わりなく、冬の寒い日の朝方でも、気温は十七度くらいまでしか下がらないので、スモッグを吹き飛ばす貿易風のおかげで、花粉症などを含めて、空気の汚れと寒さが加わると喘息を起こす私のような人間には、このハワイの温暖さとクリーンなエアーは最高の気候環境と言えるでしょう。

日本人の歴史的、伝統的悪習である情報収集能力不足と集団に迎合する姿勢は、いかんともしがたいものがありますが、このハワイの雨期である正月に、普段の倍の料金を払ってやってくる日本人旅行者の行動は、私には未だに理解できません。

ハワイを楽しむなら、天気がよくなってきて、果物がおいしくなり、誰もが明るい気分になれる春から夏がベスト。そして、私は、周囲の色あい（夕陽の色など）が淡くなり、ワイキキが一番静かな秋が好きです。冬は日本よりは当然暖かいのですが、前述のように雨期であり、北米大陸からの避寒観光客も増えて騒々しくなり、果物もおいしくないので、私はあまり好きではありません。

3　常識の外――バブリーな人々

ここからは、私がワイキキで経験したお客さんたちの話を紹介します。当時の「マサ」では、日本人のお客さんは本当にバブリーで、体の硬い方たちが多かったのです。

自分たちのことを中流の上であると意識して、バブル経済の金余り現象のなかで、まだ税法上で交際費の扱いがゆるかったので、夜な夜な仕事だか遊びだか分からないような接待や付き合いのため、酒場で酒漬け、年中寝不足、夜ふかし得意な私たちのお客さまの方々は、皆、一様に体が硬かったのです。したがって、ハワイ在住者にしても、来布者にしても、日本人は、いわゆる「強揉み」「強押し」でなければ満足できないので、女性マッサージ師では歯が立たず、どうしても私たち強揉み、強押しのできる男性マッサージ師の出番になります。

バブル時代のワイキキでのマッサージ仕事は、そういった体の硬い著名人、財界人、芸能人やスポーツ選手らが多く、私も有名人から指名をいただいたりして、プライドをくすぐられる思いもしました。ただ、この仕事は、男性マッサージ師がどんなに頑張っても、一つのグループ、一軒のお店での客数ベスト3は絶対的に女性マッサージ師が占めてしまい、男性は、男性のナンバー1でもその店の四～五番目になってしまうというのが普通です。そのくらい、マッサージ稼業は本来女性の仕事なのです。それは、マッサージ師は動きやすいように薄着で、指や手のひらでお客さんの体に触れ、お客さんは受けやすいように、お互いやはり薄着で接するので、女性客は女性マッサージ師を、男性客も女性マッサージ師を希望するからです。

しかし、主に日本人相手の「マサ」において私は貴重な戦力で、一時期はベスト3に入っていたし、ローカルのアメリカ人や日系人なども無難にこなせて、しかもオイルを使ってのマッサージ手技もできていたので、チップの額はマサ先生が驚くくらいあり、着任後まもなく男性ナンバー1になりました。そして、「元ノンプロ野球のジョージ」「旅行好きのジョージ」と言われて、日本人の体の硬い男性客から結構指名をいただきました。

ここでは、そんなお客さんたちの話をいくつか紹介します。

まずは、あの今は亡きK・S太郎さん。そう、例のパンツ騒ぎの一年か一年半くらい前のことです。Kさんは、いつも本名でオフィスに予約が入るのですが、初めて私が彼の待つコンドミニアムに出張したときの話です。入室するとまず、奥さんが出てきて料金を先に支払ってくれました。奥さんは後ろ髪を束ねながら、私から見て右手の奥の部屋へ戻っていきました。正面の部屋でKさんは大の字になって寝ていました。入室して近づくと、いきなり彼いわく「今日、着いたばかりなんだ、オレを寝かしつけろ」と。たしか夜八時頃でした、割と早い時間だったと思います。日本からのフライトで時差があり、ああ、これはすぐに眠るな、と高をくくったのが間違いでした。

「あっち向け、こっち向けと言うのはダメだ！　このままでやってくれ」とK氏。つまり、仰向けの大の字のままで揉めと言うのです。私は内心、エーッ、いったいどこを揉めばいいんだい？と思いましたが、料金はすでにいただいているので、早く寝かしつけて適当に退散しようと逆に、よし！　腕の見せどころだと考え直して始めてみましたが、何しろ仰向けの大の字では揉む所が少なく、それでも足を中心にマッサージして二十分くらい経った頃、寝息が安定してきたので、ずらかろうと思いきや、ブーンと何やら嫌な羽音。そうです、大昔にワイキキはコイツらに散々困って、様々な処置で撃退してから、今ではワイキキエリアではめったに会えない「蚊」が飛んできたのです。そういえば、このコンドミニアムはワイキキの一番はずれ、カピオラニ公園側で、裏は道路を挟んでアラワイ運河の端っこです。こう書けば知る人ぞ知る有名な日本の工務店のコンドミニアムですが、緑が多くよどんだ水場の近くだったのです。だから蚊がいたのでしょう。彼は蚊に食われた所をボリボリと掻き始めて、目が覚めてしまった様子です。仕方ない、私はまた最初から丁寧に足を中心にマッサージをやり直しました。こんな状況が二度三度と続くうちに、結局一時間になってしまい、早く寝かしつけて短い時間で退出しようとした私のもくろみは蚊のせいで実行できなかったのです。Kさんに限らず、一般人の中にも時々いますが、姿勢を変えるのを嫌った子守的マッサージを好む方々は、本来の医学的マッサージの意義からはほど遠いので、私は嫌いです。

「Kさん、ハワイだからといって窓を開け放して寝るなよ」とつぶやきながらオフィスに戻り、「どうだった」と聞くマサ先生に「二度と彼の所へは出張しません」と言いました。

それからは、例のパンツ騒ぎの最中も、若いマッサージ師が順番で行っていたようですが、ある日、私が行ったコンドミニアムとは別の、ダウンタウンに近いコンドミニアムに若いマッサージ師が出張したとき、Kさんを中心に車座のように仲間たち数人が集まっていたようですが、彼はソファーに座ったまま、「このままで揉め」と言ったそうです。若いマッサージ師は仕方なく、一時間その姿勢のままのKさんをマッサージして、オフィスに帰ってくるなり開口一番、「イヤーッ、疲れました」とさ。あとで良識ある私のお得意さんにこれらの話をしたら、その方は「芸能人だからそのくらい普通だよ。常識の外の人だよ、彼は」と言っていました。もうこの世に存在しませんが、一流芸能人らしく、やはりKさんは常識の外の人でした。

もう一人、同じようなお客さんのことを書きましょう。K・S太郎さんのタニマチで有名なKさんです。

Kさんは、有名人が多く入居しているワイキキからは少し離れた高級コンド、略称PCにいつも我々を呼びました。我々といっても指名は必ず私かコージさんなのですが、もしかしたらオフィス・マサの指名かもしれません。このKさん、なぜか仙骨の上だけを指圧させるのです。揉むと注意されます。強く押させるだけで、その強さも結構加減がうるさく、他の部位をしようとすると必要ないと言います。同じ部位を一時間も押すだけという作業は、かなりつらい労働です。

ある夏の日の午後、コージさんが呼ばれたときです。いつものように、そのお決まりの指圧を始めて十五分くらい経ったとき、いきなりKさんは電話機に手を伸ばしたとたん、意識を失うというハプニングが起きたのです。まさか薬物のせいではないだろうが、コージさんは呼びかけてみたりオフィスに連絡してみたりと、さんざん冷や汗をかかされたらしいのですが、しばらくして意識が回復したKさんは、コージさんに指圧の再開を命じました。そしてさらに十五分ほど経過、コージさんは一時間経ったので仕事の終わりを告げたら、文句を言いだしたそうです。そうなんです。意識のあった指圧の始めと終わりの十五分くらいずつしか覚えていないので、Kさんは時間が短いと苦情を言ったのです。

これは、お酒に酔うなどして寝入ってしまった他のお客さんでもたまにあることですが、コージさんは何とか手元の時計を示しながら状況を説明して、医者にかかるよう説得し（すでに受診していたかも？）、予定時間より二十分ほど遅れてオフィスに帰ったそうです。さすが経験二十七年（当時）のコージさんも、その夜は私とシェアしているアパートのリビングで、お茶をすすりながらグチを言って溜め息をついていました。

このワイキキから少し離れた高級コンドＰＣには、私を多く指名してくださった、東京目白の建設業者（らしい）で、すごく体の硬いＷさんもいました。あるとき、仕事の最中に広い隣室の向こうの壁で、電話のベルが鳴り、指圧を中断させたＷさんは受話器を取り、一分くらいは普通に私に聞こえない声量で話していたのですが、急に大声で、「だから、警察が来たら全部見せていいから！」と言ったのを私は聞いてしまいました。

私はマッサージ師のマナーとして、お客さんのほうから話を切り出さない限り、その方の職業や社会的地位、プライベートなことなどは一切聞かないことにしています。バブル絶頂期のハワイには、結構きわどい人たちがいたものです。

ところで、多くの日本人観光客はすぐに我々に、結婚しているの？　なんでハワイに来たの？など、お決まりのワンパターンのフレーズでプライベートなことを聞いてきました。悪気はないのだろうけれど、本当にこの手の日本人は頭が悪く、日本人だけの常識の壁を越えられないようです。特にサービス業では、客のほうが立場が上と思っているようで、その源（みなもと）と思われる、あの「お客様は神様です」の言葉が、私は大嫌いです。なぜなら、客から見てその場は一対一でも、我々は大勢を相手にしているわけで、いちいちプライベートなことを話すのは気持ちが悪いものです。こう書くと、ほとんどの日本の友人が、「適当に言っておけばいいじゃないか」と言います。つまり、ダブルスタンダードが日本の常識なのです、アメリカ人はウソ八百を並べるくらいなら黙っています。何かを聞き出したければ、それなりに話し方を工夫してください、お願いします。

アメリカでは労働対価は等価交換、商売は全てフィフティーフィフティーで、料金にアイソ代（アメリカではチップになります）は含まれていないのです。もちろん無知な相手にはダマシのテクニックも平気で使いますが、アメリカ人が我々に初対面でプライベートなことを聞いてくることは皆無でした。何度か指名でお付き合いするようになって少しずつ、お互いに趣味（ホビー）や楽しみ（生活の中のエキサイトメント）を話すようになります。

次は少し奇妙な体験です。

一九八八年の夏のある日、まだ割と早い午後。場所は忘れてしまいましたが、あるワイキキの貸しコンドミニアムらしきツーベッドルームの一室へ出張したときのことです。

入室すると、夫婦らしき中年カップルと若い成人男性が一人いて、さっそく中年男性がマッサージにかかり、奥方らしき女性は隣の部屋でどうやら帰国のための荷造りをしている様子でした。もう一人の若い男性も隣の部屋にいて、私の在室中に何の言動もなく、私は気味が悪い若者だなと感じました。

マッサージを始めて三十分くらい経った頃、そう、私が中年男性の背中を指圧していて、私の顔がちょうどその部屋の入り口方向に向いていたときでした。「あなた、コレ、どこに隠すの？」と、手のひらから少し余るくらいの白い粉の入ったビニール袋を持って、奥方が部屋の入り口に現れました。私と目が合って、あわてて彼女は後ろ手にそれを隠しましたが、私はもう見てしまっていました。

ビニール袋に入った白い粉。奥方は、きっと私が下を向いているか、後ろを向いていると勝手に勘違いして現れたのだろうけれど、中年男性のほうは「お前の汚れた下着の中」と、私に背中を指圧されながら顔を上げることもせず、少しもあわてず騒がず、静かに答えました。あの白い粉、まさか塩や砂糖ではないだろうし……。いや、小麦粉かな？　それとも私はからかわれたのか？　白い粉、あれは何だったのだろう？

さて、次はたわいのない明るい話を二題。

二題とも、日本経済がバブル最高点でヤジロベエのようにユラユラし始めた、一九八九年の秋のことでした。巷間では、もうぼちぼちこんなバブル経済（私のお得意様でハワイ在住のTさんは、バルーン経済と言っていた）がいつまでも続くわけがない、と否定的な発言をする方が少しずつ増えてきた時期です。そして時節柄、二題ともワイキキで一番と言われていたハレクラニ・ホテルの一室での出来事です。

私を指名してくださることが多かったNさんというお得意様の常宿が、ハレクラニでした。このホテルは、海に向かってコの字が開いた形になっています。凹形と表現したほうがよいでしょうか。上方が海です。つまり、部屋によっては上階のラナイ（ベランダ）から下階のラナイはもとより、室内の一部までのぞけるわけです。Nさんは東京の方のようですが、銀座の水商売の女性を連れて何度もハワイに遊びに来ている、働き盛りの実業家風の男性で、話し方も見かけも紳士でした。

あるとき、Nさんが話してくれたのですが、彼がハレクラニで海に向かって右側の棟に泊まったとき、凹の下側、真ん中の棟の一室に偶然目が止まりました。ラナイのNさんから見て海は右手下、見えてしまった一室は左手下です。そこには、以前ハワイに連れてきたことのある銀座の女性がいたそうです。すぐにそっと身を隠して、自然を装おって見ていると、やはり自分の分身のようなどこかのオヤジと来ています。それを見てからはなぜかむなしくなって、それからはちゃんと奥さんや娘さんを連れてくるようになったそうです。「銀座の女遊びはもうやめた」だって。本当にむなしくなったのでしょうか？　バブルの終わりで、金の切れ目が縁の切れ目。どっち？

もう一題、やはりホテルはハレクラニ。夜十時頃だったでしょうか、私はセミスイートルームに仕事で入りました。当時、ハレクラニのセミスイートは最低でも一泊七〇〇ドル以上したと思います。そのお客さんは常連ではなかったようです。私には三十代の若いおのぼりさんに見えましたが、マッサージを始めるやいなや、私にグチり始めました。「なあー、どう思う?」と彼。当たり前ですが、セミスイートルームですから、普通、寝室にはカギがかかります。「女が寝室にカギをかけて寝てしまった。だから、つまらなくてマッサージを呼んだ」と、彼は言いました。私は、「このバカ、アホ！　オレはお前のロックスミス（アメリカの錠前屋）ではないぞ」と心の中でつぶやきながら、「じゃあ、まだプラトニックラブなんだ」とにやつきながら、一言追い討ちをかけてやりました。彼はさらに、「昼間ヴィトンのバッグを買ってあげたし、旅費から何から何まで全てオレが持って連れてきたのに、何もさせてくれない」だって。やはり銀座の女性だそうです。銀座女のパーフェクト勝利です。

銀座の女性達と、バブルの申し子のようだった間抜けな小金持ち達、今ではこの両者とも生活がすっかり変わっているかもしれませんね。本当に、この頃は日本人の多くが、皆浮かれていたようです。熱に浮かされたように……。

この項の最後は、やはり少し特殊なお客さんの話です。

私の同僚に「ナオ」という、当時二十代後半の長身イケメンの若者がいました。彼は新婚旅行を兼ねて奥さん同伴でハワイにやって来て、そのままマサで働きながらハワイでの生活を楽しむつもりだったようです。一九八九年の正月でした。マサ先生から勤務時間前に電話があり、「ジョージ、ナオが音(ね)を上げちゃってねー」と話が始まりました。

マサの不文律なのですが、毎年、年末年始は二週間休みなしです。休まず働けば四〇〇ドルのボーナスが出ます（当然、仕事も多くできるので収入が増える）。文章では簡単なことのように思えるかもしれませんが、普段から重労働の肉体仕事の上に、この時期は午後から深夜まで働くのですから、女性マッサージ師などは、「指が痛いから」とか「金より体が大事」と言って、結局一日～二日休んでしまいます。この年末年始ボーナスを四年続けて頂戴したのは、当時私だけでした。八九年十二月二十五日から九〇年一月三十一日までに総額六〇〇〇ドルを稼いだくらい忙しかったのです。

話を戻します。確か一月の三日か四日でした。

「ジョージ、実はナオがアルバイトでしていたお客さんなんだけど」と、マサ先生。「すごく強押しの人なんだけど、高額のチップを払ってくれるので、ナオが自宅の電話番号を教えてしまってね。この忙しい時期に毎日、電話かかるし、時間もわがままだし、とうとう参ってしまった」らしいのです。

「ジョージ、すまんが今日から行ってもらえないか？　とにかくチップは良いらしいから」マサを通さず自分の仕事にしていて困ったナオが、先生に泣きついたらしいのです。

私は、そんな強い客は嫌だなあと思いながら、まあ、自分の力試しにとしぶしぶ、「じゃあ、とりあえず一回行ってみます」と承諾しました。

このお客さん、F・プランニングというスポーツゲームのプロモーションなどの事業をやっているA・Fさんは、体が小柄だし硬くもありません。ただ大学時代、ボクシングをしていたらしくて感覚がマヒしているのか、とても強い指圧を要求します。初めは私の手順・やり方を黙って受けていました。しかしすぐに背中押してみてとか、ここ押してみてと部位を指示したり、私の手首を持って押してほしい場所へ誘導するようになりました。「あー強いね」と私の強さには満足したようです。九十分の指圧が結構早く感じて、チップもなんと一四〇ドルもいただきました。一日目はまだ気持ちも新鮮だったので、まあ仕方がないと納得でした。強さには閉口しましたが、これは全力を尽くすしかありません。

二日目、今日は、オリジナルらしい自分専用と思われる木製の固い材質の太いT字形で、よく磨きのかかったツヤの入った器具を持ち出してきました。大きさは手のひらにすっぽり入るくらいで、指の間から、一・五センチほどT字の山の先が出るでしょう。これで、ここを押してみてくれと言いながら仰向けになり、私にその器具を持たせ、手首を自分の腹に誘導します。また、しばらくすると指で押してみてくれと言って、どうやら、器具の感触と私の指の感触を比べているようです。ちょうど通りかかった自分の娘に向かって「A子といいます。Aちゃん、このおっちゃんの指、棒より強いで」と、私の強さには満足したようです。しかし、チップが少し減って一一〇ドルになりました。

三日目、W大でボクシングをしていたこと、卒業してプロ寸前まで？とかプロになったようなことを話してくれました。今日は付き人のような、書生のような若い男性が二人顔を見せました。二人とも体格ががっしりしていて、いかにも大学の運動部出身のように見受けられます。またチップが減りました。

四日目以降、自分が望む自分の体の部位に器具をあてて、それを私が押すだけです。私はただのプレス機械？　指圧や按摩の技術は関係なくなっています。これなら屈強な付き人にでもやらせろよと思いました。我々のプライドを逆撫でします。それでも私は十回ほど通いましたが、十回目の仕事の終了を知らせるオフィスへの電話の時についに、マサに「もう無理です」とこの仕事を断りました。チップはこの間ずっと減り続けていました。

その年の十二月だったでしょうか？　A・Fさんが招聘（しょうへい）したアメリカの大学生のスポーツ団体が、東京の秋葉原で集団万引して、新聞やテレビのニュースになっていました。私は気の毒に思いましたが、今、日本でどんな人が彼に指圧しているのだろう？とも思いました。

4　ちょっとシリアス

ここに紹介する話は、下ネタです。日本の若い女性には少し不快かもしれません、どうぞ、嫌いな方は読み飛ばしてください。

アメリカには、ゲイやホモちゃんたちが結構多いのですが、最近は日本でも堂々とテレビや映画・活字などメディアに取り上げられていますが、やはりアメリカはその方面でも先進国でした。

一九八八年の春、二月中旬から四月にかけてのことだったと思います。毎週一回、マッサージにかかる地元のお得意様がいました。白人男性でヤセ型、身長一七〇センチくらいと、アメリカでは大きなほうではない彼は、聞くところによると不動産なども扱う株屋さんらしいのですが、いわゆる投資家、金持ち風で、彼の家のゲートには二十四時間門番がいて、敷地内の二十数軒を全て塀で囲ってある高級コンド、ラ・ピエトラ・サークルに住んでいました。ここはダイアモンドヘッドの近くなのですが、いつも、マッサージにかかるときは我々を、ワイキキのプリンセスカイウラニ・ホテルの玄関口へ高級欧州車で迎えに来てくれました。そして、彼のその門番のいる自宅に行き、ふかふかの絨毯の上にタオルを敷いて、広い居間で素っ裸になった彼の全身を、オイルを使って九十分間マッサージをするのですが、私が初めて彼の所での仕事を終え、また自家用車で送ってもらって「マサ」のオフィスに戻ると、マサが「何もなかったか?」と聞いてきました。オイルマッサージのことかな? そのとき私はまだ何も知らず、「何も問題はないし、平気です」と答えたのですが、彼にはホモのウワサがあったのです。

その後も指名が続き、六〜七回、一カ月半くらい通った四月中旬のある日の夕方、とうとうウワサが現実になりました。私のマッサージで興奮してしまったようで、その時の彼の物の大きさに私はびっくりしました。あえて、細かく表現しませんが、尋常ではない大きさです。幸い何も強要されず、自分一人で勝手にイッテしまいました。

彼は恥ずかしそうにトイレに立ったあと、これまた気まずそうにトラのパンツをはき直しましたが、すでに時間は残り少なかったので、そこでマッサージは終わりました。ああ、これでやっと私への指名も終わるな、と思うとホッとしました。というのも彼はマッサージで興奮してしまうと、恥ずかしくなって指名が変わる、と聞いていたからです。早いときでは、二回目くらいで指名が変わった若くたくましい日本人男性マッサージ師もいたようでした。私はあまり興奮させないように気をつけて、上手に仕事をしていたので、六～七回と、まあまあ、長く続いたようです。

彼は物が大きすぎるために、女性を相手にできなくなったのかもしれないな？と、私は思いました。だって、あんな大きさでは……かわいそうだな、と感じました。もちろん、ゲイやホモの全部が身体的特異性からその道に入るわけではないのでしょうが……。

正反対の小さいほうの例も、私は一回だけ、一年後くらいにワイキキで経験しました。一九八九年の春頃、ワイキキリゾート・ホテルでした。韓国系ホテルですが、そのお客さんは標準的な日本語を話し、体格も身長も一六八センチくらいで、日本人としても普通でした。しかし私が入室した時にはすでにパンツ一丁で、しかも真っ黒のビキニだったので、私はすぐにウッ?と感じて、少し注意しながらマッサージを始めました。

彼が普通にマッサージを受けていたので、私はやれやれひと安心と思いながら、いつもの手順で、マッサージ終了の十分くらい前に「仰向けにお願いします」と言いました。すると彼はそのとたんにパンツを脱いで大の字になり、「手でやってくれませんか？」と言ってきました。エーッ、やっぱりそうだったのか！　黒いビキニはウソつかない、と思った私は少しあわてましたが、私もプロであるからして冷静に、「ご自分でどうぞ」と言いました。彼は「いいですか？」の言葉が終わるか終わらないうちに勝手に一人でイッテしまいました。彼がベッドに大の字になったまま、「すいません、タオルを取ってください」と言うので、バスタオルを股間にかけてあげて、自分自身でキレイにするのを待って料金をいただき、時間どおりに私は部屋を出ました。この彼の物は興奮状態でも、私の親指ほどの大きさで「あー、この男も、これでは女性を相手にできないのかもしれない」とかわいそうになり、怒りはなく同情してしまいました。

たまたま私が仕事で出会ってしまった二人のホモたちは、両極端の身体的特徴をお持ちで、人種も白人と東洋人の違いはあっても両人ともおとなしく、性格的にやさしいタイプだったので、私のほうに実害はなく助かりました。読者の方は誤解しないでほしいのですが、私たちはまともで本格的な按摩・マッサージの仕事をしているのですが、ごくたまに、こういった方々がお客さんとして紛れてくる大変な仕事なのです。

次はもっと気持ち悪いアブノーマルな夫婦の話です。

例えば、出張したら夫婦の客に「オレたち夫婦のセックスを、そこで見ていてくれ」と言われて高額のチップをいただいた。とか、「オレの見ている前で、女房とセックスしてくれ」と頼まれて数万円いただいた。などという体験談を、あまり良質ではない私の同業者から聞いてはいましたが、私は眉唾物（まゆつばもの）だろう？と本気にしていませんでした。

しかし、一九八八年の夏頃、ついにそれに近い仕事の体験をしてしまったのです。

場所はワイキキシェラトン・ホテルの一室。まだ日差しも明るい、午後三時頃だったと記憶しています。入室すると中年の夫婦らしき男女がいて、奥さんらしきやや太めの大阪のおばちゃんタイプの女性が、すでにベッドにうつぶせで横たわっていました。男性のほうは当時流行のヤクザ風パンチパーマをかけていて、もう一台のベッドの向こう側の傍らのイスに腰かけていました。ちなみに女性はTシャツにパンティーだけと、やけに露出気味のスタイルでしたが、私にはただ暑がっているだけのように見えたので、そのままマッサージを始めました。十分くらい経った頃から男性が口を出すようになりました。「よくやってくれ」とか「大事なところをやってくれ」など、だんだんと発言が増えて、しつこくなり、私を試しているようでした。

私の手が女性の腰を指圧し始めると、男性はさらに「そうそう、尻が大事だからもっと下の方をやってくれ」など、やたら「尻が大事」「大事なところ」「下の方」を連発して強調します。私は不安を感じてきて、逆に決して手がすべって大事なところや下の方に手が触れたりしないように注意しつつ、なんとか時が早く過ぎないだろうか?と願いました。前述のホモたちの時より良い対応も浮かばず、あせっていました。何しろTシャツとパンティーだけの女性をマッサージしている傍らで、パンチパーマの関西ヤクザ風の男性が「尻を揉んでくれ」「大事なところをやってくれ」と私と目線は合わせず、イスから立ち上がることもなく、言葉だけでさかんに強要してくるという状況です。しかも女性のほうは顔がやや紅潮して体は汗ばみ、少し興奮している様子。私は怒ったふりをして仕事を中断して部屋を出ていこうか、とも考えましたが、何しろ言葉だけだし、それも普通の冷静な話し方なのでどうしようもありません。「ガマン、ガマン」と、しらばっくれながら頑張って普通のマッサージを普通に施し続けて、やっとあと十分になり、いつもの手順どおりに女性に上向きになってもらったとたん、ウッ！と私は息を呑んでしまいました。なんと、私の目に飛び込んできたのは、あの黒々としたデルタの茂みだったのです。その中年女性は、あそこ、つまり「大事なところ」の部分が開いている、穴あきパンティーをはいていたのです。彼らこそウワサに聞いていたアブノーマル夫婦だったのです。

当時、私の人相・体格は少し外国の血が入っているように見えたので遠慮したか、男性の言葉にも私は反応せずに無口だったので、日本語がよく分からない日系人と勝手に勘違いしたのでしょうか？　それで私は無事にすんだのだと思います。もし、私の人相・外見やマッサージのやり方・手順が別のものだったら、セックスを強要されていたかもしれません。運良く助かりましたが、非常に嫌な思い出です。私はゲイやホモよりも、このようなアブノーマルな人たちが大嫌いです。ホモは前述のように、乱暴な連中でなければむしろかわいそうで同情できる面がありますが、夫婦のアブノーマルは理解できません。我々をバカにして、客商売の仕事の性質的弱みにつけ込み、嫌な思いをさせ、金で片づけようとする淫乱夫婦には、二度と会いたくありません。

次は、アメリカ人との少しシリアスな話を、二題です。私はアメリカとは水が合ったのか、アメリカ人との対人関係でトラブルは起こさなかったのですが、やはり英語力の問題で、会話による意思の疎通ができなかったとき、少しだけ不快な思いをしました。

一九八八年の春でした。オフィスで若い白人男性に仕事につきました。入室すると、短パンにTシャツと軽装でしたが、衣服を着たままテーブル（マッサージベッドのアメリカでの呼び方）にうつぶせで横たわっていました。普通アメリカ人はオイルマッサージを常識として希望するならば、若い女性でも素っ裸で我々テラピストを待っています。衣服を着たままということは日本式でよいのだなと私は理解して、うつぶせの姿勢のまま按摩式で肩揉みから始めました。二分も経たないうちに、ブツブツと何かを訴え始めましたが、私には彼の英語がよく分かりません。遠回しな言い方で言っているように私には感じられて、分かった部分は、「君がここの経営者か？」と「責任者は君か？」だけでした。何を言いたいのだろう？　まだ二～三分なのに。私のマッサージのやり方が気にくわないのなら、はっきり希望を述べてくれればよいのにと思いながら、手だけは動かし続けていましたが、好みの手法を言ってもらえれば、私には対処できる技術はあるのだが、どうも言葉がよく分からないせいで彼の希望が分かりません。とうとう私は十分ほどで手を止めて、受け付けをしたH・Iさんにバトンタッチしました。一～二分で彼は不満顔のまま、Tシャツ・短パン・ビーチサンダル・ナップザックのヒッピースタイルで帰って行きました。

私は心配になってH・Iさんに聞きました。何だったのですか？　するとH・Iさんが「私にもよく分からない。来たときからどうも女性希望だったみたいだけど、言い方が遠回しでイヤな人」と言いました。うまく対応できなかったので、その意味でH・Iさんに一言すみませんと私はあやまったら、「いいのよ、あんな人」とやはり少し不快な顔をされていました。未だに彼が何を言いたかったのか分かりません。その時、オフィスにはコージさんと私しかいなかったのですが、やはり、女性目当てだったのでしょうか？

最後は、フォスターじいさんとの話です。フォスターじいさんは、「マサ」では、当時十年以上の常連で、年齢は七十歳代でした。観光客ではなくローカルの白人なので、当然のように態度は大きかったのです。

彼は私との仕事中の会話では、私の英語の発音を本当にバカにして、よくからかいました。もっとも、私から言わせれば、上腕にピストルの入れ墨を入れていた彼の英語はジョン・ウェインのように鼻にかかったダミ声で、典型的な白人老人の英語で聞き取りづらい。

あるとき、マッサージ中に「お前は日本人にしては体が大きいが、何かスポーツをやっていたのか？」と言うので、野球をやっていたと言うと、すかさずポジションはどこだと聞いてきました。私が「ピッチャーです」と答えると、彼は「キャッチャーか？」と聞き返すのです。再度「ピッチャーです」と言う私。すると彼は、「ティッチャー？　ティッチャーってどこだ？」と、またからんでくるのです。わざと私をからかっているのです。「なんだピッチャーか、お前のPの発音はPに聞こえない、Tに聞こえる」と、彼は言いました。マッサージのお客さんに英語を勉強させてもらっていると思えば腹は立ちませんが……。しかし、本当に白人の老人は態度が大きいです。

語学留学生など学生では、私のような経験はなかなか得られないと思いますが、アメリカで働くときは言葉遣いと共に人種・国籍・年齢など相手のアイデンティティーは常に頭の隅に置いていたほうがいいし、私の英語能力不足は反面教師として、若い方にはもっと適正に英語を勉強してから、働くにせよ留学するにせよ英語圏の国へ行ってほしいと思っています。小さなつまずきが大きなトラブルにならないように……。

5　かんべんしてよ、日本人！（その一）

この項では、ドロボウ呼ばわりされた話と、チンピラをおどした話の二題を書きます。

一九八八年の夏でした。ある日の夕方六時半に、私はサーフライダー・ホテルの一室に入りました。

日本人の二十代後半に見えた若いカップルが室内にいて、ほとんど無言で彼女のほうがマッサージにかかりました。ふと室内を見回すと、やたらと持ち物や衣服が散乱していて、現金までテーブルやカウンターの上に散らばっていました。だらしのないバカップルであることは一目瞭然で、私が入室する前もドアがきちんと閉まっていませんでした（閉まる寸前でロックされてはいなかった）。一時間のマッサージが終わり、料金をいただいて退室すると、他の仕事を済ませて、その夜は何事もなく帰宅しました。

翌日、まだ通常の出勤時間までにはだいぶ時間がある午前十一時頃、マサ先生から電話があり、冷静ではありましたが、何かを予感させるような口調で「すぐにオフィスに来てくれ」とのこと。オフィスに出向くと、マサ先生と受付のマサミさんともう一人、口ひげを生やした体格の大きい、少しハワイアンの血が入っているのかな?と思わせる、やさしい顔立ちの警備主任の三人が私を待っていました。マサのオフィスのあるモアナ・ホテルもサーフライダー・ホテルも国際興業系列なので、ミセス小佐野さんをマッサージする時にボディーガード兼任でホテルの廊下を同行したり、普段からロビーやエレベーターホールですれ違ったりの顔見知りの警備主任です。

彼いわく「訴えられたので、一応そのマッサージ師に会って直接ヒアリングさせてほしい」と、わざわざ「マサ」のオフィスに出向いて来てくれたわけです。私の顔を見るとすぐに気がつき、「オーユー？」と小さく一言。顔見知りですから、お互いに笑顔になって話を聞くと、私には寝耳に水のことでした。なんと、昨日のバカップルが私に金を盗られたと訴えたというのです。受付のマサミさんが通訳しながら、マサ先生と二人で私を弁護してくれたのですが、警備主任はもとより「お前がそんなことするわけない、ＯＫ！ユーアーオールライト」と言って二、三分で帰ってしまいました。私はこの時点ですでに「マサ」に一年以上勤務して、会話こそ交わしたことはありませんでしたが、モアナ・ホテルやサーフライダー・ホテルのＶＩＰの部屋へ入室するときなど、警備主任とは何度も顔を合わせていましたから信頼してもらえたのでしょう。普段から笑顔で一言（ハイッ！など）挨拶していたこともよかった、と思います。

だいたい一時間のマッサージの間に、通常、お客さんの体から手が離れることはないし、入退室時には、それこそバカップル二人で私を見ていたのだから、私が金を盗れるわけがありません。私の「マサ」での実績・信用・知名度も知らずにドロボウ呼ばわりしやがって、このバカップルめ！　この時は本当に、マッカーサーの言ったとおり、日本人の大人の知能はアメリカ人の十二歳程度だと思いました。

おそらく、苦労知らずで育ったどこかのボンボンとお嬢様なのだろうけれど、こんな子供に、いや日本人に金を持たせるのは早すぎたし、海外旅行させるのも早すぎたのです。日本人には中途半端で半人前の大人子供が多すぎます。もっと教養・知識を身につけ、社会・世界を勉強して大人になって国際社会に出てほしいものです。もちろん、それ以前に家庭の躾ができていないのが大問題ですが……。（だいたい、あの女、ジーパンでマッサージにかかりやがって、オレの指が痛いだろう、バカ女め！）

腹立ちついでに書かせていただくと、日本人、特に足の短い人、男でも女でもジーパンは似合いません。アメリカではジーパン＝カウボーイや労働者の仕事着。日本ではモンペか作業着ですから清貧のステータスで、アメリカでは大学の合唱団などがユニフォームにしている場合もありますが、それは学生だから許されている面があり、基本的にはやはりジーパンはＴＰＯに特に気をつけてほしい衣類の一つです。ましてやマッサージの時には……。最近はプロのスタイリストさんまで、平気でタレントや俳優にジーンズをはかせてテレビに出していますが、何でもありの困った風潮と感じているのは私だけでしょうか？

我が半生で一度だけ、人をおどしたことがあります。対等な立場でのケンカなどではなく、相手より優位を装って、日本人男性をおどしました。外国であるハワイで……。

それは、ワイキキでの仕事中、まだ宵の口の夜七時半か八時でした。割と格安ツアーの日本人観光客がよく泊まる、クヒオとアラワイの間にある少し汚い安ホテルの一室でした。入室して仕事にかかったときから、この日本人男性は口調が乱暴だし、話す内容も品がなく、失礼極まりないものでした。いわく、「お前たちは何でこんな所に来ているんだ？」「どうせ日本でどうしようもなくて来たんだろ？」「ワイキキにはろくな物件ねぇな」「ハワイは熱海より悪い」など、お決まりのプライベートな質問からハワイをけなす発言まで、とにかく言葉・態度が悪く、見るからにチンピラ成金風です。私は十分も経たないうちに辟易して、もう頭に血が上っていました。泊まっているホテルは格下の所だし、不動産業らしい発言をしていましたが、大物には見えないし、ハワイに知り合いがいるようにも発言からはうかがえません。キャンセルして部屋を出ようかな？と考えました。仕事を終えたあとで金銭のやりとりでトラブルになるのが、私たちにとっては一番つらいし損なわけで、キャンセルにするなら十分くらいが限界だ！　それに残り時間の五十分近くを、とてもガマンできそうにありません。そこで私は、かねてから考えていた日本人のチンピラをおどす言葉を、ついに使ってしまったのです。相手が逆上したら逃げ出せばいいや、ドア一枚外に出ればここはアメリカ、ホテルの廊下は公道と同じと思って、腹をくくって彼に言いました。

「お客さん、英語できるんですか？」

「ハワイの地理は詳しいの？　土地勘はあるの？」

「私はここで生活しているんだけど」

この三言を静かに、普通の口調だがドスを込めて、この日本人男性に問いかけました。果たせるかな、この客は十五秒ほどの沈黙のあとで、（そうか、あんたに殺されてどこかに埋められても誰にもわからない……ということか？　……わかったよ）と理解したようです。やっと照れかくしに笑いながら、普通のテンションのただのバカ日本人の話し方になりました。なら、最初から普通に話せよ、と私は思いましたが、寝た子をわざわざ起こすことはない、と私も普通に六十分のマッサージを済ませ、事なきを得ました。

本当に日本人の悪いクセです。人と人との関係を、すぐに上下でくくります。初対面でも職種や収入面で判断するこういった人たちには、なめられてはいけません。逆にこちらが頭から押さえつけることが必要です。

しかし、ハワイで正規に働けるビザを取得していて、生活にも慣れていて、すでに地理も知り尽くしていたし、しかも体格の大きい私だからできたことで、もちろん日本国内ではこの手は絶対使えません。日本のホテルの中で、もし同じような態度の悪い客に出会ってもガマンするしかありませんし、ガマンできなくてキャンセルしても、やれ支配人を呼べ、とか大事になるし、（一例を後述）大騒ぎを始めるでしょう。本当に日本人はバカが多いし、チンピラが多いのです。意味なく吠える、ケンカの弱いスピッツのようです。

なぜ日本人は、お互いが気持ちよくなる商取引、商売ができないのでしょう？　私には理解できません。「お客様は神様です」の言葉を本当に腹立たしく思います。日本の商取引の社会に非常に悪い影響を及ぼした、とさえ思っています。かんべんしてよ、日本人！

6　番外編――特別なハワイ

番外編としてハワイならではの話を三題述べます。

一九八八年六月でした。ハレクラニだったと思いますが、初老の夫婦で奥さんがマッサージにかかりました。ダンナがベッドの脇のイスに腰かけて何か話したい様子でした。二人の人相や雰囲気からして、もうピンと感じていました。私から見たら、一年後くらいに退職するサラリーマン夫婦です。どんぴしゃりでした。十分も経たないうちにダンナのほうから切り出してきました。「ハワイの生活はどうですか?」「気候が良いし、楽しいですよ」と私。かなり前、日本で観光地などの現地情報はマッサージ師に聞くとよいと書いたのを、本か何かの活字で見た覚えがありました。ですから私は二人のことを一言の会話を交わす前から見抜いていたのです。少しの間、世間話をしたあとすぐに「ハワイは不動産が安いんでしょう?」と聞いてきました。やっぱりねと、心の中でうなずき、「何か物件でも探しに来られたのですか?」と私。案の定でした。来年の定年に備えて、ハワイ移住を考えていると言っていました。私は次の事柄などを話して、再考をうながしました。

それは、「過去に海外生活の経験はありますか? 語学に自信はありますか? 電話を引いたり、光熱費の支払いなどは全て英語ですよ。ワイキキで土産物買うようなわけにはいきませんよ。お医者さんも、(当時)日本語を理解する方を探すのは大変ですよ、健康に自信はありますか?」と。これだけで目が覚めた様子でした。退職金の額としては、確かにハワイ移住可能なだけ手に入る予定でしょうが、「そうですね、甘かったですね」とこの二人は答えて、私が仕事を終えて退室の際も、「いろいろと教えていただいてありがとうございました」と、礼を言ってくれました。当時、活字やテレビの伝聞などで踊らされて、真剣に海外移住を考えた方々がたくさんいました。まさにバブル経済、サラリーマン社会の弊害だったのでしょう。今、アメリカでは永住権を取得したとしても、それを、昔のように定期券代わりには使えません。タクセーション（国税局）とイミグレーション（移民局）が情報交換可能な法律になったので、永住権を取得したら、アメリカに住んで、アメリカで働いて、アメリカに税金を納めなければなりません。アメリカは、資本主義の権化の国です。現在、日本人は、九十日までなら、ウエーバーシステムで、アメリカにビザなしで滞在できます。これを利用すれば、ハワイに住居を確保して、年に四回、太平洋の半分を往復すれば、ハワイ生活は可能です。ただしこれでは、働けずに金は出ていくばかりです。日本のサラリーマン社会で三十五年〜四十年生きてきて、その間、海外生活の経験がない方が、退職後、海外移住に成功する確率は一〇パーセントもありません。残念ながら、それが日本社会の現実です。

次は、カハラという高級住宅地に別荘を持つ日本女性のことを少し慎重に書いてみます。T・Rさんはたぶん六十代半ばで、関西在住の女性ディベロッパーでした。昭和二十年代のGHQによるオキュパイドジャパン、つまりアメリカ占領下の日本で、フィリピンまで潜水艦で木材資源調査に出かけたり、また、どこぞのプロ野球監督夫人と違い本当にアメリカの大学へ留学してアメリカ人男性と恋に落ちたものの、母親の反対で泣く泣く結婚を断念して帰国したなど、本人からマッサージの時にいろいろと伺ったのですが、一つだけ特筆すべき、今までとは中身の違う話があるので、ここで紹介してみたいと思います。

　T・Rさんは、一九八七年から一九八八年にかけて、度々ハワイを訪れて、ついに一九八八年春、有名なカハラ地区に別荘を購入しました。家は人が住んでいたほうがよいということや火災保険の関係で、当時彼女の指名で専属指圧師のようであった私たちの同僚のクニに白羽の矢が立ち、クニがこの一〇〇万ドルの別荘に住むことになりました。そのお声がかりまでクニはコージさんと同居していたのですが、私がクニの出たあとに移り住んでコージさんとシェアすることにして、クニはパオアカラニ（ストリート名）の安い汚いアパートからカハラの高級別荘へ移ることになりました。クニはT・Rさんが来布するとほぼ毎日彼女を指圧していて、カハラヒルトンが彼女の常宿でしたが、別荘購入後も同様に「マサ」を通じて指圧をすることになりました。T・Rさんの滞在は長くとも一カ月くらいなので、一〇〇万ドルの別荘には、ほとんどの期間、クニが一人で住んでいました（週二回、掃除担当のお手伝いさんが来ます）。クニが、週に一度「マサ」を休む日は、T・Rさんが来布していてもクニはきちんと休み、コージさんか私が代わりにカハラのT・Rさんの別荘に出張してマッサージをしていました。T・Rさんは、コージと私だけは家に呼んでもよいと、クニに許可していたそうです。

　一九八八年六月、クニの仕事が休みの日に、私が代わりにT・Rさんをマッサージした夜のことは一生忘れないでしょう。以下、その時のことを正確に再現したいと思います。

世間話をしながらT・Rさんをマッサージしていて背中に触れた時に、以前から気になっていた外傷性後遺障害のような、だいぶ大きい脊柱の変形があったので、その夜はつい、聞いてしまったのです。「背骨に大きな変形がありますが、どうされたのですか?」するとと彼女は「寝込みを木刀で襲われたのよ」と話し始めました。当時から二十年以上前の話らしいのですが、可愛がっていた秘書兼書生のような若い男に裏切られたとのこと。

T・Rさんはその男を気に入って、信用して銀行印やら何やら一切合切を預けて管理させていたらしいのですが、ある日、気がつくと、一千万円ほど使い込まれていたので問いつめたら、涙を流してあやまったので許してあげたのだそうです。

そこで私は言いました。「そういう男は、きっとT・Rさんが背中を向けたとたん、せせら笑ってアッカンベーをしていますよ」「ジョージさん、よくわかるわね。まったくそのとおりだったのよ」と彼女。彼はその後もT・Rさんの目を盗んで業者からピンハネしたり、資材を横流ししたりと立場を利用してやりたい放題だったので、とうとうある日ヒマを出したら逆うらみされ、数々の犯罪行為を警察沙汰にされるのを恐れたのか、クビにした二週間後に襲われたと言うのです。T・Rさんは不幸中の幸いで運良く命を落とさずにすんだのですが、重傷を負ったので結局警察沙汰となり裁判になりました。すると男は、T・Rさんにクビにされる直前まで一つ屋根の下に住んでいたのをよいことに、男女関係にあったと主張。情交のもつれということで、大した罪には問われなかったそうです。「私は殺されそうになったのに。本当に悔しかった」とT・Rさん。「それで男はその後どうなったのですか?」と私が聞くと、T・Rさんはうつぶせになって背中を指圧されているにもかかわらず、急にガバッと顔を上げ、私のほうを振り向いてニコッとほほ笑みながら一言、「死んだのよ」と答えました。私は一連のT・Rさんの動作と言葉に一瞬ドキッとしましたが、T・Rさんはニコニコしながらも、再びうつぶせになると私に背中を指圧されながら話を続けてくれました。「あの子はあんな人間だったから、その後ヤクザとトラブルである日とうとう○○港に浮いていたの」と。

私は、そういったバカな男の末路はやはりそんなものだろう、と思いました。帰宅して深夜の二時頃、コージさんとお茶をすすりながら数時間前の出来事を話したら、コージさんいわく、彼女のような女性の親分さんはおそらくもう日本でただ一人であろう、とのことでした。コージさんは若い時ある右翼団体幹部の書生のようなことをしていた時期があり、宗教団体への潜入調査やチンピラヤクザとの争いごとに関わったこともあるそうで、その筋のことには詳しかったのです。またヤクザの世界では、雲の上の天からの声がなくとも、自身の親分の意を汲んで下の者が勝手に動くこともあるらしいとも聞きました。

私はその後も何度かクニの休みの日は彼女のマッサージに出向き、高級レストランの食事会に誘われもしてバブルの恩恵にあずかれたし、貴重な体験をさせていただき本当に感謝しています。一九八八年八月に、私が九月からロサンゼルスへ行くとご挨拶した時に、笑いながら「この裏切り者」と言われたあの一言は今でも忘れていません。信頼してくれていたからこそ、マッサージの最中にいろいろ話をしてくださったのでしょうから、今思い出してみても大切な時間だったと実感しています。T・Rさん、お元気でしょうか?

次のエピソードは、お客さんではなく、あるマッサージ師見習いの青年の話です。

一九八九年の夏、少し脳内にドーパミンが出過ぎたのか、ぜいたくがしてみたくなりました。ハワイではバスやタクシーが発達しているので、自家用車はそれほど必要ないのですが、一〇〇〇ドルで一九七六年式ビュイック・リビエラを買って、さらに家賃一一〇〇ドルの広くてきれいなコンドに引っ越してしまいました。七六年式リビエラは馬力が強くとても気に入りましたが、コンドのほうは家賃の高さから長くは住めないだろうと思っていました。入居して一カ月半経ってマサ先生から電話があり、ロサンゼルスからマッサージ師になるべく若い男性が一人来るので、ついては君のコンドミニアムへシェアさせてくれないか、と頼まれました。家賃負担が軽くなるので、私は二つ返事でOKしました。

ところがこの男、不幸な事情からお金を持っておらず、私の家の居候の身分に……。しかも私がインストラクター(講師)になってマッサージの訓練を始めたものの、いっこうにうまくならない「猿手」だったのです(医学用語の猿手と、指圧業界で言う猿手とは意味が違います)。猿手は体重がうまく乗せられず、指圧はうまくならないと言われています。結局、指圧師への道は難しいということになって、無職状態になってしまいました。

ところが、この彼、佐々木君、もともとは、パイロットだったのです。彼は日本からL

1000ドルで買った1976年式ビュイック・リビエラ

Aの航空会社へ就職しました。約一年と少し前だそうです。しかし行った先が悪かった。日本のある開業医が、自分のバカ息子のためにつくった名目会社だったのです。すでにジャンキー（麻薬中毒者）になっていたそのバカ息子が、佐々木君のキャディラックで交差点で事故を起こし、アメリカ人老夫婦にケガをさせ、その場から逃げてしまったらしいのです。当然警察沙汰になり、キャディラックは佐々木君の名義なので、最初は佐々木君が疑われ、やっと疑いを晴らして処理がすんだところで、LA生活を諦め、ハワイのマサの世話になる決心をし海を渡って来たのです。しかし、再び不運なことに、せっかくハワイまで来たのに指圧では無理という結論になってしまいました。私は彼に問いました。「いずれ日本へ帰るのか？」「いやっ、そんな気は毛頭ない、アメリカで結婚してアメリカで暮らす」と、彼は答えました。彼はパイロットという特殊技能者です。「ならば日本へ電話して、誰でもよいから出世払いで借金しろ。日本の俺の銀行口座へ振り込ませ、確認したら俺がお前に現金を渡すから。車を買って、とりあえず職を見つけて、女を探せ。米国市民の女と結婚して、永住権を得たらパイロットになれ」と、助言しました。

まもなく彼は、義理の母から十万円を借金しました。私が現金を渡すと、彼は新聞で、裏オアフの風光明媚なカイルアに家賃・月二二五ドルのゲストハウスを見つけ、私とともに見に行きました。まるで、ボロ物置き小屋のようであったが、彼はここでよいと決めて、車も買いました。三日後くらいに、彼は一人で出かけて行って、ダウンタウンエリアに日本食の惣菜屋さんの職を見つけてきました。

彼が私のコンドにいたのは、一カ月半と少しの間でしたが、カイルアのボロ小屋に引っ越して、ボロ車で仕事に通い出してまもなく、ある日の午後、私に電話をしてきました。日本製の古い白いコロナのライトバンに乗っていたのですが、車が燃えてしまったと言うのです。「今、走行中にエンジンルームから火が吹いた」彼の電話の声もあせっていましたが、待ち合わせたカネオへのスーパーの駐車場で見たその車は悲惨な状況でした。おそらく修理不能でしょう。この男には運がないのかも?とそのとき私は感じましたが、その後の彼は、泊まり込みやバス通勤で、そのダウンタウンの惣菜屋で働き続けるために大変な苦労、努力をしいられました。

やがて数カ月後、冬になり努力が実ったのか一九九〇年一月中旬頃、ある日の午後、私が仕事でヒルトンハワイアンエアタワーのボールルームの前を歩いていると、日系人らしい顔立ちのやさしい女性とデートしている彼を見つけました。結婚すると言っていました。様々な不運に遭い、車が燃えてしまってからは、自分自身の能力・体力で生き抜いて、幸福をつかみ取りつつあったのです。きっと彼女のほうも、バス通勤や店に泊まり込んだりして、深夜・早朝から惣菜作りにはげんでいた彼の人格を認めたのでしょう。彼女はバツイチらしいのですが、店のオーナーが親戚か何かで店のブックキーパー(帳面付け)をしていたそうです。やはり、この男は大した男だ。私は、そのとき思いました。

その約一年半後、私が帰国して、当時働いていた富山県の宇奈月温泉の自室でテレビを見ていたら、芸人のラッシャー板前とつまみ枝豆が、ワイキキ上空の遊覧飛行のセスナに乗っている観光紹介の番組に偶然チャンネルが合いました。画面の隅にチラチラと映る、薄暗い機内でのパイロットらしいシルエットの横顔や後頭部が懐かしく、あれーっ?と思いながら見続けていると、番組の最後に、地上に降りた明るい飛行場でパイロットが紹介されました。立派な髭をたくわえ、余裕の表情で「エルビス佐々木です」と自己紹介していました。五〇セントのスパゲッティを粉チーズだけで食べていた男が、セスナのパイロットとして日本のテレビに出ていました。これはアメリカンドリームの一話で、もちろん、彼の努力は人並み以上であったことを私は知っていますが、彼は渡米する前からすでに日本でパイロットでした。もともと優秀な特殊技能者で、たまたま渡米した一～二年の間が不遇だったのを、彼は自分の力でハネ返したのです。

日本人が本当にアメリカンドリームを実現させうる確率は非常に低い。ゆめゆめ勘違いするなかれ、日本の若者たちよ！

7　マサ指圧院

①マサ先生

海外転居の項で書きましたが、特殊技能者～専門職ビザ（H－1）は日本にいる私が申請できる制度にはなっていません。アメリカ国内の企業や大学が、欲しい人材を招請するための制度です。私の場合、申請者は「マサ指圧院」です。業界の専門誌の募集広告を見て応募しました。当初は、騙されてもいい、ビザが下りなければ行かなければいいだけの事と、割り切りつつも、当時、失業寸前とぜんそくのダブルパンチで困り、何でもいいからハワイに…の気持ちが一〇パーセント位ありました。

マサ先生（以後「先生」と表記します）は二十一年前すでに故人になられていますが、二〇〇七年既刊の『海を越えて』には書かなかった事を、ここで、敬意と哀慎の思いを込めて、書かせていただきます。

私は、先生の本名や出身地、少しばかりの日本での経歴を知っています。先生は私と同じ神奈川県出身で、若い頃川崎で鉄工所経営に成功して週刊誌のグラビアに青年実業家と紹介されたこともあり、プロ野球・元大洋ホエールズの近藤和彦さんとはオレ・オマエの仲だったそうです。

目が悪くなって、共同経営者に、もっと儲けさせてやるから「これにサインしろ」と、鉄工所を騙し取られてしまった（息子さん談）そうです。失意のどん底状態で、私と同じ専門学校の二部に通っていた（私の約八年前と思われます）そうです。

先生はその後、都内に出ました（新宿のアパート時代の大家さんと食事に誘われ、紹介された方もいました）。息子のシンイチ君から新宿時代の苦労話は聞かされました。

共同経営者に鉄工所を騙し取られた後、マサ先生は更に追い打ちをかけられるように、もう一つ地獄を見ます。奥さんはシンイチ君を産む前にすでに子供を一人産んでいたのです。それをマサ先生が知った時の言動をシンイチ君はよく覚えていて、口角泡を飛ばすように私に話してくれました。相当のトラウマのようでしたし、マサ先生がアメリカに来たのは、それがきっかけのようでした。と言うのも、シンイチ君を養子にしたグラハムさんの奥様が、すでに出産経験のあったことを隠して結婚したマサ先生の奥さんのお姉様でした。グラハムさんの奥様とマサ先生の奥さんは、沼津で超有名な美人三姉妹の長女と次女だったのです。シンイチ君を養子に出し、グラハムさんから十万ドルを借り、ヒューストンから加州にかけて、市場調査後、ハワイにマサ指圧院を開設して、人生二度目の成功を果たしたようです。

大変な苦労（天国と地獄です）をされましたが、ハワイで成功したことに間違いありません。

シンイチ君に言わせれば、「ウチの父さんバカだからね、グラハムおじちゃんに借りた一〇万ドル、まだ返してないんだ」……そうですが。シンイチ君は小三でグラハムさんの養子に入り、登校初日の紹介で、バカ日本人とクラスで笑われ、少し気を病んでいました（英語力の問題で、本人談）。

何はともあれ、来布前から私が同僚のリサちゃんのビザ申請（最終段階で本人がI-129Bの書式をアメリカ大使館に提出する）をヘルプしてあげたので、先生と私の相性は初対面の時から割と良かったように思います。後述しますが、コージさんの助力もあったと思います……。もちろん、私に人生最高の時間をくださった方ですから、今でも私は感謝しています。

ここからは当時のマサ指圧院に関係する人物に焦点をあてて述べたいと思います。

②リサちゃん

アメリカ大使館からビザが下りたハガキが届いてから、まもなくだったと思います。ハワイのマサ先生から国際電話が入りました。

「一緒に来てもらう予定だったY・J（リサの本名）さんが、パスポートにスタンプをもらえなかった」と、先生の声のトーンは落ち着いていましたが、困っている様子でした。彼女はすでにGW明けの航空券を購入しているとの事で、のんびり構えていた私への催促かな?とも思いましたが、リサが書式の書き方が分からないのは事実のようでした。ハワイに着任してからリサ本人に聞いたのですが、一～二年前に一度サンフランシスコで入国を拒否され、帰されたことがあったようです。

先生は、「時間を待ち合わせして、一緒に大使館へ行き、本人に書式の書き方を教えて一緒に申請してほしい」との事でした。一九八七年四月末でした。そして五月一日ビザが下り（発給されパスポートにスタンプされる）、航空券を購入していたリサはギリギリで間に合いました。

リサはその後、暑いから嫌だと言い出し、先生は私に「リサをドライヴにでも連れて行ってくれないか?」とか、自室に妹を呼んでも良いと、何とかなだめようとしていましたが、私同様、三年の滞在許可スタンプをもらっていたと思いますが、一九八八年三月末頃、滞在十カ月で帰国しました。彼女は少し自己中のトラブルメーカーだったように思います。そして、男女年齢を問わず日本人には、育った環境やら教養知識の偏りから、アメリカの文化・風習になじめない方々が、とても多いです。

リサは帰国してから業界で成功した人の後妻に入り、いっぺんに五人の子持ちになり、業界内では知る人ぞ知る方です。私の事など、覚えていないようでした。

③コージさん

私より十歳上の兄貴分のコージさんは、永住権者。ブラックマンデー（一九八七年十月勤務）になりましたが、業界内のあまりよろしくない方々をたくさん見ているせいか、すぐにまともな私に話しかけてきてくれました。
十九日）の翌日、ＬＡからハワイのマサ指圧院に転職してきました。昼番（午後二時から

私同様に日本で病院勤務の経験があり、ＬＡに就職して、一年半で永住権が取れてしまったと謙遜していましたが、実務経験・能力・教養の全てに私は、コージさんの比ではありませんでした。コージさんも私に、人生のハイライトを下さった方の一人です。コージさんは昼番ですので、客待ちの時間は先生と話す機会が多かったようです。先生は朝十時に出勤しラジオで日本人旅行者の数を確認したり、ワイキキのホテル占有率や、指圧師達を上手に動かす情報を集めます。午後は仕事が少ないので、コージさんは先生の側での待ち時間が結構多く、そして先生の相談役になりました（経験豊富でしたから）。

コージさんが私のアメリカ生活の先生のような存在であった事は前述しましたが、仕事と仕事の間の移動（ワイキキエリア内なら徒歩、ワイキキ外ならタクシーを利用）は、私の方が優れていました。ひと仕事（通常一時間）が終わるとオフィスに連絡（電話）を入れ、次の仕事先を聞いて移動します。この作業（移動）は当初から、私が断突でした。これはクニも苦手でした。先生は当初、（私が指圧の時間を短くしている？）疑問を抱き何度かお客さんに電話確認していたようです。先生の側にいる事が多いコージさんは、「ジョージが特別で、誰もジョージのようには動けない」と説明したそうです。

先生の相談係のコージさんの様々な分析説明が、段々と私の立ち位置、存在を上げてく

れていたようです。翌一九八八年春には、ジョージは忙しい時期だけハワイに居てくれれば良い、ヒマな時はどうぞ旅行してください…になりました。仕事、旅行すべてにおいて、土地感が良いのは武器になります。

補足すると、少し後になりますが、日本から小柄な上品な女性が着任しました。育ちが良いのか?仕事間の移動が、私の倍以上かかっていたようです。ある夜、直接その方との合い揉み（同時に二人ずつの仕事）が二件続きました。翌日、先生に聞かれました。「どうだった?」私はもちろん、正直に答えました。「歩くのが遅いので、合わせるのに苦労しました。道程も、（にぎやかな）大通りしか知らないようです」

少し経つと、彼女は日本に帰国しました。先生にウソはつけないし、彼女に成長していただくか、先生にガマンしていただくしかない二者択一です。仕方がないですね。この時コージさんが、ジョージが特別と、言ってくださったようです。

コージさんはLA時代に運転していたハズですが、私はコージさんがハンドルを握っているのは一度も見ていません。本人は好きではないと言っていました。英語力や知力、頭も良い方でしたが、ワイキキ以外での仕事の後、電話したりタクシー呼ぶのが嫌だとは言っていました。だってハワイの公衆電話は半分以上故障していますから……。電話は仕事先で借りるのがベストです。

一九九〇年頃から、旅行会社の人達が携帯電話を持つようになりました。ハンドガンのようにホルスターでベルトに付けます。格好良かったです。まもなく（一九九一年）、コージさんも買いました。「ジョージさん電話して来ないで！　受けても50セント取られるから」だって!!　アメリカ生活において、たった一つだけ私がコージさんより勝っていた事は、地理感覚と移動の要領です。このあとはコージさんを追うようにLAからハワイに来た、地理が分からず運転な苦手が、クニの話です。

④クニチャン

私の六歳下のクニは帰国後、診療所で働いた後に開業して、今も現役で、時々連絡しています。クニは心臓が右寄りに付いていています。そのせいか方向音痴で、LAになじめずハワイに来ました。

クニは当初、パオアカラニのツーベッドルームをコージさんとシェアしていました。まもなくお客さんに気に入られ、カハラのTRさんの高級住宅（別荘）に引越しが決まり、私がクニの後にコージさんとシェアする事になりました（クニは感じていないようで私が恩を売ったのですが、その後私はクニを運転の手助けにコロラドのドライヴ旅行に誘ったり、借金したり散々世話になりました。今でも感謝しています）。

当初TRさんから買い与えられた中古の小型車ルノーに乗っていたクニは、ワイキキから三十分のカハラに住む事になりました。一九八九年夏頃でしたか中古車を買い替えたいと言うので私と中古車探しでパールシティに行って茶色の七八年式サンダーバードを四千ドルで購入しました。日本人は排気量を気にしますが、アメリカ人は馬力を気にします。

排気量の単位は日本ではccですが、アメリカはキュービックインチで、当時、私は暗算でおおよその値を計算できました（年齢のせいか今はできない）。

クニは（本人の名誉のために書きませんが、LAではいろいろ運転で問題があったようです）基本的には安全運転で、技術に問題はありません。ですから、本土旅行でも一緒に行ってもらったのですが、狭いハワイでは結構運転を楽しんでいたようでした。何しろ仕事が真面目でモクモクと働くので、キャンセル待ちの深夜仕事を、時々私は断ってクニに回していました。

コージさんと私、クニは、とても良い感じで、いつもツルんでいました。バランスが良かったのです、我々三人の……。ホテルの室内での仕事が終わると必ず、反対方向へ帰る方向音痴のクニですが、性格が良かったので楽しかったです。

⑤リエさん

一九八八年春、リエさんはクニより少し遅くハワイに来ました。クニと同年だったと思います。色黒でしたが、誰もが認める美人でした。すぐにアメリカ人の彼氏が出来て「この子はアメリカで成功する」と思いました。

大学を出て、東京の一流ホテルのオペレーターだったそうで、神奈川県から車通勤していたそうです。英語力もかなりの実力のようでした。よくコージさんと私がシェアしているアパートに来てくれました。ある時、三人で一緒にテレビを見ていた時、リエさんが笑いました。私はもちろんチンプンカンプンでしたが、リエさんが帰った後コージさんが、「リエちゃん笑っていたね、英語を理解している」と言って、コージさんもリエさんのアメリカでの成功を確信したようでした。

まもなく仕事量が増えて、マサ指圧院のナンバー1になりました。本人は「指が痛くて嫌だ」とグチッていましたが、私が帰国した後、アメリカ人と結婚して双子の赤ちゃんも授かったと人づてに聞きました。たぶん、今でもハワイで幸せに暮しているはずです。私にも好意的に接してくれて、ぜひ再会したい方の一人でもあります。会いたいな〜。

⑥アマギさん

アマギさんは私より十歳くらい上の年長者ですが、私の事をコウノさんと常に本名で呼んでくれました。二十六歳から世界中を仕事しつつ旅しながら回っているそうです。仕事帰りの深夜、顔を合わすとよくワイキキのバーガーショップでおしゃべりを楽しんでいました。マサ指圧院で、彼と仲良かったのは私だけです。休みを合わせてカラオケに度々行きました（コージさんとは焼肉でしたが…）。

アマギさんとの深夜のおしゃべりでは、たくさんの話を聞きました。LAのリトルトーキョーで、カラオケ帰りに「アイヒットユー」と、ウイスキーの空きビンで黒人に襲われ、手首をつかまれたがカーディガンを脱ぎすて逃げたそうです。チリの港町で、やはり夜のカラオケ帰りに襲われた時は、強盗が三人だったそうです。真後ろから一人が彼の右腕、もう一人が彼の左腕をつかみ、そして真ん中のヤツがアマギさんのズボンのポケットに両手をつっこみ小銭を持っていったそうです。アマギさんが振り返った時には、三人共もう角を曲がっていて顔も見えなかったそうで、ちゃんと場所を選んでいるんだと、言っていました。外国の危険な夜によく一人でカラオケ行くな〜、と私は呆れていました。

イグアスの滝（ブラジル）からバスでアメリカに戻ってきた事もあり、また、ブラジルからマイアミ空港へ戻った時、アメリカのソーシャルセキュリティーカードを本の間に挟んでいたのですが、その本を入国審査官が、持ってパラパラと振られた時は、「もうダメだー」と、思ったらしいのですが、固く挟まっていて落ちてこなかったそうです。

LAでも、リトルトーキョーのダイマルという安い宿に泊まるのですが、パスポートは必ず隠すそうです。どこに隠すの？と、私が聞くと、「絶対分からない所だよ」と言って、とうとう最後まで教えてくれませんでした。

カナダで半年ガーディナーをやっていた。パリでは労働許可証を取って二年レストランで働いたとか、NYの紅花で働いた事もあるようです。

とにかく、アマギさんとのおしゃべりは、とても楽しかったのですが、一九八七年末、マサ先生が料金を三六ドルから四〇ドルに上げた時は、チップの搾取だと言って少しずつ仲が悪くなり、最後は、「そんな風体しているからだ」とマサ先生が言ってはならない事を口ばしり、アマギさんが、「そんならイイヨッ、もう来ねえよ」と言って口ゲンカで終わりました。二十六歳から二十五年間、世界中を旅しながら仕事してきたアマギさんなので、達観していて澄んだ目をしていましたが、髪や衣類が無頓着なので一見するとボサーッとしていて、度々ホテルやコンドのセキュリティーに止められて仕事が出来なかったことがあったようです。この最後の時もそうだったようです。リエさんは、アマギさんの目をオランウータンの目だ、と言っていました。

仲良くしていたのは私だけだったので、少し淋しくなりました。やはり会いたい方の一人です。日本に帰国後、一度だけ私の伊豆のアパートへ遊びに来てくれました。その後は、中国の朝鮮族の家族と仲良くなり、五十一歳からは中国しか行っていない話を聞きましたが、本人の名誉のため書きませんが、銀座のサウナをクビになってからは消息が分かりません。ぜひ、元気でいてほしいです。

この項では、私が本名を覚えている方々を紹介しました。（当時のマサ指圧院で）もう一人本名を覚えている男性指圧師がいるのですが、省略します。他にも多士済々で、たくさん面白話はあるのですが、最後にもう少しマサ先生の事を書きます。マサ指圧院の料金設定と指圧師への歩合は、まず私が着任した当初の料金は三六ドルで、そんなに高くは感じませんでした。バブルの終わりの時期はマサ先生も値上げを重ね続けて、五五ドルの時はさすがに私も少し高いなと感じましたが、「ここはワイキキですよ」とお客さんには説明していました。実際ホテルのテレビで流すＣＭビデオ料も、先生が教えてくれましたが、かなり割高でした。ただしマサ先生は、モアナホテルの賃料はかなり安くしていただいているようでした。

三六ドルから四〇ドルに値上げした時のアマギさんの不満は前述したとおりですが、当初から大学を出て指圧師になったような、特に男性は文句が非常に多かったです。Sのお客さんにも、強欲な人だとか、平気で言っていました。四〇ドルになった時、私達の取り分（歩合）は一五ドルでしたが、四〇パーセントマイナス一ドルで、この一ドルが、受け付け女性の歩合になっていた事を知っていたのは、私とコージさんだけでしょう。

大学を出た人達は最低五割を要望していたようですが、経験豊富なコージさんは絶対そんなに払えないと言って、「ジョージさん、俺達高卒だから算数しか出来ないけど、高等数学を学んだ人達は五割も取って計算が成り立つらしいよ」と笑っていました。

クニは無頓着でしたが、コージさんと私は永住権を取得したり、ハワイのマッサージセラピストの免許を取得したり、事業を起こし継続していくことが、どんなにキビしいことか算数で理解していましたが、マサ先生もバブルの後半では計算違いをしたようで、絶頂は一九八七年の年末から一九八八年の年始が最高でした。私は一番良い時期に在籍していたようです。

南海の楽園、ハワイの生活は、私にとって、マサ先生や、この項で紹介した楽しい人達に囲まれ、天国でした。我が人生のハイライト、いつまでも忘れられません。

第二章　これがアメリカだ!!

1 自　然

ハワイで暮らし始めて四カ月、幸運にもバケーションが取れて、さっそく念願の本土ドライブ旅行を実行した私は、さらにアメリカの大自然の魅力に取りつかれてしまいました。雄大な景色、広い草原、タンブルウィード（風転草＝枯れると根元から折れ、丸くなって風に飛ばされる）の転がる荒野、過去にはテレビや写真などでしか見ることのできなかった世界に実際に足を踏み入れたのです。特に、西部の赤茶けた台地の連なりが、日本では見たことのない、雲一つない青空とのコントラストで、私の目にはとても美しく映ったのでした。広い草原の中を突き抜けるように続くフリーウェイをドライブしたときの爽快感、開放感一〇〇パーセントでストレスゼロでした。

アメリカは東部のニューヨークに代表されるように、文化や文明の先駆者のイメージが日本人には強いのですが、私は、アメリカは自然だ、と実感しました。山あり、谷あり、砂漠あり、川あり、海あり、洞窟あり、何でもあるのがアメリカです。これは、アメリカ人がよくそうするように、旅行したり、仕事などで移動したりして、ある程度広い地域、

リンカーン・タウンカー

数カ所を訪問してみないと分からないことです。私は、この一九八七年秋の時点で、ミネソタ、カリフォルニア、ユタ、アリゾナの各州を経験して、なおかつハワイで生活していたから実感できたことだと思います。本当に、アメリカは大いなる自然なのです。政府も一八〇〇年代後半から国立公園や国定公園を選定して、自然の景観を守っています。コージさんは、アメリカは、大いなる田舎だ、と言っていました。確かに面積割合で、アメリカを人工部分と自然部分で見たら、そのとおりだと思います。行政の考え方が、基本的にダウンタウンと呼ばれる都市機能の中心街をつくり、そこから、放射状に住宅地をつくり上げていくので、面積的に見れば、アメリカは、ほとんど田舎です。広い大地の割に人口密度が低いですから……。ですから、アメリカは、やはり、自然なのです（現在、東京都がアメリカの国立公園などでのレンジャーシステムを見習っているようですが、相当、おくれていますね）。

2 英語

第一章で「英語は身に付かないと思った」と書きました。そのとおりだったので、フォスタージいさんに発音をからかわれたりしたわけですが（53頁を参照）、そんな私にも聞き取れたり、コージさんに教わったりして理解できた表現が両手の指で数えられるくらいにあったので、恥ずかしながらここで紹介します。アメリカで生活を始めると、身近に接する英語は、ファーストフード店で注文する言葉。まずはそのあたりから……。

①「キャン　アイ　ハヴ～」と「ハンバーガー　ワン」

単純で簡単な、この注文の言葉。「キャンアイハヴ～」は一発で通じたので、発音にも問題はなかったようだし、おそらく、多くの日本人にとっても発音しやすく、通じやすいフレーズと思われるので、便利だし、ぜひお勧めしたい表現です。

問題は、「ハンバーガー　ワン」の発音ではなく、語順のほう。これは、最初に失敗してから、私は二度と失敗しないように気をつけましたが、日本人はつい（メニューの）品物名を言ってから、そのあとに続けて個数を言うので、これはどうも、アメリカ人の店員さんたちには分かりにくく、「ハンバーガー　ワン」という品物名（新製品？）に聞こえるらしくて、通じにくいのです。

ハワイに観光で来る多くの日本人が、この言い方で指を出したりして、三〜四度繰り返して、最終的には通じるので、発音が悪いのかな？　と勘違いして、気に留めないでいるようです。イヤ、実は語順が違うのです。ファーストフード店での注文は、必要な個数を言ってから、品物名を言うのが正解です。注文レジでの順番が来る前に、キチンと頭の中で食べたい数と物を整理してから、例えば「キャン　アイ　ハヴ　ワン　ハンバーガー」と言えば、たぶん一発で通じます。数が先、と覚えておけばよいでしょう。

あまり、英語の本などにもこのことは書かれていないようですが、数を必要とする注文のための英語では語順が大事です。よろしく、お願い、アメリカの店員より。

②「オリジナル　オア　クリスピー？」

やはり、ファーストフード店での話。ハワイへ来てから某有名「揚げ鶏肉店」へ最初に入ったとき、このように店員に言われて、最初は、まったく聞き取れなかったのです。二回目で、「クリスピー」は聞き取れましたが意味が分からず、「オリジナル」は、発音、アクセントが日本語のそれとは違うので、三〜四回目にやっと聞き取れました。

当時「クリスピー」はまだ日本の店にはなく、アメリカでも出たばかり。製品自体を知らないので仕方がありませんが、私は「オリジナル」が分かった時点で、オウム返しのように「オリジナル」と言って、某有名揚げ鶏肉店の商品を食すことができました。本当に英語はわかんねえなーっ（聞き取れねえ）と思った次第です。
「クリスピー」は、後にテレビの宣伝を見て気がついて、次に注文してみて理解しました。まず、英語は食からです……。

③　**「カップル」**

ハワイで生活するようになってしばらくすると、アメリカ人たちの会話のなかで、「ウエイト　カップル　ミニッツ」とか、「ウイゴナステイ　カップル　ウイークス」などのフレーズをよく聞くことに気がつきます。また、映画のなかでも、オフィスでの弁護士と秘書の会話のなかに「テイク　カップル　デイズ」などというフレーズがあったりして、「カップル」という単語が、耳に心地よく聞こえてくるようになりました。

「カップル」は、もちろん「ひと組」や「少し」の意味ですが、アメリカ人はこの意味で使う場合、twoよりも「カップル」を使うことが多いのに気がつきました。なぜなのかをコージさんに聞いたら、やはり「カップル」は、twoと違ってtooやtoと間違えずに使えるからで、アメリカ人にとって発音的にも言いやすく聞きやすいからだろうとのことでした。実際、結構日常的に使われているし、我々日本人がそれを聞くと（使うと）、ちょっと格好よい。この表現、どうでしょうか？　日本の若いカップルさんたち、トゥーやツーと変な発音で言わずに、「カップル」ですよ、アメリカでは。

P.S.　パーティーなども、アメリカでは必ず男女カップルで行きましょう。同性同士はダメですよ、ダンスもね。

④「カンパニー?」

この表現を、この本で内容的に絶対説明しなくてはなりません。この項のメインです。日本人男性であるあなたがもしハワイに行き、夜のワイキキの通りを歩いていて、娼婦とすれ違いざまに、この言葉をそっとやさしく可愛くささやかれたら、あなたは自分が日本人離れしている容姿の持ち主（＝アメリカ人に見える、アメリカに溶け込んでいる男）と自負してよいでしょう。

彼女らは、普通、日本人男性を誘う場合は、きわめて直接的な表現、すなわち日本語で「四文字の放送禁止用語＋する?」などと話しかけてきます。「カンパニー?（一緒に〜する?　付き合わない?）」と、間接的にやさしく誘ってくるのは、あなたのことを英語の分かる人間だと認識したからなのです。もちろん、あくまでも見かけ、見た目の雰囲気の話ですから、本当のあなたの英語力とは全く関係ありません。しかしこの場合、やらずぼったくりの目に遭うことはたぶんありません。きっと、楽しめることと思います。このような経験者は、たぶん少ないと思いますので、ワイキキで、もしあなたがこのように誘われたら、大いに自慢してください。

ところで私はド近眼で家ではメガネを使っていましたが、仕事で外に出るときはコンタクトレンズを使用しており（ハワイは暑いし、肉体労働なので大変汗をかきます）、身長一七八センチで体重は当時八八キロでしたから、体格的に平均的なアメリカ人に遜色なく、黙っていればアメリカ人に見えるようなのです。コージさんに言わせると、私はカリフォーニアン（カリフォルニア州生まれ）っぽいらしく、いろいろな面で得をしていました。この点だけはうらやましがられていたものです。英語力は無いに等しいのに……。

ですから二年目以降の仕事帰りの深夜、二～三度、顔見知りではない新顔のフッカー（娼婦）に、この「カンパニー?」の言葉で誘われたこともあります。もちろん、ついていったことは一度もありませんが。ちなみにコージさんは、英語は理解していても、短足、メガネで典型的な日本人的容姿なので、この言葉で誘われたことはないそうです。果たしてあなたは、カンパニー?と、誘われるでしょうか?

⑤ **「サンキュー　エニウェイ」**

アメリカ生活三年目くらいだったでしょうか?　繁忙期のＬＡＸ（ロサンゼルス国際空港）近くのレンタカー事務所のカウンターで、白人のおやじさんが店員と四十～五十秒ほど会話を交わした最後に、この言葉を残して立ち去るのを見ました。

どうやら子だくさんの家族連れで、ワンボックス車を探しているようでしたがここにはなかったようです。「よそをあたってみる」という意味で、「とにかく（とりあえず）アリガトウ」と、店員のそれまでの説明に感謝して言った儀礼的な言葉ですが、紳士的言動として、やはり好印象です。

アメリカでの買い物で、値段交渉の末、対価交換不成立の場合、最後にこの「サンキューエニウェイ」の言葉が使えるまで、内容的に店員や係員と会話や交渉ができるのは、かなりの英語強者といえます。言葉自体は簡単でもいろいろな意味で、特に我々日本人はそこまでいかない、こう言ってその場を立ち去る状況にまでならないのが現実です。

私がこの時、自分のレンタカーの手続きはよく理解していなかったのに、隣の言葉が耳に入ってしまったのは、偶然その数カ月前にコージさんからこの言葉の使い方を習っていたからでした。コージさんからは、ついでにその時もう一つ教わりました。

レストランなどで、近くのテーブルのアメリカの若い女の子たちの早口の会話が、集中していなくても五〇パーセントくらい理解できるようになったら、ヒアリングも超一人前だよ……と。私は未だに一〇〇パーセント不理解です。

⑥「ホールドイット」

ロサンゼルスのダウンタウン、ボナベンチャー・ホテルの最上階に、回転するバーラウンジ〝トップオブファイブ〟があります。景色が良く、ムードのあるバーなので、私の好きな場所の一つなのですが、一九九〇年のある日の午後、何かのついでに、その営業時間を確認しにホテルに入ったあと、地下駐車場から5th通りに出ると、五車線の一方通行道路の一番向こうの車線に消防車が停まっており、私のすぐ右横にポリスがいて、「ホールディット」と、左手のひらをこちらに向けて制止されました。

……今、確かにホールドイットって言ったよな……と思いながら、フットブレーキだけを踏んでいたので、私の車は少し動いてしまいました。すかさずもう一度、さっきより少し大きな声で「ホールドイット」と言われ、私は、ハッキリ「ホールドイット」であると聞き取れたので、「そのまま」の意であるな、とやっと理解できました。

道路の反対側では、ボヤがあったようで、消防車が少し動いた時に、私が駐車場から出て来たので停められたのですが、何も危険な状況ではなく、すぐに今度は立ち去れと合図されました。警察のよく使う言葉、「フリーズ」「ドン　ムーブ」より柔らかい、この表現で制止されたのは初めてでした。

有名な「フリーズ」は、私的訳では「ピクリとも動くな」です。「ドン　ムーブ」は「動くな！」。この「ホールドイット」が一番優しく、「そのままで」または「止まれ！」が適正な訳だと私は思っています。アメリカで生活を始めたら、「フリーズ」などより、この「ホールドイット」を言われる場面が圧倒的に多いはずです。ポリスのジェスチャーが付きますから、その場でも分かるとは思いますが、憶えておいてください。

⑦「ハヴィング〜」

この項の最後に、もう一つ、コージさんから教えてもらった英語表現を……。

ある日、コージさんがハワイでコンドミニアムの一室へ出張して、東洋系中年女性に対して仕事をしていると、その最中に、彼女へ電話がかかってきたそうです。目の前で応答している彼女の言葉を、手持ち無沙汰で聞くともなく聞いていると、彼女は電話の相手に「アイム　ハヴィング　シアツ　ライトナウ　アイル　コールユー　レイター（今指圧を受けているところだから、あとで電話するわ）」と言ったそうです。

この「今～している」と言うのに、「ハヴィング」を使った表現を初めて聞いたと言って、コージさんは少し興奮していました。夜、帰宅してから、お茶をすすりながら（翌日のオフィスだったかな？）、この話を聞いてからしばらくすると、たぶん同じお客さんだったのだと思いますが、今度は、私が同じ状況に出合いました。

前もって授業を受けていた私は、彼女が「ハヴィング」を使ったのがはっきり聞き取れました。単純な英語ですが、なかなか出てこない現在進行形の使用実例です。

以上、英語の専門家には笑われてしまいそうですが、私のように特殊技術があり、環境に溶け込めれば、結構この程度でもアメリカ生活は可能です。留学したい方、駐在したい方は、私の英語力を反面教師として、もっと適正に英語を勉強してから、英語圏の国へ行ってください。英語しか使えない場所で生活を始めると、ノイローゼになる確率のほうがかなり高いです。甘く見るなよ、若者たち！

英語を覚えるには――

留学経験もないのに、「日本人のいない所へ留学すればよいのだ」とか「五年もアメリカにいたら英語ペラペラでしょう？」と、この二つのフレーズが日本人には多すぎます。

おそらく上質でない留学経験者達が無責任に発した言葉を、聞きかじりでうのみにしているのでしょう。この言葉を信じて、若いあなたが留学を計画していたとしたら、きっと良くない結果、すなわち時間と費用のムダ遣い、または事件、事故、病気など危険な状況が待っています。

英語強者は、日本にいながらにして、英語力が上達して、さらなるステップアップやレベルアップのために、仕上げに英語圏の国へ行って生活します。日本の若者よ、絶対、勘違いしないでください。よろしくお願いします。

3　犯　罪

アメリカで犯罪が多いことは、すでに多くの日本人の知るところですが、もちろん統計上からも事実です。しかし、その割にはアメリカへ行く日本人、特に留学生たちに、犯罪に遭わない方法や注意、用心が周知徹底されていないと思われる事件が多すぎます。少し勉強すれば、また誰かに教えてもらってアメリカにおける常識的な注意点を知っていれば、アメリカ人だろうが日本人だろうが、その多発する犯罪に遭遇したり、被害者になったりする確率はそう高くはならないと思います。

ここでは、私がアメリカでの生活で見聞きした犯罪の事例をいくつかご紹介しますので、参考にしていただきたいと思います。

まず初めに、私がハワイに就職して最初にマサから注意すべきこととして聞いた話を書いてみましょう。この話は私が着任する半年くらい前のことだったらしいのですが、やはり日本から「マサ」に働きに来ていた三十歳前後の日本人男性が被害者でした。本当は着任したばかりの私には、マサ先生もあまり積極的に話したい内容ではないと思われるので、ほとんど事実であると思って私も心して聞きました。

その日本人男性マッサージ師は、ある夜、仕事帰りの深夜にお腹がすいたのでハンバーガー店へ寄りました。その店は日本人もよく知っているPKホテルの向かいのバーガーKで、お持ち帰りしたのか、店で食べたのかは定かではありませんが、店から自宅のコンドミニアムまでは2ブロック、約二〇〇メートルほどでした。

彼が、まさに自宅コンドミニアムのカギのかかる玄関ロビーに入ろうとした瞬間、いきなり後ろから殴られて財布を奪われてしまいました。玄関ロビーに入られたら終わりだと犯人は思ったのでしょう。だからコンドミニアムに入る直前で強硬手段に出たわけです。

彼の犯したミスは三つあります。まず、所持金を全て一つの財布に入れていたことです。

我々は現金商売であり、その夜の売り上げは自分へのチップや「マサ」のオフィスへ支払うリベート分をも含めて精算は全て翌日なので、いったん自宅へ持って帰ります。自分で用意した釣り銭用の小額紙幣でも一〇〇ドル分くらい。全て含めると、家路につく頃には財布の中には少なくとも二百数十ドルの現金がある状態になり、マッサージ師によっては四百数十ドル以上になる人もいます。これは、アメリカのチンケなワルには結構な大金です。不法入国のメキシコ人たちなど、三〇〇ドルで人を殺してくれると言われているほどです。小さな小銭入れや一つの財布にそれを押し込めると、かなりパンパンに膨らむことになります。女性はもちろんショルダーバッグを持ったほうが良いし、男性でも普通はセカンドバッグやベルト付きのハンドバッグを持ちます。

私はワイキキの仕事ではバッグは持ちませんでしたが、釣り銭はできるだけ少なくして、なおかつ買い食い用の少額の札やコインは、財布とは別にじかにズボンのポケットに入れておきました。つまり、できれば所持金は三カ所くらいに分けて持つ。これがアメリカでは正しいやり方です。日本人には理屈で理解できても、なかなか馴染めないやり方なのですが、そこが、この被害に遭った彼の第一のミスでした。

次に、ハンバーガー店で自分の所持金を財布ごと全部他人に見られてしまったのが第二のミス。それによって店から自宅まであとをつけられたのですから、軽率な行動はとるべきではありませんでした。

第三のミスは、やはり店から自宅までの2ブロック、約二〇〇メートルの間に、つけてきた犯人の存在に気がつかなかったこと。人通りの少ない深夜なので、自分のあとを誰かがついてくれば普通は気がつきます。これは難しいことですが、自分の周囲に気をつけて、注意して気配り、目配りするのはアメリカでは必要なことだし、慣れなければなりません。この彼は仕事帰りということもあって、疲労感から注意力を欠いてしまっていたのでしょう。

所持金を分けなかった、その所持金の全てを財布ごと人目にさらしてしまった、つけられたのに気づかなかった、このように三つもミスを重ねると、アメリカでは犯罪に遭う確率、被害者になる確率は一段と飛躍的に高くなります。

私の滞在中も、同僚の初老の女性マッサージ師が、やはり深夜の帰宅途中にハンドバッグをひったくられる被害に遭いました。女性は首からたすきがけにして、バッグを腹の前に置くのがよいでしょう。

殴られて財布を盗られた彼は、事件後少しノイローゼ気味になり、その三〜四週間後に日本へ帰国したそうです。女性マッサージ師の方も、事件から約二カ月後に帰国しました。アメリカで簡単に犯罪被害に遭ってしまったことは、日本人にとってはかなりのショックで、そのほとんどはその後、アメリカでの生活に精神的に支障をきたすことになります。

何も我々のように就業のために渡米した人間に限ったことではなく、特に留学生などは要注意です。自宅への道順、手段はよく考え、特に歩く道は人通りが多く明るい道を選ばなければなりません。つまりは住宅選びが大事ということにもなりますが、実際にこの作業が不十分だったために命を落とした名古屋出身の十九歳（当時）の日本人女子留学生もいました。あえて名前は書きませんが、三十年くらい経つのに未だに私が名前を覚えているほど有名になってしまった事件です。

この木、何の木、大きな木♪のオアフ島のモンキーポッド

二例目は、アメリカにおいて平均的日本人より少し養われた私の注意力が、被害を未然に防いだ例を書きましょう。

ワイキキの初夏のある日、コージさん、クニと私の三人は、ゴルフの打ちっ放しの練習をしたあとで、練習場から直にクニの車でホリデーマートへ買い物にでかけました。三十分ほど食料品などを買い込み、鉄骨二階建ての広い屋外駐車場の二階へ上る階段の途中で、三人のなかで一番眼の悪い私が、嫌な気配・状況に気がつきました。

我々が乗ってきたクニの車はまだ七〇メートル程も先でしたが、二階の端の方に停めた時はまだ少なかった周囲の車が、今はもう隙間なく埋まっています。しかもクニの車の周辺に色の黒い人たちが五～六人もいます。そのうちの一人は、手に持った飲料水のビンをクニの車の屋根の上に置いています。私はクニとコージさんにすぐに言いました。「おかしいぞ！　目を離すな！」三人で目を離さずに、しかし買い物袋を持ったまま静かに近づくと、その距離四〇メートルほどになったとき、彼らが私たちに気づきました。クニの車の両側に停めた車に分乗した彼らはあっという間に立ち去り、事なきを得ました。人生は努力とタイミング。少し時間がずれていたらと思うとゾッとします。

ちなみにクニは車内の掃除はしないので、二五セントにダイム（一〇セント）やニッケル（五セント）、そして一セントの赤玉まで全てのコインが座席や床に散乱していて、さらに練習帰りだったので、うっかり我々のゴルフクラブもトランクに入れずに、外から見える後部座席にありました。自分たちのミスはタイミングと注意力で救われました。

一つ目のミス、車内の見える所に金目の物を置いたことについては、もう今さら説明はいらないでしょうが、日本人に意外に知られていないのが、二つ目のミス。それはスーパーの駐車場のような広いところで、両側が空いていて、しかも端の方の場所に車を停めたことです。これも日本人は停めやすいために犯しやすいミスですが、アメリカの駐車場で一番よいのは、二台の高級車（もしくはキレイな車）の間に停めることです。両隣の車の持ち主が犯罪者である可能性が低いし、あとから悪い奴が来ても狙うのは高級車のほうだからです。

駐車場の広いアメリカのスーパーなどでは、端に停めることはよくありません。例えば一九九二年頃、ロサンゼルス・ロスセリトスのスーパーで、二十歳前後の二人の日本人留学生が殺されました。カーステレオ欲しさの強盗にピストルで撃たれたのです。
テレビニュースの画面上で見ると、車を停めた場所は、深夜なのにスーパーの入り口からはずいぶんと遠いように見えました。二十四時間営業のスーパーでの深夜の買い物は、できるだけ入り口に近くて店内の明かりのこぼれている場所に停める、これがアメリカの常識です。この子たちには誰も教えてあげなかったのかな？　かわいそうに……。

三例目は自分の失敗談です。一九九〇年四月初旬、その時期のロサンゼルスにしては、だいぶ蒸し暑い午前十一時頃でした。私はふらりと、ひと月前に二一〇〇ドルで買った七八年式クライスラーのコルドバでリトルトーキョーの紀伊國屋書店へ立ち寄りました。この車は電子ロックで、ワンタッチでバキッと大きな音がして左右のドアがロックされます。

その時も確かにロックしたはずなのですが、ほんの十五分ばかりの立ち読みのあと、路上のコインパーキングへ戻ると運転手側のドアがロックされておらず、音もなくキーは空回りしました。おかしいなと思い、中をのぞくと、なんと助手席の上の紙袋がなくなっていて、中に入っていたはずの電気代の請求書やら何やらの封書類だけが床に散らばっています。そしてプラスチックケースに入れた五〇セントと二五セントの記念コイン総額約四〇～五〇ドル分ほどと、コンタクトレンズ三〇〇ドル相当が紙袋ごとなくなっていました。

蒸し暑かったので、窓ガラスを一〜二センチ開けたまま出ていってしまったことを悔やみました。我が愛車には何の傷もなく、やはりドアを開けて取られたのでしょう。あとで専門家に聞いたところ、窓ガラスに一〜二センチの隙間があれば、針金のような専用道具で二秒で開けられる、とのことでした。春先の非常な蒸し暑さに注意力が減退していた私の完全なミスでした。

車を狙っている連中は、二人組でいることが多いです。自分たちのボロ車をコインメーターの路上パーキングに停めて、助手席の一人がメーターにコインを足しながら、やはり一日中気長に待っています。仕事だから当たり前。何を待つかって？　私のように窓ガラスに隙間を開けたまま車を離れる者や、ドアロックを忘れてあわてて去ってしまう忙しそうなビジネスマンなど、間抜けなカモが自分たちの近くのパーキングに飛び込んでくるのをじっと待っているのです。

ところで、もしあなたがリトルトーキョー辺りに観光で行ったとして、ビルの壁などに所在なさそうにしてもたれかかっている黒人たちを見て、いくら格好よく見えても、「彼女と待ち合わせかな？」などと絶対思ってはいけません！　彼らはひと時のエアポケット状態になるのを気長に待っているのです。その人通りが途切れる時間のアリ地獄のなかに、日系人のおばちゃんや日本からの観光客が一人で入ってくると、ハンドバッグや荷物をひったくられます。

彼らは本当に気長に待ちます。自分に危険が及びそうな時は絶対にやりません。あくまでも、人通りの少ないアリ地獄のような時間帯の中にアリが落ちてくるのを待つのです。

とどのつまり、小さな犯罪は、少しの用心・注意で十分防げるのです、油断さえしなければ。確かに日本と比べたらアメリカは圧倒的にその犯罪件数は多いけれど、粗暴犯や凶悪犯罪に出合う確率は、全体の人口からすると、日本より低いのです。例えば、殺人ならアメリカは日本の倍くらいの件数があるけれど、国土の広さは二十四倍あるし、人口密度は十分の一くらいなので、ここまで書いてきたとおり、知識・認識・注意力があれば、自分がその被害に遭う割合は日本より低いはずです。しかし、アメリカが犯罪大国であることに間違いありませんが、犯罪についてはこれくらいにしておきます。仕事中に車のバッテリーを盗られたとか、朝、出勤しようとパーキングの自分の車のところに行ってみると、ウインドウと後部ガラスが割られていたとか、たくさん例がありすぎるのでキリがありません。

4　自動車免許

よく日本の若者たちが「アメリカは免許が簡単だから留学中に免許を取ろう」とか、自分はまだ取得してもいないのに「簡単」という言葉を使っているのを聞きますが、免許を取ったあとで簡単だったと言った人を、私はまだ一人も知りません。私の滞在中にハワイとダウニーで免許を取得された知人が合計七人いましたが、皆、私より若いのにペーパー、ロードテスト（路上検定）、どこかで一回から四回落ちています。

たしかに日本よりは時間も短く、費用も安く上がりますが、決して簡単ではありません。日本と少し違った部分で理解しなくてはいけないポイントがいくつかあります。ここでは、自動車免許について少し書いてみようと思います。

まず最初に、アメリカは州が国のようなものですから、自動車免許も全部州単位で発行されます。もちろん、旅行や出張のつど、免許を取る必要はありません。どの州も、だいたい四十日以上の滞在からその州の免許取得を義務づけています。

アメリカはライティング（筆記）試験を先に受けて、合格するとそれが仮免になります。筆記試験のコツは日本とほぼ同じ、引っかけがあるので注意するということだけで、要は英語力と問題集や教則本をできるだけ正確に訳すこと。したがって、英語の翻訳能力が低い人はペーパーでも何度か落ちます。キックなどは二度落ちて、三度目は日本語の試験用紙が残っていた試験場を探して、やっと合格していました。

日本の大学を出て日本の免許を持っていても、そんなに簡単に日本の若者たちが皆一発合格するわけではありません。日本と違う法規も少しありますが、影響が出るのはむしろロードテストの時。ペーパーはとにかく教則本を正確に訳せ。それ以外にはありません。

私が取得したのはハワイとカリフォルニアの二州の免許。もちろん同時に二枚持つことは違法です。ただ、私は便利だったので二枚持っていました。両州を比べると、ロードテストの時には、やはり狭いハワイのほうが少しコツが必要です。

まずカリフォルニアのロードテストで注意することとは、道路が広いので、とにかく左折（日本の右折）とフォーウェイストップ。前者が厳しいのは日本でも同じですが、アメリカの試験官は、少し強引な曲がり方をしただけで、「オレを殺そうとした」と言って合格点をくれません。だって万が一、直進車が前方不注意でぶつかってケガをしたり死ぬのは助手席の試験官だから、仕方がないでしょう。フォーウェイストップについては、今ここでは述べません。

さて、ハワイのロードテストでは、道が狭くて車が多い状況は、日本と同じと思っていいでしょう。では、何がコツなのでしょうか。ペーパーテストに合格すると仮免なので、免許を持っている人から路上教習を受けることができますが、ここに問題があります。というのも、誰に習ったかによって、やはり危なくなるのは試験官ですから、ロードテストを申し込んでテストの直前に必ず試験官が誰に習いましたか？　と質問します。その時、家族やボーイフレンドだと、試験官の採点は厳しくなります。

ではどうすればいいかというと、プロに習うのです。お金を払ってプロに頼む。つまりインストラクターを頼むと、試験の日に同行してくれて、試験官に誰に習った？と質問された時にはインストラクターの名前を言って、できれば目線を彼に送ります。すると彼はちゃんと近くにいて試験官に目配せで合図してくれます。「私が教えたこの人はもう大丈夫です」と。

私の場合、ロードテストの最後のほうで対向の左折車線に少し出てしまい、試験官が

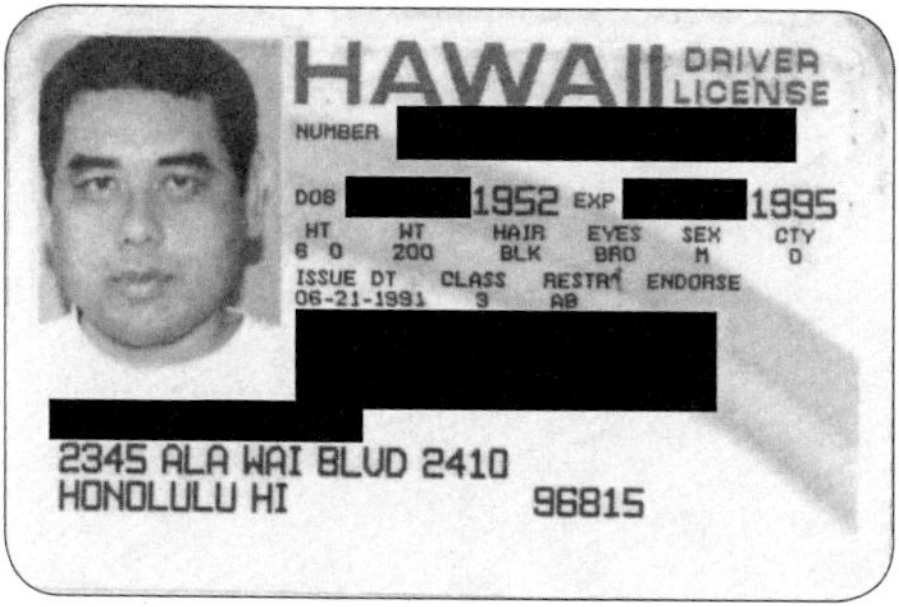

ハワイの運転免許証

「オッオー」と叫んでハンドルまで持たれてしまいましたが、合格していました。日本なら0点、中止ですよね。私は、よく日本語を話せないが日系人の、誠実なおじいちゃんのインストラクターに頼んだのですが、当然試験官たちとはお互いプロ同士、顔馴染みなので、インストラクター選びに失敗しなければ、実際の試験ではほとんどOK！　合格です。

　私の場合はペーパー一発三ドル、ロード一発八ドル、インストラクターに二回、四〇と四五ドル（チップ含む）、合計九六ドルで、ハワイの免許を手にしました。費やした時間は英語の教則本を訳した勉強の時間は別にして、三時間×四回、たしかに日本よりは相当簡単です。ですが、簡単だと言って何の準備もせず、知識やコツを身につけないで行き当たりばったりで試験に臨むと、皆失敗します。

　日本での運転歴がある若い男性でも、英語力が少し足りないと二〜三回ペーパーで落ちます。女性だと、日本での運転歴があってもロードテストで三〜四回落とされるのが普通です。私の助言を聞こうともしないで試験を受けに行った日本人女性三人は、全員三～四回落ちていました。東京で散々車に乗り、日本のある有名ホテルの電話オペレーターとして東京で車通勤もしていた大卒の当時二十八歳の女性でも、です。

簡単だろうとなめて試験場に向かった連中ほど、その後は口が重くなってあわてて勉強を始めます。ちなみに私は、カリフォルニア州の試験の時も、ペーパーテスト一発五十問中四十七問正解。ロードテスト一発八十八点で、その時はインストラクターも頼まずに両試験とも行き当たりばったりで、キックともう一人の日本からの新人指圧師従業員との付き合いで受けて、誰よりも先に取ってしまいました。

アメリカ滞在中、仕事、生活、旅行において失敗ばかりしていたわけですが、体の健康に恵まれたのと、この免許試験だけは全て一発合格したことは、我ながら完璧な部分でした。

5　運転技術

日本人も最近は、多くの観光客や留学生らが、アメリカでのドライブを楽しむようになりました。旅先での、アメリカンなマナー話は、ここでは別にして、運転のコツについて少し書いてみます。

まず、日本人のアメリカでの運転技術について、ステレオタイプ的に簡単に分けると、若い人は甘く見すぎで、年配者は恐れすぎです。基本は同じで、最初はサイドミラーを見ながら、左の白線に沿って走るのですが、若い人になかなかこれができない人を、私は過去に数人見ています。文章にするとかえって難しいのですが、日本で、基本のキープ・レフトが苦手で、実際の公道を走るときのキープ・ライトに慣れてしまっている方、また、普段から、景色やGSなどの目印で走っている方に、たぶん多いのだと思います。

日本では、車両の右側の座席で、左側通行ですから、道路の車線内で運転席の自分の体はセンターラインに近い方、右側に乗って前進します。この感覚、車幅感に慣れて、習慣性の強い方が、アメリカでの運転に慣れるまで時間がかかります。これは、年齢に関係なく、むしろ若い日本人に多いのですが、実際にアメリカの現地でハンドルを持たせてみないと分かりません。人格や性格はあまり関係ありませんから。

私はいつも、初めてアメリカでハンドルを握らせる人には、交通量の少ない、例えば実例ですが、デスバレーや、カリフォルニア州I－40に沿って残っている旧ルート66などで練習させました。そして、フリーウェイ（やはり交通量の少ない田舎で）に乗ると、この習慣のある人は必ず、車線内の右寄りを走りますから、すぐに分かります。すると、助手席に乗っている私は、隣の車線にはみ出るくらいギリギリを走行することになり、とても怖いです。また、すぐに自覚して、左に寄ろうとして、結局、車線内をフラつく方もいました（この方は当時四十八歳の年配者でしたが……）。

また、これも、若い方に多いのですが、標識を読もうとしません。英語ですから気がつかないのでしょうか？　運転の初日などで、アリゾナ辺りで、カーブにスローダウンせずに突っ込んで行ったり、とても怖かったです。フリーウェイでも、英語の地名が読めずに、ナビゲートできない留学生もいました。一般的な日本人の、特に語学留学生は、まず英語の標識、特に地名は地図も見慣れていませんから、まず英語の地名は読めないと覚悟してください。信用していると大変なことになりますよ。フリーウェイを七五マイルで走っていると、アルファベットを一文字ずつ読んでいるヒマなどないのです。しかも、アメリカでは、特に田舎に行くと、片側一車線ずつの一般道路でも、制限速度が五五マイル（約八八キロ）の所があります。これは、ほんとうに怖いです。居眠りなどで正面衝突しようものなら一ころですから……。

これらのことは、日本の旅行ガイドの本などにも、あまり書かれていないようなので、注意してほしいと思い記述しました。運転技術とは違いますが、もう一点、書かせてください。これも、あまりガイド本には書かれていない、レンタカーの借り方です。ガイド本に書かれている例文の英文は、まず通用しません。日数にもよりますが、コンパクトカーは結構、割高なのです。それに、木曜日から日曜日だと安くなったり、いろいろなタイプの車にいろいろな料金設定があるので、係員は必ず、どのタイプの車を、いつからいつまで、何日使うのだ？　と聞いてきますから、ガイド本の英語は通用しなくなるのです。それに、日本人観光客は事故が多いので、レンタカー会社から嫌われていますから……。とても、ひと言、ふた言の簡単な英語ではレンタカーを借りることはできません。ならばどうすればよいのだと言われるかもしれませんが、レンタカー会社によって商品もシステムも違いますから、ここで、説明することはできません。レンタカーを借りて、アメリカをドライブすることを、甘く見ないでください、としか言いようがありません。また、レンタカーは一般的にガソリンは満タン返しですが、アメリカのアラモでは、市場より少し割高のガソリン代金を先にチャージして、「空で返していいよ」と、まるでゲーム。客にとっては、できるだけ空に近い状態で返すのが、一番得になる、というシステムもあります。

アメリカは車社会です。レンタカーのサービスも非常にキメ細かいのです。後述しますが、私は、エイビスでキャディラックを借りて、ドジャー・スタジアム下辺りの五番フリーウェイを走行中に、飛び石が当たりフロントガラスが傷つきましたが、CDW（コリジョン・ダメージ・ウェバー。免責金額以下をカバーする）に加入していたので、何の問題もなく、普段と同様の手続き時間で返却しました。アイ、アクセプテッドCDWのひと言だけで済みました。キックとアメリカ横断旅行したときも、ガソリン吸入口のフタを失くしたのですが、その時は、アラモのシボレーカプリスでしたが、同様に問題なしでした。日本にいながらにして、アメリカのレンタカー会社のシステムを全て理解しようというのは不可能なのです。よほど、英語が流暢で、国際電話で全てが理解可能なほどの英会話力をお持ちの方なら別ですが……、一般人では無理です。私は、アメリカの自動車免許証とアメリカのクレジットカード、それに、エイビスの特別顧客カード（QUカード）を持っていましたから、少々英語力が不足でも、カード三枚が物を言って問題なしだったのです。

まあ、このことは、運転技術と言うよりは、車を借りる技術と言ったほうがよいかもしれません。

日本人としてではなく、普通のアメリカ人として係員が認めると、多くの場合、希望のタイプの中から三車種ほどを提示してくれます。例えば、私がフルサイズを一週間借りたいと申し出ると、シボレーカプリス、ダッジダイナスティー、ビュイックセンチュリーが空いてますけどどれにします？みたいにです。あるとき、ＬＡＸのエイビスだったのですが、私が少し英語に不自由と気がつくと、黒人の若い女性係員でしたが、パソコン画面をグルッと私の方に回してくれて、空いている三種類の車両を文字で見せていただきました。もちろん画面は、全部英語ですが……。

話は前後しますが、運転技術の問題で、習慣性が一番のトラブルの元のように記述しましたが、やはり日本人がよくやる反対車線への進入は、九十度曲がるとき、つまり駐車場などから道路に戻るとき、そして交差点での右折・左折時が多いです。車線が多くて、道路が広いので、錯覚を起こしやすいのです。

私は、約一〇万マイルのアメリカでの運転経験で、二度だけ反対車線に入りました。

一度目はアナハイムでしたが、一九九一年で、すでにハワイ州やカリフォルニア州の免許を取得して三年の月日が過ぎていましたが、実は、深夜、友人たちと日本食店へ行き、ビールをコップ半分ほど飲んでいました。いざ帰ろうと、駐車場から道路に出たとき、右折だったのですが、二車線を飛び越して、三車線目の反対車線に入り、同乗していた友人のラッセルが、「オイオイ」と目を丸くしていました。

二度目はナッシュビルでしたが、二〇〇二年十一月です。これは、右折か左折のあとに、四車線の一方通行道路に進入して逆走しました。

五つ年長の友人の山田さんが同乗していたのですが、呆れていたのか？　驚いたのか？　気がつかなかったのか？　無言でした。

このアメリカでの二度目、ナッシュビルでの逆走は実は三度目で、逆走としての二度目は日本でした。帰国して、かなり時間が経った一九九五年頃だったと記憶していますが、M湯温泉に登る有料の自動車専用道路で、やはり小用のため、いったん停車したあとに、右車線に入り一〇〇メートルほど走行してしまいました。

幸い、いずれの時も、時間・場所的に交通量が極端に少ない状況だったので、事なきを得ました。

このように、ミスは集中力が途切れた直後に起こりやすいのです。

友人とのおしゃべりや、夫婦・カップルで言い争うなど、険悪な気分の直後、よく路上でのひったくりや車上荒らしに遭います。周囲への気配り、集中力、（コンセントレーション）は、公道上において絶対必要です。多くの日本人が苦手な部分です。要注意！

第三章　アメリカドライブ旅行

ここでは、私がアメリカ滞在中に実行した数回の旅行のなかから、面白いエピソードをご紹介します。

1　アメリカ本土初、ソロドライブ（一人旅）

一九八七年九月中旬、ハワイで生活し、働いていけそうな状況になりつつあり、時期的に少しヒマになったころ、マサ先生が、「順番にバケーション取っていいよ。ジョージ、いつにする？」と言ってくれたこの一言が、私がアメリカをドライブ旅行し始めたきっかけです。

ハワイに就職した当初から、仕事に慣れたら、一年くらいのうちに休暇をもらい、絶対、アメリカ本土をドライブ旅行しよう、と思いながら、狭いハワイで単調な毎日を送っていただけに、チャンスが意外に早くやって来た、待ってましたとばかりに、私は、日本から持参したアメリカ地図を眺めながら、かねてより検討を重ねていたコースで旅行を実行すべく、エアチケット、ホテル、レンタカーを予約しました。何しろ初めてなので、コージさんにも相談しながら慎重かつほぼ完璧に計画したつもりでした。

日本ではあまり知られていませんが、ハワイの日系人社会とラスベガス（主にダウンタウンのホテル群）は親密な関係があります。簡単に書くと、その昔、ラスベガスのダウンタウンの営業成績が芳しくない時に、ハワイの日系人がたくさん遊びに行って助けてあげたのですが、そのため、当時、年に三回くらいは格安のパッケージが多く売り出されていました。私は、初めてのアメリカ本土、一人ドライブ旅行なので、その三泊四日のパッケージを二組購入して、旅行の最初と最後にラスベガスで三泊ずつ、中間をソルトレイクで二泊、グランドキャニオンで二泊することにしました。十月二十三日にハワイアンエアーのチャーター直行便で出発して、十一月二日に、またラスベガスから直行便でハワイに戻る計画です。

結局、日本にいた時には考えられない欲張った旅行日程を組んでしまいました。ここまでは、目標が達せられそうなので、相模原市役所を辞めてよかったと感じていました。コージさんは、あまり無理をしないほうがいいよ、と注意し、心配しながらも仕方なさそうに笑って見てくれていました。しかし、私はコージさんの言葉に耳を貸しませんでした。計画することが楽しかったし、いよいよ、私の夢の実現が近づいていたのですから……。

十月二十三日、いよいよ出発です。昼の十二時に、私は早めに家を出てホノルル空港へと向かいました。空港で余裕を持って待っていたのですが、ラスベガス直行チャーター便の搭乗アナウンスはなかなか聞こえません。

　出発は午後二時の予定だったのですが、直前になってやっと飛行機の故障点検中のアナウンスがありました。三時半を過ぎても搭乗アナウンスはなく、近くのハワイアンらしき大柄な男性が「チェンジプレーン」とつぶやいていました。

　四時半になって、私は心配でたまらずに、待ち合いイスの前列に座っていた日系人らしい年輩の男性に話しかけました。会話中に名刺をいただき、ハワイ島の二世のSさんと分かりましたが、彼は標準語の流暢な日本語で、「心配ないよ」と、ハワイ島から乗り継いできているにもかかわらず平然としていました。よくあることなのでしょうか？　そのSさんの隣に座っていた娘さんらしい若い女性は、「彼は英語が話せないのに、なぜ一人で旅行するの？」と、英語の小さな声でSさんに聞いていました。Sさんは、娘さんの言葉にはハッキリ答えず、私のほうを振り返り「そのうち何とかなるから、心配ないですよ」と再度、笑顔で言ってくれました。

　午後五時すぎ、幸か不幸か二時に出発予定だった機体はついに飛ばないことになり、乗客は次々にユナイテッド航空の二つの便へと振り分けられ始めました。そして、私とSさんたちは、なんと、午後七時十分発デンバー乗り換えの便になってしまい、しかも、デンバーでの待ち時間が三時間もありました。

　夜中にフライトして、時差があるために、デンバー・ステップルトン空港に着いたのは朝の五時。乗り換えのラスベガス行きまで待つこと三時間。その間に、空港の待合室から見た滑走路上の美しい朝焼けは、目に焼き付いて忘れることができません。

ワイキキの自宅を出てから二十三時間、やっとラスベガス・マッカラン国際空港に着きました。Sさんたちはダウンタウン、私はストリップ（大通り）のスターダスト・ホテルだったので、空港の外に出たときは、私はもう一人でした。

すぐにホテルに入って寝たかったのですが、私はスターダストに向かうのに、タクシーではなく、ダッヂの小型（八～十人乗り）のワンボックス車ですが、シャトルバスを選んでしまいました。ストリップまで三ドルとバスの横腹に書いてあります。地図で見るとスターダストはストリップの中間辺りです。安いし、安心だと思って乗ると、他の乗客も、私の後から五人乗ってきました。最初は私一人だったので、奥へ押し込まれるように、結局、最後尾の席に着きました。手にはチップを含めて四ドルを握りしめているとバスは動き始めて、私以外の五人の客は皆、私より早く降りてしまい、ストリップのホテル・フラミンゴの角で客は私一人になってしまいました。地図を見ると、スターダストまでは、まだ少し距離があるように思いました。ところが、少し頭の髪の禿げかかった、でも私より若そうな白人運転手は、お前も降りろと言ってきました。次の飛行機が着くから空港に戻る、とか何とか言っています。腹が立ちましたが、私の英語力ではアメリカ人相手に理屈を通せません。悔しさで頭の中がいっぱいになった私は、手に握りしめていた料金を運転手の手に渡す寸前で床に落としてバスを降りました。短気は損気、四ドルも払うことなどなかった、半分くらいでよかったのに……。スターダストには七分ほど歩いて着きましたが、滞在生活を始めてから五カ月、初めて差別らしき扱いを受けてしまいショックでした。本土を旅行すると、これからもこんなことがたくさん起きるのかな？　身の危険は？と、少し心配になってきました。

チェックインのあと、ベッドに横になって、フライトのトラブルで一泊損したのだから払い戻しはないのかな？　と、クーポン券の小さな字の注意書きを読むと、なるほど、パッケージは三泊だが保証は二泊と書いてあります。やはり、よくあることなのでしょうか？　敵に抜かりはありません。

ラスベガス二日目は、前日や前々日のことは忘れて、初めてのカジノ・ギャンブルに夢中になり、ブラックジャックで少し勝ったので早く寝ようと思いベッドに入りましたが、興奮と疲れのためか？　なかなか眠りにつけません。あげくの果ては十一時頃、足がつってきて痛くなり、浴室の浅い西洋湯船に座り込み、お湯をためて足を温め、揉んでさすって、やっと痛みが治まりました。そして、どうせ眠れないのならドライブしよう、ブライスキャニオンへ行ってみようと思いつき、すでに午後レンタカーを借りていたので、すぐに出発を決意しました。

初めてのアメリカ本土ソロドライブ旅行は、一九八七年十月二十六日午前〇時、ブライスキャニオンに向けて始まりました。

I－15（インターステート一五号線）を北上して、地図上のアリゾナ州の角を横切り、ユタ州へとヴァージンリバーに沿って渓谷を登るときは、道路に明かりがなく、自分の車のヘッドランプが岩壁をライトアップさせる光景はとても不気味でした。

なお、インターステートは州間高速道路のことで、I－15、I－25、I－35などの奇数は南北に、I－40、I－10、I－8などの偶数番号は東西に走る道路を表しています。例えば、アメリカ人は「アイヒフティーンで北へ行く」と言うように、Iと番号と東西南北で言い表します。

フリーウェイ（I－15）から下りて、ブライスキャニオンまで残り二時間半くらいの道中に、ハーリケーンという小さな町があります。夜中の三時頃、七〇マイル（時速約一一〇キロ）くらいの猛スピードで飛ばしていると、後方に赤と青の点滅ライトが……。「しまった」そういえば二～三分前、町はずれの木立の中に、廃車のような白っぽい車が見えたのですが……。

案の定、シェリフ（郡保安官）のパトカーでした。最悪！　町中なので、おそらく制限速度は三五から四五マイルでしょう。確実に二〇マイル以上はオーバーしています。

「これは、マズイ！」と思いながら、シェリフの「免許証」の言葉に、国際免許を提示すると、「どこへ行く」と聞くので、「ブライスキャニオン」と答えると、「もう飛ばさなくとも朝までに十分着けるからゆっくり行け、公園は八時半にならなければ開かないよ」と言って許してくれました。官僚的でなく、やさしいシェリフで助かりました。嬉しかった！　ユタはよい所です（単純だな、オレは……）。

シェリフの言うとおり、そのあとはゆっくり走っても余裕で、朝早く公園に着いてしまいました。公園が開くまで少し車内で仮眠しましたが、その直前、四マイルくらい手前の場所、両脇が森林の峠道で、私は黄色い霧に取り囲まれました。「何だろう？　不気味だな」と、車の窓を開けて手をかざしても、しっとり湿るだけのただの霧です。空はもう白んできていましたが……。森の中の上り坂を上り切って両側が草の平地になったところで、黄色い霧から抜け出ると、私の直正面に朝の太陽がありました。ただの乱反射だったのでしょうか？　見るもの全て初体験。それにしても不気味な黄色い霧でした。

地図を見ると標高二〇〇〇メートル以上ある、ブライスキャニオン。公園事務所に入って正面の時計・温度計を見ると十月末の朝八時半で華氏三十五度。だいたい摂氏〇度か？　寒いはずです。しかしそれまでは興奮と車内ということで、あまり寒さは感じていませんでした。

公園内の景色は筆舌に尽くしがたいので、観光案内物やプロの写真を見てください。正午頃までに、車で回れるほとんど全てのポイントを見てから、ラスベガスへの帰路に就きました。I－15を南下してラスベガスに近づくと、薄暗くなっていて、一四～一五マイル手前で、まだその地点の標高がラスベガスより少し高いので、眼下に広がる光の海が最高に美しい眺めでした。

四日目の朝、十時にスターダストをチェックアウトして再びフリーウェイ（I－15）に乗り北上、今日は、昼間なので景色を見ながらソルトレイクシティーへと車を飛ばしました。

今日も、七五マイルで気持ちよく走行していたら、午後二時、ミードゥという町の手前でハイウェイパトカーに停車を命じられました。オフィサー（警官）は一人で、若い白人です。「そんなに飛ばしてどこへ行く」と笑っていましたが、私はうまく言い訳できず、今度は許してもらえませんでした。一〇マイルオーバーのスピーディー（速度違反。当時フリーウェイの制限速度は六五マイル。現在は七五マイル）。これがアメリカでの初めての反則切符。反則金は二五ドルでした。広い草原の中を天気もよかったので、調子に乗って走りすぎてしまいました。

少し気を静めて制限速度で走って、次の町フィルモアでI－15から下りて、カウンターだけの小さな店で手作りらしいハンバーガーを遅い昼食として食べました。

休憩一回、違反による停止命令、昼食、ルックアウト（景色の良い停車場）と、四回車を停めましたが、四二七マイルを八時間で走って、午後六時、ソルトレイクシティーに着きました。

予約していたテンプルスクエアー・ホテルに迷わずチェックイン。翌日は朝から散歩したり、楽器屋へ行き、大塩湖を見て、さらに夕方はネバダとの州境で夕日を眺めてからホテルへ戻りました。

ホテル内のレストランでステーキアンドシュリンプの夕食を済ませると、今夜は室内でゆっくりして、よく睡眠を取ろうと思いましたが、夜九時頃、また疲れからか足がつりだしました。前々日のように湯で温めて揉み、さすり、痛みがひくと、どうせ眠れないのならと再び、今度は日程の前倒しでアーチズ国立公園へのドライブを決心！「チェックアウトできるか？」と、フロントに電話すると、ＯＫの返事。夜十時半、アーチズへと向かいました。

途中、夜も稼動していたという有名な鉱山を通過しましたが、それは、何年もあとに知りました。

やはり今回も早朝に公園入り口に着き、車内で仮眠したあと、午前中、一人で見て回りました。公園内の景色・見どころは、やはり別の書物・資料・写真などでチェックしてください。

昼過ぎにアーチズをあとにして、グランドキャニオンへ向かうべく、シボレーユーロスポーツ4ドアセダンを走らせましたが、まず午後一番にしたことは、朝から何も食べていなかったので、アーチズの最寄りの町、モアブの町はずれにあったハンバーガースタンドに寄ることでした。形が真ん丸でない、手作りのパテをジュージュー焼きながら、白人のやさしそうな四十歳くらいのお姉さんが「チーズの種類は？　野菜は何をのせる？」と聞いてくれて、私は、もちろん英語をよく理解していなかったし、うまく答えることもできませんでしたが、お姉さんは笑顔をたやさずハンバーガーを差し出してくれました。

時間がないので車内で食べようと、買ったハンバーガーをハンドル片手にパクついたら、ジューシーで最高においしかった。

それまで一度も日本ではそんなにおいしいと感じたことのなかったハンバーガーです

が、この時は、本当に「おいしい！」と感じました。やはり手作り、本場の田舎の味は違う！　と一人車内で感心していました。

しかし、この日の行程には最初から無理がありました。コージさんは、この日の日程を無理しないように、と言っていたのです。

気持ちが先走っていた私には、無理ではないという錯覚があったのです。

ユタ州南部の小さな町をいくつか通り過ぎるうちに、左肩が苦しいくらい凝ってきました。アクセルを踏む右足もつりそうなくらい痛くなり、もう限界だ、一人のドライブはきつすぎる、次回はクニでも誘うかな、と思いながら夕焼けのグランドキャニオンを見たい一心で、無理してアリゾナ方面、南へ南へと車を走らせていると、午後三時頃、正面の眼下に、雲海から突き出た美しくもぼんやりとした青黒いシルエットの台地の塔が、白い雲とのコントラストで幻想的で、とても美しい光景が目に飛び込んできました。苦しい左肩も、痛い右足も、眠気も吹き飛ぶ素晴らしい景色でした。

それはモニュメントバレーの岩石群が雲海から突き出ている光景でした。私の走っている場所がモニュメントバレーより標高が高かったので、二〇マイルくらい手前から眼下に見えたのです。あの景色だけは、天候状況によって変わるのだろうけれど、もう一度見てみたいものです。

しかし、残念ながら夕焼けのグランドキャニオンへは間に合いませんでした。無情にも、キャメロンで六四号線を西に入ってまもなく、六時頃、夕日は岩の大地の向こう側に落ちてしまいました。グランドキャニオンの予約していたブライトエンジェル・ロッジにチェックインした夜七時には、周囲はすでに真っ暗になっていました。私は翌日以降に期待しました。が、次の日から旅行の最後まで、あいにく天候は崩れました。

十月二十九日、最初から丸一日グランドキャニオン観光の予定でしたが、朝から曇り、ときどき霧雨でした。肌寒い日でしたが、午前中から午後二時くらいまでに一応ほとんどのポイントを見ましたが、予定の最後のポイントで雨が強くなり、煙ってきて、渓谷は全然見えなくなりました。撮った何枚かの写真をあとで見ると、やはり天気が良くないと、いくらグランドキャニオンとはいえ、写真もそれなりで、感心できるものはこの日は一枚もありませんでした。

グランドキャニオン二日目の朝、ラスベガスへ帰る日でしたが、勝負をかけて朝、早起きしてみました。果たせるかな、七時頃から八時すぎまでのほんの一時間あまり、ちょうど日の出の時間帯だけ晴れていました。ラッキー！　キレイな写真もたくさん撮れて、本当に早起きは三文の得でした。

十月三十日、この日は、ラスベガスへ戻るため、半日ドライブです。道中、四〇号線上は標高が低く晴れていました。のんびり、何事もなく荒野の景色を見ながら、フーバーダムを下れば、ラスベガスはもうまもなくです。

午後三時、再び三泊で六七ドル六六セントの二回目の格安パッケージで、スターダスト・ホテルにチェックインしました。

その時、私の手続きをしてくれたフロントマンは、なぜかコックさんでした。白衣のコックさんは黒人さんで、何のとまどいもなく淡々と手続きを進めていきました。その時、私は英語を話すほうに神経がいっていたせいか、あまり周囲が目に入らなかったし、気にしてもいませんでした。

そのあと、手荷物を部屋に置きカジノに出てみると、今度はブラックジャックのテーブルで、ディーラーの女性が血の付いた手術着を着てカードを配っています。アイランド（一つの区域）マネージャーや通りがかりのスーツの従業員が「ナイス、コスチューム」と口々に誉めています。これはおかしいと周囲を見回して、やっと思い出しました。「そうだ！　ハロウィンだ」本で読んだことはありましたが、現実に、しかもラスベガスのホテルのフロントやカジノでこんな仮装が見られるとは思ってもいませんでした。これも初体験。不思議な光景でした。

四日ぶりに戻ってきたラスベガスの空は、残りの二日間ともどんよりと曇っていました。ドライブ旅行は天気がよくないと楽しみも半減します。カリフォルニアとの州境まで行ってみたり、オールドネバダの入り口まで行きましたが、小雨が降ってきたので入場はしませんでした。

そのあとは、ショッピングモールや楽器店や質屋を見て回っただけで、十一月二日、今度は直行便で、すんなりおとなしくハワイへ帰りました。その夜は気もゆるみ、疲れ切ってぐっすりと、翌日の午後まで眠ることができました。

十四時間も寝たあとに、目が覚めてびっくり、背中がやけに痒いのです。鏡に映してみてまたびっくり。なんと背中が真っ赤です。ダニや虫に十数カ所も食われていました。湿気の多いハワイで十日もベッドを空けていたので、どうやら虫たちの天下だったようです。

最後の最後で「落ち」もついて、「おあとがよろしいようで」おそまつでした。

初めてのアメリカ本土ドライブ一人旅の教訓は、アメリカ本土ドライブ旅行では絶対無理をしてはいけない。余裕を持って行程を組み、移動、行動、運転をしよう、でした。次は絶対、運転の手助けにクニを誘おうと思った次第です。

2　クニとコロラドへ

一九八八年五月、一年ぶりに日本へ五日間だけ帰国すると、すぐハワイへ戻り、一夜だけワイキキの自宅で寝た翌日、今度は半年前の思惑どおりに、同僚のクニを誘って二度目のアメリカ本土ドライブ旅行へと出発しました。

今回の行き先は、クニが半年前まで働いて生活していたLA、つまりロサンゼルス。そしてデスバレー、メインの楽しみはコロラドへ蒸気機関車に乗りに行くこと。さらに、お互いに一回ずつ経験のあるラスベガスへも行く予定でした。

計画は完璧でしたが、またもやたくさんの失敗をしました。最初の失敗は、LAの夕方の大渋滞でした。LA郡内のピコリベラに泊まったクニの友人の家（ケンのアパート）か

郵 便 は が き

料金受取人払郵便

新宿局承認

1408

差出有効期間
2021年6月
30日まで
(切手不要)

1 6 0-8 7 9 1

1 4 1

東京都新宿区新宿1－10－1

(株)文芸社

愛読者カード係 行

ふりがな お名前		明治 大正 昭和 平成 年生 歳	
ふりがな ご住所	□□□-□□□□		性別 男・女
お電話 番 号	(書籍ご注文の際に必要です)	ご職業	
E-mail			
ご購読雑誌(複数可)		ご購読新聞 新聞	

最近読んでおもしろかった本や今後、とりあげてほしいテーマをお教えください。

ご自分の研究成果や経験、お考え等を出版してみたいというお気持ちはありますか。

ある　ない　内容・テーマ(　　)

現在完成した作品をお持ちですか。

ある　ない　ジャンル・原稿量(　　)

書　名				
お買上 書　店	都道 府県　　市区 郡	書店名		書店
		ご購入日	年　月　日	

本書をどこでお知りになりましたか?

1.書店店頭　2.知人にすすめられて　3.インターネット(サイト名　　　)

4.DMハガキ　5.広告、記事を見て(新聞、雑誌名　　　)

上の質問に関連して、ご購入の決め手となったのは?

1.タイトル　2.著者　3.内容　4.カバーデザイン　5.帯

その他ご自由にお書きください。

(　　　)

本書についてのご意見、ご感想をお聞かせください。

①内容について

②カバー、タイトル、帯について

弊社Webサイトからもご意見、ご感想をお寄せいただけます。

ご協力ありがとうございました。

※お寄せいただいたご意見、ご感想は新聞広告等で匿名にて使わせていただくことがあります。

※お客様の個人情報は、小社からの連絡のみに使用します。社外に提供することは一切ありません。

■書籍のご注文は、お近くの書店または、ブックサービス(0120-29-9625)、セブンネットショッピング(http://7net.omni7.jp/)にお申し込み下さい。

らデスバレーへ行くのに遠回りして、リトルトーキョーへ寄ったので、夕方にラスベガスへ向かうのに地図だけを見て判断して一〇号線（I－10）を東へ走ることにしたのが間違いでした。何しろ初めてだったので、交通事情が分からず、LAで一番混む路線とはつゆ知らず（クニは知っていたようですが、LAの車社会になじめずハワイに来たのです。代替案が浮かばずに黙っていたのでしょう）、夕方の大渋滞に巻き込まれてしまったのです。

　五車線もあるのに、なんでこんなに混むのか？　と思ううちに、どんどん時は過ぎ、やっとデスバレーやラスベガス方面へと北上するフリーウェイ（I－15）に乗り換えられたのは、もう夕方五時半でした。デスバレーには予約したファーネスクリーク・インだけしかホテルはないので、「遅くなるが」と言って予約キープの電話を入れました。この時の英語は、電話なのに一発でなんとか通じて、とりあえず部屋は確保できました。I－15に乗ってからは順調に進み、ベイカーの町で左に折れて、いよいよデスバレーへの一本道に進入した頃には、すでに周囲は

真っ暗になっていました。そして、デスバレーに近づくにつれ、車はどんどん下って行き（デスバレーはアメリカの最低標高地で、海面下八二メートル）、夜九時から到着した十時にかけて、標高がだんだんと低くなるにつれて、バレー（谷）といっても日本でいえば盆地なので、私たちのキャディラックセヴィルの車内のデジタル温度計は、逆にどんどん上がって、とうとう、チェックインの時、ファーネスクリーク・インでは、夜十時なのに温度計は華氏百八度、つまり摂氏四二度を表示していました。

そして翌日の昼間、デスバレー内を観光している最中に、ついに気温四十五度を記録。あまりの暑さに頭がクラクラしてきましたが、汗が出ません。いや、どんどん蒸発しているのです。腕には塩分だけが白く残ります。文字通り、本当に死にそうに暑いデスバレーでした。六月になると、入園するには届けが必要になるらしいのですが、暑さはもう十分味わいました。夕方、クニと二人でホテルの生温かいプールで泳いでリラックスしました。

翌朝は早起きして、まだ涼しいうちにコロラドへ向けて出発です。

三日目、今日はひたすら走る（ドライブ）日なのですが、またやってしまいました。ユタ州に入ってカナブの町を十五分くらい過ぎた八九号線で、対向してきたパトカーに車載レーダーで計られ、たったの五マイルオーバーのスピーディーで反則切符を頂戴したのです。そして、夕方四時頃でした。今でもクニがよく話題にする希少な体験がありました。我々はユタ州からコロラド州へ入ってまもなく、州道一六〇号線と六六六号線が合流して重なった……といっても、周囲は荒野で何もない田舎道の、コーテッの町から一五マイルほど手前で、少し小腹がすいて、「腹へったなー」「何か少し食べたいね、夕飯前だけど」と、どちらかともなく言い始めて、「店があったら、ひと休みしようよ」と話していました。

まもなく、前方の道路脇の岩山のすそに、小さな店が一軒見え始めました。「あった、何か買おうよ」と、運転していたクニが、車を店の前の広い駐車スペースに寄せて行くと、まだ周囲は明るかったのですが、外に一人で立っていた老女が、ロングスカートのすそをひるがえしながら、店の中へ逃げるように入って行くのが見えました。「ありゃー、もう店じまいかな？」と私はつぶやきましたが、クニは店の入り口から十数メートルも離れた場所に車を停めました。

車を降りたクニが一人で歩いて行き、買い物をするために店に入ろうとしましたが、店のドアが開きません。クニは、ドアの横で、何やら中をのぞき込むように腰を少し折り曲げました。

私は車内で地図の再チェックをしながら、クニの後ろ姿を見て、「やはり、店じまいかな？」と、思いましたが、しばらくすると、クニは手に小さな紙袋を持って車のほうへ戻って来ました。

クニは運転席に座り直すと、開口一番、「ジョージさん、オレ、ドアを閉められちゃったよ、中に入れてくれなかった。なかなか英語通じなくてさあー、何回も言って、やっとブレッドとミルクだけ通じたよ。これだけ買うのも大変だったんだ」と、言いました。

クニは店のドアの横の小さな窓から、なんとか買い物をすることができたのですが、それにしても、車が近寄って来るのを見ただけで、店を閉めるとは……、あの辺りはそんなに危なかったのかな？　本当にクニがショットガンで射たれなくてよかったです。

そして、このあと運転を替わった私が、また、小さな町のマーシャルに、下り坂でスピードを計られ、一〇マイルオーバーのスピーディーで反則切符。なんと、一日に二枚も切符をいただきました。

クニは安全運転なのでスピードの心配はなく、二度の違反は両方とも私の運転でしたが、今日は一日中ドライブの日で、疲労とともに二人とも気持ちが暗くなって何やら不吉な予感がしてきました。

ところで、アメリカでは交通反則切符といっても、ほとんど通知で、あとからチェックを郵送して反則金を支払うのが普通のやり方です。詳しくは後述しますが、一九八九年五月に、サウスダコタの州道で一度だけ現金で支払ったことがあります。

さて、その夜は目的地であるコロラド州デュランゴのモーテルで静かに眠りました。

四日目の朝、今日は、今回の目玉目的である、観光用蒸気機関車にさっそく乗ろうと決めて朝早くモーテルを出ました。

真夏には一日に四往復、デュランゴーシルバートン間を運行しているのですが、この時はまだ一日二往復、朝八時と九時出発の二本だけでした。八時の一番列車に乗るつもりでモーテルを出たのですが、私が財布を忘れてしまい、取りに戻っている間に八時発の一番列車が出て行くのが見えました。「仕方ない、九時のにしよう。もともとどっちでもよかったし」と、私は思いました。ところが九時の列車の切符を買うべく窓口に行くと、今日はもうない、明日だと言います。売り切れかな？　そういえば、駅構内にも汽車は見えません。変だな？　といぶかりながらクニと今後の予定を相談すべくいったんモーテルへ戻ろうと、駅のすぐ横の踏切を渡っている時に、私はやっと気がつきました。「そうだ、時差だ！」ここは、コロラド。カリフォルニアより一時間早く時は進んでいるのに、私は気づかずに時計を進めることを忘れていたのです。モーテルへ忘れた財布を取りに行っている間に出ていった、私が一本目と思って悠々と見送った汽車が、実は二本目、九時の汽車だったのです。

本当はコロラド州に入った時点で、腕時計や車の時計を一時間進めていなくてはいけなかったのですが、二度の交通違反や、長距離ドライブの疲れから、すっかり忘れていました。

「あーっ、またどじった。なんと間抜けな私、日本人。どうしようか？」

クニと相談し、ここまで来たからには、汽車には乗りたいので、今日はデュランゴからニューメキシコ方面へドライブして、フォーコーナーズやシップロックを見て、明日、汽車旅行をしたあとに、汽車は夕方五時十五分にデュランゴに戻って来るので……。そのあと少しきついけれど、夕方から深夜にかけて二人で運転を交代しながらラスベガスまでドライブすることに決めました。

ここで無茶な日程にしてしまったことで、ミスがミスを呼びました。ラスベガスまでは十時間以上かかり、到着はたぶん深夜三時を過ぎると思われるのに、予約してあるラスベガスヒルトン・ホテルへ予定の変更の連絡を入れることをすっかり忘れていたのです。

さて、その日は天気もよくてニューメキシコはシップロック、フォーコーナーズにモニュメントバレーまで行けて、快適なドライブを楽しみ、時間的にも余裕でデュランゴへ戻ることができました。いよいよ明日はハイライトの蒸気機関車です。目覚ましもセットして、疲れを取るために早めに寝ました。

五日目、さあ今朝は何も問題なし。早めに駅に行き、切符も間違いなく一番列車で購入。駅構内で蒸気機関車と客車十両を連結するところから見学して、定刻どおりシルバートンへ向けて出発しました。

乗客は客車十両で約五百人でしょうか？　満席でした。クニと交代で十両の客車の前から後まで歩いてみると、乗客の中に東洋人は私とクニの二人だけで、ほとんどは白人の老人たちでした。楽しそうにおしゃべりしているおじいちゃん、おばあちゃんの早口の英語が私たち二人にはまったく分かりません。誰も私たち二人には目も向けません。あえて無視しているようにも見えますが、たくさんの人間が客車内という狭い空間にいるのですが、私たちは二人だけの世界です。

しかし、道中の渓谷をぬうように走る川や、山の景色は素晴らしくて、北米をつらぬくロッキー山脈南端での蒸気機関車の旅は、それなりにレトロで楽しいものでした。

到着地のシルバートンでは、インディアンの血を引いているな、と思われる人たちが数人土産物店で働いていました。ワンアワーフォトの店員が、海兵隊で岩国にいた、と言っていました。

夕方五時十五分にデュランゴへ戻った列車から飛び降りるように下車すると、私たちはさっそくラスベガスへ向け、車を走らせました。

六六六号線を南下してギャラップで日が暮れてきましたが、ガソリンを補充してスナック類を買って車内で食事をし、交代で運転しながら眠気をこらえてラスベガスへ向かいました。

ホテルへ連絡していないことを途中で一度思い出したのですが、二泊取っているので大丈夫だろう、疲れた頭で電話で英語を話すのも面倒だし、と自分勝手に脳裏から消してしまいました。本当に、この頃はまだどうしようもない、愚かな日本人旅行者だったのです。

午前三時半、十時間以上かかってやっとラスベガスヒルトン・ホテルに到着、二人ともくたくたでした。すぐにチェックインして寝るつもりだったのですが、なかなか手続きが進みません。そう、連絡を入れなかったのでノーショウ扱いで取り消しになっていたようです。

改めて部屋が決まってカギを受け取るとき、フロントの初老の白人男性が、六〇センチくらいしか幅のないカウンター上で、鍵を軽く放り投げました。彼は鍵を私に、決して手渡そうとはしませんでした。深夜番で面倒な客にあたって嫌悪感があったのでしょうが、人種差別主義者だったかもしれません。

ちなみに、アメリカで、宿泊施設にチェックインして鍵をもらうとき、こちらの手のひらの上にそっと載せてくれる人は何も人種的な差別感覚を持っていない人か、きちんと自制心を持っている人。次にカウンターの上をすべらせるように、こちらへ押し出して渡してくれる人は、内心は分かりませんが、一応作法どおりマナーを知っていて失礼ではない渡し方。これ以外のやり方で鍵を渡されたら、もしかしたら悪感情を持っているかもしれません。

部屋に入ると、セミダブルベッドで毛布が一枚しかなく、とても寒くて、ルームサービスに電話すると、まもなく白人の女性メイドが毛布を持ってきましたが、マスターキーで勝手にドアを開けると、入り口付近から毛布をベッドに向かって放り投げ、さっさと帰っていきました。

どうやら我々はホテル側からみれば困った客のようです。仕方がありません、ここはアメリカ。連絡を入れなかった私が全て悪いのです。逆恨みですが、クニと二人でラスベガスヒルトン・ホテルには二度と泊まらない、と誓いあって、翌日は別のホテルのカジノへ遊びに行きました。ささやかな抵抗です。が、むなしい！

そして、最後にさらに大きなミスが発覚。ハワイに帰宅のため、ＬＡＸでエイビスレンタカーの精算をしたら、調子よく乗っていたキャディラックセヴィルは高級車のため、フリーマイレージ（走行距離無制限）ではなかったのです。借り出す時に知っていましたが、予約した手前と、英語での交渉が面倒になり、気に留めないでそのまま借り出し、見積もり計算もしませんでした。

やはり、自分勝手に脳裏から消していたのです。果たせるかな、コロラドまで行って帰って来たので、その走行距離は二〇〇〇マイル以上、当然料金は上がり、なんと、アメリカでのレンタカー代としては超高額な一〇〇〇ドル一歩手前、約九八〇ドルでした。私のカードで払って、クニからはハワイに着いて別れ際に四〇〇ドルをもらいましたが、クニに悪いことをしてしまいました。通常の倍以上でした。

クニは安全運転だし本当に助かりました。特にデュランゴからラスベガスへの十時間半の行程は、二人でなければとても無理だったでしょう。ミスがミスを呼んだ、失敗ばかりの二度目のアメリカ本土ドライブ旅行。まだまだ、とてもアメリカ旅行上手とは言えません。自己採点では落第点の三十点、よく無事でしたが、不合格です。

3　番外編――デスバレー

一九八八年十二月十四日、ロサンゼルス郡ダウニー市での仕事（詳しくは後述）を辞めたあと、私は、九日間は友人のジミーとＬＡ近辺をドライブしてぶらぶらしていましたが、二十五日から二泊三日で、ダウニーで知り合った若者キック（当時二十七歳）とケン

（当時二十五歳）の二人と別れる前にラスベガス旅行を計画しました。

ケンは北海道出身、ダウニー市の日本式指圧施設（日本指圧センター）でビザステータスのないまま、つまり不法労働で五年も働いていて、英語は割と達者になっていたのですが、軽いうつ状態で、私とキックが同時にダウニーにやって来たあと、一緒に遊ぶようになり、ラスベガスでのギャンブルも覚えて病気が治りつつありました。

キックは四国のある建設会社のぼんぼん息子で、年齢の割に中身はほとんど子供で、日本の私立大学を卒業していましたが、自分の父親とダウニー市のケンの職場のお偉いさんとの関係で、留学と称してFビザでアメリカに来ていました。英語は全然ダメで、アダルトスクールなど二～三回で通わなくなる始末でした。

この二人と二十五、二十六日とラスベガスで遊んで、二十七日にデスバレーへ行き、夜までにLAに戻って、女友達のトモちゃんと食事して、二十八日にはハワイへ帰る予定でした。私が悪いのですが、帰りに近道をしようと砂漠の未舗装の道へ入りました。ところが長いこと直線道路だったので、眠くなって油断してしまったのです。四〇マイルくらいのスピードで（速度標識は二五マイルだったと思います）、低地であるドライクリークを横断する半径五〇メートルくらいの下りの右カーブに突入しました。

下りの落差は百分の一四～一五メートルだったと思いますが、平らになる寸前、三〇～四〇メートル手前辺りからスリップしてハンドルを取られ、平らになった辺りで、我が愛車は道からはずれ横転しました。時間にして、三～四秒のことだったでしょうか？　車は百八十度回転して、逆さになっていました。

真っ逆さまになった車内の運転席で、まだエンジンが回っているのに気づいた私は、今、火が出たら死ぬと思い、あわててイグニッションを切りました。寝ていた二人もスリップが始まると同時に目覚めていました。一～二分して、助手席のキックがドアを足でキック。シャレている場合ではありませんが、やっとゆがんだ車体から三人は外に出られました。

キックが「ジョージさん、見て」と言うので、裏返った車体の左、フラついた前輪付近を見ると、直径二センチほどの、ハンドルを切ると前輪の向きを変える鋼鉄のロッドが、ナイフで切ったようにスパッと折れていました。ハンドルを握っていた私の感覚では、横転の直接の原因はロッドが折れたからではないかと思います。何しろ一九七六年式と、大変古くなおかつ、かなり走行していた六〇〇ドルのシボレーカプリス（フルサイズの大衆車）の中古車でしたから……。

ダウニーの仕事を辞めてハワイに帰る前に少し遊んで……などと考えた私の遊び根性が失敗を招いてしまった、さっさとハワイに帰ればよかったのに……。

さて、その後は逆さになった車のトランクから砂の上に荷物を落とし、貴重品と食べられる物だけを持って、私たちは歩くことを決意しました。地図を見ると、事故現場から舗装道路へ出るまで約二〇マイル（約三二キロ）、その地点からモーテルのあるベイカーの町まで約三八マイル（約六一キロ）。その途中に何もないのは、これまで二度（実は十二月初旬にも、世界放浪二十年の大先輩、アマギ氏を案内してデスバレーに来ていました）デスバレーに来ていた私は知っていました。とんだ近道です。やはり急がば回れ、でした。

とにかく道に沿って歩こうと決め、八時間ほど歩いた九時頃、やっと真っ暗な前方から一台のワンボックス車がやって来ました。ファーネスクリークへ急いでいたようですし、ワンボックスだったので（ホールドアップの危険）、乗せてはもらえませんでした。お互いの進行方向も逆でしたから、ドライバーは、「ファーネスクリークに着いたら、レンジャーに電話してあげる」と言って走り去りました。さらに歩き続けること二時間弱で、道端に車と小さなテントを見つけました。ちょうど眠りについた頃だったようですが、キャンプしていたのは白人の父娘でした。無理を承知で頼んだら、この親子の車はピックアップトラックだったので、「荷台でよければ一番近いベイカーの町まで行ってあげる」と言って、テントをたたみ始めてくれて、まもなく我々は荷台に乗り込みました。運転席には、彼と、彼の娘らしき八歳くらいの少女と、その間に立てかけてある二十二口径のライフルが見えました。

乗せてもらった場所から約四〇マイル先のベイカーに四十分ほどで着くと、我々はやっとモーテルにチェックインすることができました。事故から実に十一時間後のことでした。ベイカーまで、乗せてくれた父娘にはお礼を言って握手しながら、金額が見えないように小さく折り畳んだ百ドル紙幣を差し上げました。

翌朝、とにかくLAに帰ろうとグレイハウンドのバス停を探しました。レストランに入り、ちょうど目の前にいた老女のウエイトレスに「バス停はどこですか?」とたずねると、アゴをしゃくり口を開いてくれませんでした。アゴをしゃくった方向を見ると、入り口の左側の板壁の、床から一五〇センチくらいの高さに、B5判ほどの白い紙が見えます。なるほど、グレイハウンドの時刻表でした。バス停もレストランを出て三〇メートルほど先の駐車場の角、と書いてあります。

話してくれなかったのは、我々が東洋人だからどうせ英語を理解しないだろう、と思われたのでしょうか? こちらの言葉は一発で通じていたわけですが……。

少し前に、ハワイでコージさんから、ベイカーで車が故障した時に修理屋を訪ねたら見てもらえなかった、という話を聞き、また、ベイカーやバーストゥーは白人至上主義者が多く、危ない町だとも聞かされていました。

実際、翌年にベイカーの保安官が過去、四人の子供を小児性愛で殺していたことが、南カリフォルニアで大きなニュースになりました。

昨夜も、私がモーテルからダウニーやハワイに電話すべく交換台を通したら、私は英語がうまく話せず、女性交換手に「お前はいったいどこの国の言葉を話しているのだ?」と、悪態をつかれてしまったのでした。これも差別?

グレイハウンドは定刻より一時間以上遅れて、ラスベガス方面から来ました。そしてさらに約七時間後、バスはたくさんのバス停を経て、やっとLAのダウンタウンに着きました。もう夕方でしたが、着いたその足で近くのボナベンチャー・ホテルに入り、レンタカーを借りてダウニーに帰りました。

翌朝、再び私とキックで事後処理のためにデスバレーに戻ることにしました。行政の管轄が分からないので、まずバーストゥーの警察署で聞くと英語がよく通じず、面倒臭がられて別の警察署を教えられました。そこでもなかなか英語がうまく話せず、特に「デスバレー」が通じません。三～四回ほどデスバレーを連発して、やっと意味が通じると、彼女（黒人の女性警官）の言葉のなかからレンジャーオフィスという単語が聞き取れて、やっとどこに行けばよいかを理解した始末でした。

結局、デスバレーまで戻り、ファーネスクリークのレンジャーステーションを訪ねると、すでに車はガレージ（修理所）にトーイン（牽引）されていて、ガレージに費用を支払って領収書を見せてくれればそれでよい、と教えられ、こちらは白人の女性レンジャーで笑顔で名刺をくれて、「心配ないよ、まず費用を払ってきなさい」と優しくしてもらいました。

ガレージに着き、その旨支払いに来たことを告げて請求書を見ると、三四九ドル二五セントでした。手持ちの現金が三〇〇ドルくらいだったので、カードで払えるか聞こうとすると、その前に、「車をどうする？」と聞かれたので、修理の必要はない、もういらないからと言うと「じゃあ二〇〇ドルでよい」と言います。一瞬耳を疑いましたが、さっさと現金で払い、レンジャーステーションに戻って領収書を見せると、女性レンジャーは「気をつけてね」と最後まで笑顔で優しく、一件落着しました。

あとで聞いたところによると、壊した車はシボレーカプリス七六年式で、載せている五〇〇〇ccのV８エンジンは馬力が強く、モーターボートなどに転用できるので、四〇〇ドルくらいで売れるそうで、結構リサイクル品として価値が高いのだそうです。本当かな？

処理的にはうまくいきましたが、この事故で当然二十八日のハワイへの便に乗ることはできず、リトルトーキョーのＨＩＳに問い合わせたら、親切な若い日本人女性が「たぶん大丈夫です」と言って電話で予約を入れ直してくれました。幸い追加費用も払わずに三十一日の便に変更できてラッキーでした。

4　西部・テキサス一人旅

一九九〇年は、二月二十日から、私は再度ＬＡでの生活にトライしていて、丸二カ月間、後述するようにいろいろすったもんだして、旅行どころではありませんでした。

やっと落ち着いた四月十五日に、キックと日帰りで、メキシコのティワナまで行ってみました。五番フリーウェイを私のクライスラーコルドバで南下すると、そろそろ国境線かな？　と思うまもなく、ゲートも何もなくメキシコに入ってしまいました。移民官らしい制服のメキシコ人が一応、車線上に腰かけていました。行きはよいよい、です（メキシコ入国はたやすい）。メキシコに進入するとすぐに舗装が荒れていて、車線センターの黄色線も消えかかっていました。私はすぐに、ワンデイインシュアランスを買うために、保険屋が立ち並ぶ前に車を止めました。そして、ティワナの町中では、「社長さん」と声をかけられ、小さな子供にゴザの上で物乞いをさせている様を見て、また、裸の山肌に掘っ立て小屋が林立しているのを見ると、早くアメリカへ戻りたくなって、結局二～三時間でティワナ観光は終わりました。

五月には、またキックとアリゾナ州のフェニックス、スカッツデール、サガロ国定公園、ツームストーンと荒野の旅、サボテンのなかをドライブしました。

六月、キックが帰国したので、久しぶりに一人でアメリカの南西部・テキサス州西部の荒野の旅に出ました。これは、とても楽しかったのですが、顔が青ざめるほどの事件が一件発生しました。

六月三十日、メキシコ国境の観光地、エルパソからビッグベンドを訪れたときのことです。

ビッグベンドとは、アメリカとメキシコの境を流れるリオ・グランデが大きく曲がりくねって、なおかつ渓谷美を有しているので、国立公園になっている場所です。

地図を見ると一五マイルほど川下に、もう一カ所、解説に書いてない地名が載っているので、行ってみることにしました。

本当に何もありません。歩いて渡れそうな川幅と浅さなのに、フェンスもイミグレーションも何もないのです。

周囲は、アメリカ側もメキシコ側も崖に荒野です。改めて地図を見直すと、一番近い町

（といっても、不法入国者の仕事など毛頭ない）までも、七十数マイル（一一〇キロ～）以上あります。なるほどフェンスは必要ない！

その帰り道、北上して一〇番フリーウェイに戻るつもりで運転していると、眠くなってきたので、カールズバッドへ向かう三八五号線のビッグベンドとマラソンの真ん中辺りで路肩に車を停め、午後三時頃、車内で昼寝を始めました……。

ふと気づくと、後方に車が停車した気配。「ポリスだな」と思って私は起き上がりました。それを見て、いったん後方に停まったパトカーが前進してきて、私の車に並行して停まると、私側の助手席の若いオフィサーが声をかけてきました。私は「眠かったので休んでいただけ」と落ち着いてうまく英語で答えることができました。私の車の後方にいったん停車した時点で、ナンバー照会して、レンタカーの観光客であろうことは想像していたのでしょう。若いほうの彼は納得の笑顔でしたが、ハンドルを握っていた口髭の年長らしいオフィサーが、私の英語の下手さに気づき、「アーユー　ユーエス　シチズン？」と聞いてきました。

この時になって私はやっと、ハッと気がつき、草色のパトカーのボディーを見ました。ボーダーパトロール・イミグレーション、と書いてありました。

その時の私は、五月一日にH－1ビザの滞在期限が切れてオーバーステイ中でしたから、顔から血の気が引くのが分かりました。自分自身がオーバーステイ中なのに、国境付近に遊びに来るとは……。バカもここまでくると……。「ノー　アイム　ジャスト　ジャ

パニーズ　ツーリスト」と答えたら、当然のごとく「ドゥユーハブ　ア　パスポート?」と聞きながら、二人ともパトカーから降りてきました。ヤバイ！

私も車から降りて、トランクの手荷物の中からパスポートを出して見せると、若い方が「オー　ユーアー　オーバーステイ」。それからの私は必死に以下のような言い訳を、言いまくりました。今となっては我ながらうまく言いくるめたものだと感心しますが、その時は冷や汗ものでした。

言い訳の内容ですが、

一、すでに仕事は辞めている。
二、単なる観光旅行中で、観光のためのB1・B2ビザはまだ有効期間内である。
三、次の金曜日に日本へ帰る。

の三点を主張し、パスポートのB1・B2のスタンプのあるページを見せました。「日本へ帰るチケットを持っているか?」と、オフィサー。エルパソからLAX行きのチケットを見せながら「日本行きのはLAの友人の家にある」とウソをつく私。とにかく相手にあまりしゃべらせずに、ヘタな英語でも、こちらからどんどん言い訳するのがよいと思いました。

言い訳の一と二については事実ですが、本当は何らオーバーステイの正当な理由にはなりません。しかし、彼らとてただの現場の人間、それほど法に詳しいわけではないのは、私も承知していました。三は非常に有効な言い訳であったと思いますが、実際は、次の金曜日にハワイへ戻り、さらにひと稼ぎする予定でした。

　結果的に解放されたのでよい経験になりましたが、普段、ろくに英語をしゃべれないのに、この時はワッパをかけられるかもしれないと焦って、とにかく必死で作文し、ペラペラと言い訳をしたのがとてもよかったように思います。アメリカではイザという時には絶対にしゃべる（自己主張する）べし！　交通違反の時も同様です。ただし、オフィサーには絶対逆らうべからず。大事なアメリカでの心得の一つです。

　さて二人は結構悩んでいたようですが、年長のほうが「まあいいだろう、オーケイ、テイクケア」と言って、見逃してくれました。なんとかワッパをかけられて連行される事態だけはまぬがれましたが、その後三八五号線をストックトンまで一時間ほど、後ろについて走られたのには閉口して、眠気など吹き飛んでしまいました。この後も、ホワイトサンズやカールズバッド洞窟、チリカワ国定公園、シティオブブロックスを観光して、帰りのエルパソ空港の手荷物検査で大型ナイフがレントゲンに映っていると言われ、スペイン語で話しかけられたり、バッグ一つなのにしつこく検査されて、やはり閉口しました。私の人相、この辺りでは不審なのかも？　と思わざるをえなかった、テキサス西部での出来事でした。

　七月六日、夏休みに向けて、また、私はハワイに稼ぎに戻りました。

　一九九〇年九月、夏休みはハワイでひと稼ぎできたので、今度は、いよいよテキサス中心部へ行こうと決心。さっそく情報収集をし、チケットの手配の最中、あのスティーヴィー・レイ・ヴォーンが、ツアー移動中にヘリが落ちて亡くなりました。私は彼のホームグラウンドであるテキサス州オースティンの「アントン」に、まさに彼を見に行くべく、計画していたのに……残念です。アントンの情報をいただいたのは、同僚のシンディでしたが、彼女はオースティン郊外のウエイコに住んでいたことがあり、詳しかったのです。

アメリカへ行ってからも最初の二年くらいは、南部は怖い、危ないというイメージを持っていましたが、帰国も近いので思い切って行ってみると、とてもよい所が多く、西部と何ら変わりません。ただ、都市部では黒人が目立つので気分的には少し緊張する程度です。

私は、オースティンの老舗「アントン」でライブを見て、その素晴らしさに感動しました。

デビューしたばかりのスー・フォーリー。ブルース・ウーマンでしたが、水曜だったので、お客さんの人数は少なかったのですが、皆、温かく彼女を見守っていました（彼女はカナダ人ですが）。アメリカのミュージシャンのライブは地元で見るべし。リラックスして、そのくせ手抜きのない素晴らしいライブを楽しむことができます。特にブルースマンは地元で、絶対です！

私はライブハウスへ行くときは必ず、夕方、明るいうちに下見をします。私が目が悪いことも理由の一つですが、周囲の環境を確認しておくためでもあります。例えば、駐車場の数や夜の治安などですが、一番よいのは、店が開いて従業員がすでに出勤している、明るい夕方です。ライブチャージやメニューなども確認できるし、一度従業員と話して顔を覚えてもらうのも、ライブを楽しむコツです。残念ながら、この時のオースティンは、地元の英雄、S・レイボーンが亡くなったばかりだったので、気分的に沈んでいて、土産物店などの、彼のTシャツも、ネームの部分が、全て黒のフェルトペンで塗りつぶされていました。本当に悲しい出来事でした。

グァダルーペアベニューは暗かった。

私は、九月二十五日（火）、ダラスでメジャー野球を見てから旅を始めて、二十六日、オースティン・アントン。翌日は、アラモ砦のサンアントニオからコーパスクリスティー、そしてメキシコ湾岸の長いビーチ沿いを走ってヒューストンへ行き、スペースセンターを見学して、さらにアストロドームでメジャー野球を見ました。この時のヒューストンのクローザーだったベテラン投手、デニス・エッカーズリーの三者三振は圧巻で、忘れることができません。

そして、ダラスへ戻り、アーリントン・スタジアムでテキサス・レンジャーズのノーラン・ライアンを見てから、LAへ帰りました。

テキサスは広くて盛りだくさん、見どころも多くて本当に楽しい一人旅でした。もう、一人でも十分要領が分かって、ドライブ旅行を楽しめます。この時のレンタカーはフォードのエスコートバンで少し高かったが、それでも、テキサス大好き、ダラス、オースティン、ヒューストン、皆好きになりました。テキサス万歳！

テキサスでのエピソードをもう一つ。初日の夜、ダラスアーリントン・スタジアムへメジャー野球の観戦に行ったとき、まだチケットブースまで一〇〇メートルくらいある場所で、白人の若い男性に声をかけられました。「チケットあるか？」。私は一瞬、ダフ屋か？と緊張しましたが、「ない」と答えると、「よい席が一枚余っているけど、どうか？」と言うので、やはりダフ屋？　と思いましたが、マジメそうな人間にも見えました。「額面のプライスでよい」と言い、さらに続けて、「友人が急用で来られなくなった」と言うので、これはダフ屋ではないな、それならば、と購入しました。「まさかホモじゃないだろうな」と、まだ少しだけ心配でしたが、たぶん彼女にでもふられたのだろうと思うことにして、隣同士の席で彼と並んでフリオ・フランコ（当時、テキサスレンジャーズ）を見ることにしました。

入場してみると、ホームチームのレンジャーズのダグアウトの後方、最初の横の通路の一段下（前）で、かなりよい席でした。チケットにもフランコのプレー中（守備）の写真が印刷されていて、よい記念になりました。ラッキー！

彼とは野球の話を二言三言交わしましたが、あまり熱心な野球ファンではなさそうでした。やはり彼女にふられたのでしょうか？　後半は私が英語に不自由なのを気がねしたのか、静かに見ていましたが、彼は七回終了で先に帰りました。

一九八九年の秋にキックと見に行ったオークランドコロシアムでの行き当たりばったり

のハーフプライスデイも幸運でしたが、今夜も行き当たりばったりで、よい席で見られてラッキーでした。

この五日後には同球場で前述したノーラン・ライアンのシーズン最終登板も見られて、さらに幸運でした。ダラスは楽しい。テキサス万歳！

十月一日と三日は、ＬＡに戻っていた私は、ドジャー・スタジアムへ行きました。シーズン最終カードだったのですが、内容の記憶がほとんどありません。実は二年半も日本に帰っていないし、マサ先生からのＨ－１ビザの延長手続きも断ってしまって、とにかくいったん日本に帰ってみようと、十月十日に帰国のチケットも手配していたので、少し寂しかったのです。忙しい時期には、ハワイに不法労働でもアルバイトで手伝いに行く約束をマサ先生と交わしていましたが、やは

フロリダ州ベロビーチ（ＬＡドジャースキャンプ地）

り、誰でも陥る、帰国の時の悲しい気持ちになっていました。

とても楽しい三年半でした、特にこの二年は、レンタカーも上手に借りられるようになって、本当にアメリカを自由に遊び回っていました。しかし、どうしても、祖母と父の様子を知りたくなり、十月十日、私はいったん帰国しました。

5 やはり一人が楽しい

一九九〇年十月十日にいったん帰国した私は、祖母と父の元気な顔を見て安心したと同時に、これならビザの延長申請するか、早いうちから永住権の申請をすればよかったかな？　と少し考えてしまいましたが、山梨県の甲府でアルバイト中に体調が悪化して、やはり日本への完全帰国はまだ無理と判断し、すぐにチケットを手配して、軽い喘息のまま十一月三十日にＬＡへ再入国しました。年末からのハワイでの仕事に備え、体調を戻さなくてはなりません。十二月に西部のアリゾナやニューメキシコを静養旅行して、年末年始は無事ハワイで働くことができました。

年が明けて、湾岸戦争が勃発、前途多難ながら、私は一人でドライブ旅行を続けました。三月十二日から、まだ行っていないキャニオンランズやデッドホースポイントなど、ユタ州をドライブしました。

一人で気ままに自由に旅ができるので、エピソードとして書けるような記憶やメモもありません。もう一人で何の問題もなく、ドライブ旅行を楽しむことができたのです。ですださい。

から、ここでは本項のテーマとあまり関係がありませんが、「蛾と蝶」の話を書かせてください。

　ケンとキック、私の三人でプライスキャニオンへ行った帰り道でした。州道八九号線のゆるく、ながーい下り坂を、カナブの町に宿泊するつもりで南下していたときでした。日が落ちて暗くなった車の周囲の空中に、チラチラ、ヒラヒラ、雪のように白いものがたくさん舞っていました。五月というのに、まるで吹雪のようでした。グレンデールという町の手前で街路灯がところどころにあったので、それに集まって舞っているのです。それは「蛾」の大群でした。こんなに多くの「蛾」が舞う様子は、小・中学生時に、緑も多く自然の豊富だった鎌倉に住んでいた私も見たことがありません。初体験でしたが、この時は数分で通り抜け、ウインドガラスも一回きれいにしただけで済みましたが、一九九一年春、一人でアリゾナからニューメキシコをドライブしたときは、大変でした。

　フリーウェイ四〇号線をカリフォルニア州からアリゾナ州へ向かって東へ疾走すると、途中、一〇〇マイルと四〇マイルノーサービスの標識が出てきます。一〇〇マイルノーサービスは、ここと七〇号線のロッキー山中の、全米で二カ所だけらしいのですが、この区間はガソリンスタンドが設置されていないので、車の燃料タンクの残量に注意しなければならない場所です。

　この四〇号線でアリゾナ州に入った辺りは、草原のど真ん中なので、春先は花が咲き乱れていてきれいなのですが、十分もしないうちに、フロントガラスが汚れて前が見えなくなってきます。そうです。今度は「蝶」の大群です。蝶が高速で走る車に当たってつぶれ、脂やリン粉、体液が付着して前が見えなくなるのです。ノーサービス区間といっても、水とトイレだけのパーキングはあるのですが、数も少ないので、ウォッシャー液はすぐになくなりますし、脂やリン粉なのでワイパーは利かないのです。

私は路肩の青草をむしり、青草でウインドガラスをこすり付けて拭きました。タバコを吸う方はタバコがいいらしいのですが、たぶん一箱や二箱では足りないでしょう？　そのくらい大量に蝶が車に当たります。何しろ十分くらいしか前が見えませんから……。

私は、蝶の大群の中を通り抜ける三十分間に三回、ウインドガラスを青草で掃除して、そのつど最後にウォッシャー液できれいにしました。もちろん、ガソリンは手前で補給しなくてはいけませんが、その時、忘れずに水も補給しなくては、春先の四〇番を通り抜けることはできません。まあ、機会があったら、この私の一文を思い出してください。

6　テキサス最高！　ブルースの旅

仕事を一月末日で早めに切り上げた私は、二月四日からラスベガスへ行き、さらにラフリンというラスベガスから南下すること約七五マイルの川沿いの新しいカジノ町へ行ってみました。全米中で地域振興のために始まったギャンブルタウン化のはしりの町でした。何しろ砂漠の真ん中に町を作ってしまうのですからすごいものです。

ハワイでの仕事に、あまり旨味がなくなったので、二月七日、帰国したあと、春、夏、秋と私はアメリカ旅行を自重してM湯温泉で過ごしました。

十二月二日、私はM湯ホテルの慰安旅行の日程に合わせて、同行してハワイに入りました。今後は、アメリカ旅行も、そう度々できないだろうと予想して、今回も大好きなテキサスへ行く計画でした。

十二月六日、ハワイからM湯ホテル御一行さんは帰国、私はまずLAへ向かいました。今回、ロサンゼルスの滞在は三日間だけで、安いチケットを購入していたので、九日、夜のフライトですが、いったん遠回りに北上して、サンフランシスコ経由でダラスに入ります。ダラスでは運良く、ビュイックリーガルのツードアクーペを、ワンウィーク一五七ドル五〇セントで借りることができました。スポーツタイプで乗り心地のいい車です。

さっそく、私はオースティン・アントンに向け、リーガルを走らせました。アントンでは夜十時からW・C・クラークの出演でした。当時は彼のことは知らなかったのですが、W・Cは日本でもCDが発売されていて、帰国後一枚購入しました。

アントンの店内に置かれていたライブスケジュールの無料タブロイドペーパーを見ると、なんと翌日十日（金）、ヒューストンの「ビリーブルーズ」という店でゲイトマウス・ブラウン（ブルースの大御所ですが、本人は「オレをブルースマンと呼ぶな」と言っていた）が出演予定と書いてあり、これも見ようと決めました。昼頃にヒューストンに入り、アドレスを調べて明るいうちに下見をしました。

情報を仕入れても、だいたいのアメリカのライブハウスがほとんど時間通りには始まりません。店が客をじらしてアルコールを売りつける場合もあるし、ミュージシャンの気ままを許している面がありますから……。しかし、だからといって遅く行ったりすると駐車スペースがなくなっていたりしますから、そのために下見します。

ゲイトマウスの時は、前座の白人のファミリーに見える（父親らしき年配男性がベースギター）四人編成のロックバンドが、時間通りに夜七時に始まりました。ストーンズの曲やトップ四十の曲を、タップリ一時間以上演奏して、結構、お客さんたちに受けていました。

メインのゲイトマウスは九時半からでしたが、もちろんこちらもタップリ（休憩挟んで二回）ツーステージで、内容が素晴らしくて、我が人生の中で最高のライブでした。

たった一〇ドルのチャージで……。安いです。

「ビリーブルーズ」の下見は、店が開いたばかりの午後三時頃に行きました。親切な明るい若い白人女性が応対してくれて、あまり英語をよく理解できない私にも、ニコやかに説明してくれて、可愛いかったです。「この店に、日本人が来たのは初めてよ」と言われました。

時間がだいぶあるので、私は距離的にちょうど良いガルベストンアイランドへ夕日を見に行きました。

ヒューストンで我が半生中、最高のライブを見た後も、私はニューオーリンズのバーボンストリートへも行き、さらにミシシッピ州のメリディアンという町で、ピービーの楽器工場を見たり、メンフィスのブルースミュージアムを訪れるなど、一人でブルースの旅を続けました。

テキサス最高、ブルース最高、アメリカ万歳！と叫びたくなりました。

十二月二十日からは、ハワイ経由でやって来る友人のゆのすけ夫婦を案内してＬＡ観光です。私は運転手兼ツアーコンです。

十二月二十一日と二十二日は、アナハイム在住の友人のミヨコさんが、五日前にオープンしたばかりの新しいホテル「ルクソール」（ミヨコさんはラクソーと発音していました）の格安のクーポン券をゆのすけ夫婦に譲ってくれたのでラスベガスへ行きました。新築のピラミッド型のホテルで二泊、一人七〇ドルでした。食事券やアトラクション券も付いていて超ラッキーです。

今回もエイビスで銀色のシボレーカプリスを借りましたが、なんと、一週間で一七九ドル九五セントで、かなり格安。タックス、保険など、総額二八二ドル六八セントで一日当たり、たった四〇ドルでした。今回は車も行動もトラブルは何もなしで、結局、私にとって、二十世紀最後のアメリカドライブ旅行になってしまいましたが、楽しかったです。ゆのすけ夫婦は二十三日、昼のフライトで再びホノルルへ向かいました。

私はクリスマスの朝、ＬＡにしては少し寒かった日に、日本への帰国の途に就きました。

シボレー カプリス（乗り心地が良くて、度々常用したレンタカー）

それはラスベガスがファミリー向けの町（観光地）に模様替えを始めた時期で、もう、酒とギャンブルと女の町ではなくなりつつありました。

第四章　もうひとつのアメリカ

1　楽しいアナハイム

一九九〇年二月二十日、再度本土生活にトライすべく、私はロサンゼルスに向かいました。キッカケは、現地在住の友人女性がラスタナスに家を買って、部屋が空いているので来なさいと誘ってくれたのに飛びついたのです。

ところが、私が彼女の家に住みついて一週間後、急に「仕事が決まったら出ていって」と言われ、都合二週間で追い出されてしまったのでした。なぜ？　ハワイのコージさんに電話すると、「一週間も一つ屋根の下にいて、何もしないからいけないんだ」「着いたその日に襲っておけば、彼女は働き者だから、今頃ヒモになれていたかもよ」と笑われてしまいました。

コージさんは彼女のことをよく知っていたし、私のことも、据え膳食う恥を知っている男と認識しての、冗談まじりの発言ですが、冗談じゃない！　毎月五〇〇〇ドル前後を稼ぎ出すロサンゼルスでトップクラスのマッサージ師である彼女が、当時のリトルトーキョーの彼女の職場に私を紹介する、要するに口をきいてくれると言うので行ったのです。彼女の職場のオーナーが私を使うことを翻意したので、彼女は気恥ずかしくなったのではないでしょうか?

私はあわてて、安くて良い車をのんびり探しているヒマはなくなったので、本意ではありませんでしたが、ペイントが濃いグレーのメタリックで新しい、つまり外見のきれいな78年式クライスラーコルドバを、二一〇〇ドルで買いました。次は仕事、そして住居を早急に見つけなければなりません。三十八歳八カ月で、また路頭に迷うのか? このアメリカで?

まもなく、またもや助け船が入り、先に一九八八年にダウニーで世話になったJ.S.C.の受付のノリコさんの持つウイッティアーの住宅に安い家賃で間借りできることになりました。

次に時給五ドルの引っ越し屋に仕事を決めましたが、ここは一日働いて嫌になり、すぐに辞めました。そして、やっと三月十四日、以前から存在だけは知っていた、ウイッティアーから車で三十分のアナハイム市で、カツ津田さんが経営する「日本指圧スパ」(以下スパと略す)で働くことが決まりました。

津田さんには大変感謝しています。彼はアンティークなゴルフクラブのコレクターで、所有品は二万本を超えるそうで、日米の雑誌で紹介されるほどです。いずれは日本にゴルフクラブのミュージアムをつくりたいと言う彼は、やはりアメリカンドリーム成功者の一人です。

スパで働いた、たった三カ月半のうちに小旅行で休みを三回も取りながら、ハワイへ戻ったあとも、私の都合で好き勝手に何度もアルバイトをさせていただき、一九九二年の帰国直前には、お小遣いをいただいたこともあり、津田さんは本当に私によくしてくれました。

スパでしばらく辛抱すれば、もっとアメリカ生活を楽しむこともできたのでしょうが、アナハイムはダウニーと比べても少し田舎で、五月頃は大通りを走っていてもイチゴのにおいがする所。有名な遊園地、あのスヌーピーのナッツベリーファームへ車で三分でしたが、当時はまだ物価が安く、当然、収入も少なくなりました。月収はハワイの約三分の二でした。

しかし、収入はともかくとして、アナハイムの生活は快適でした。特に人間関係が大変よくて、週二回くらいは仲良くなった同僚やお客さんを交えて、焼き肉だ、やれ中華だ、と食事会をしており、特に土曜日は大リーグ野球のゲームがなければ毎週会食をしていました。

また、アナハイム・スタジアム（現・エンジェルスタジアム　オブ　アナハイム）が職場から車で十五分と近く、公休だった水曜日と夜七時に仕事が終わる日曜日は、私にとって大リーグ観戦の日でした。当時、エンジェルスの準レギュラークラスに、後にヤクルトで活躍したジャック・ハウエルにジョニー・レイ、そして横浜の元四番ローズがいました。水・日と一週間に二度見に行って、各々一個ずつ計二個のファウルボールを取ったのも、この年の六月のことでした。

私が、一九七八年に初めて球場で大リーグを見たのも、思えばこのアナハイム・スタジアムでした。それは、八月一日、ノーラン・ライアンと、当時新人で、アスレチックスの若き本格派だったマット・キーオが投げ合って、共に完投、九三振ずつで、キーオが一対〇で投げ勝ちました。キーオは後に、阪神で技巧派の投球をしていましたが、七八年のこの時は、真っ向から素晴らしい速球を投げ降ろしていました。私はこの球場とは何かと縁があったようです。

職場では同僚のラッセル池田という日系三世の友人ができました。ハワイのミリラニ出身で、酒に酔って母に暴力を振るう父が嫌いだと言っていました。釣りと白米・魚が好きな、もの静かな男でした。日本語はほとんど話せませんが、彼とは二人だけでも何度か会食したり、遊びに行きました。彼は、音楽も好きで、自分のピアノの調律がうまくできずに、その頃悩んでいましたが、もう一人の同僚の美代子さんの家でのバーベキューパーティーでは、ラッセルはエレキベース、美代子さんの長男のジョージがドラムス、もう一人の息子さんのジョンから私がエレキギターを借りて、バンド演奏を楽しみました。

ラッセルとともに、アナハイムから車で九十分以上のマリブのトランカスクラブへアルバート・キングを見に行ったときは、私も彼も本当に感動しました。私はサイドギタリストの一メートル手前で、後ろ向きにステージのへりに腰かけて首を横に向けて二メートル先のアルバート・キングを間近で見られて最高の気分でした。ラッセルもこのような小さなライブレストランのコンサートは初めての上に、内容もとてもよかったので、車での帰路、二人とも少し興奮していました。このライブは後に（前述の一九九三年）ヒューストンで見たゲイトマウス・ブラウンと並び、私の中で最高クラスでした。アルバート・キングは翌年に亡くなったのですが、マリブ近辺を地元にしたかったらしくて、翌々日、私一人でベンツラシアターのコンサートにも行きました。やはり、アメリカのブルースマンのライブは絶対地元で見るべきです。

本当に楽しいアナハイム生活でした。友人もたくさんできて、アメリカンライフを満喫しました。しかし、アメリカのリセッション（不景気）の時期だったこともあって、月収一五〇〇ドル程度では旅行も楽しめないし、H－1ビザは五月一日に滞在期限が切れました。三カ月と二週間の楽しくて遊びすぎた生活の末、夏休みをハワイでひと稼ぎした後、秋に帰国しようと私は決意しました。

さて、一九九〇年十月、私は二年五カ月ぶりに帰国しましたが、アメリカでは忘れていたものの、健康に不安があったので、一年くらいは日米を行ったり来たりして日本の環境に体を慣らすためにもそれでよしと考え、さっそく日本でのアルバイトを探しました。一週間くらいで月収約三十万円の割と良い条件で、旧建設省の交通量調査に関連したアンケート用紙集計の仕事が見つかり、甲府のビジネスホテルに業務完了まで滞在して働くことになりました。久しぶりの日本での仕事、それも事務系で、まるで役人のような（下請けのくせに）責任者の仕事ぶりになじめず、少し呆れていらだちもし、甲府の寒さに悩まされながらも、約一カ月が過ぎた十一月二十三日、業務はあと十日ほどで終了しそうなときではありましたが、夜九時頃から少しずつ呼吸が苦しくなってきました。体力の限界だったのでしょうか？　翌日の夕方には完全に喘息状態になって、やはり日本ではダメか？　これはまずい！　と、すぐにチケットを手配。とにかくアナハイムに体を休めに行こうと決め、時期はずれの台風のなか、前述したように十一月三十日に喘息状態のまま、LAX行きの飛行機に乗りました。

三日ほどアナハイムのモーテルで静養すると、すぐに喘息は治まりました。本当にアナハイムはよい所です。

四日目からは、アリゾナ、ニューメキシコを旅行したあと、十二月中旬に「マサ」に戻りました。年末から九一年一月末まで仕事を頑張り、一カ月と十日で六〇〇〇ドル稼ぎました。だいぶハワイの客質が変わってきていましたが、まだ十分な収入を得ることができました。今回は、もう不法労働だったので、滞在期限の関係から用心して二月にいったん帰国。そして三月にまたアナハイムへ行き、スパで少しアルバイトをしましたが、ほとんど旅行生活でした。スパの津田さんは、またも私に本当によくしてくれました。

また四月に帰国して、日本で良い仕事を探すべく、今度は北陸・宇奈月温泉へ。

仕事の条件はまあまあでしたが、五月三十日、フェーン現象で気温が三十度を越えて、逆に六月一日は、気温が十七度まで下がってシトシトと冷たい雨が降り、梅雨に突入すると、私の体は急激な気候の変化についていけず、たまらずに昨年十一月以降、二度目の喘息発作が起きました。この時はだいぶひどくなって苦しみました。マッサージ店の経営者の娘が黒部市の病院に連れていってくれましたが、ネオフィリンを注射されて帰宅途中の車内で、悪寒とけいれんを起こしてしまい、本当に心臓が止まって死ぬかと思いました。ネオフィリン静脈注射のスピードが少し速かったのかもしれません。結局、これが最後のひどい発作になりました。一九九二年から十六年間、住む場所、仕事を変えながら、自己管理でコントロール可能になり、早めに対処しているのでひどい発作は出ていません。

しかし、宇奈月の時はやはりアメリカへ行って体調を戻そうと考え、すぐにチケットを手配しました。

その時もまた、アナハイムで静養と十日ほど旅行して帰国。夏は宇奈月温泉で働きましたが、九月になると、宇奈月温泉ではカメムシの大量出現と寒さに耐えられなくなり、この仕事も諦めました。

日本は温帯モンスーン気候で季節の移り変わりが激しい上に、ディーゼル車が多すぎて排気ガスで空気が汚れていて、私の体にとっては最悪で不快な国です。せめて人工的な部分だけは法改正などで改善してほしいのですが、自己の利益しか考えていない、今の政治家、公務員、財界人たちでは無理なのかもしれません。弱者をさらにいたぶる社会は、もう終わりにしていただきたいと思います。

ここで、アメリカの医療について少しだけ書いてみます。アメリカは日本と違って国民皆保険ではありません。メディケアなどアメリカにも医療保険制度はありますが、大会社のサラリーマンなどごく一部の人しか、企業負担（これも一部）などの恩恵は受けられません。

また、仮にメディケアなどに加入しても、日本の生命保険の特約条項や損害保険のように医療を受けても、請求してからの後払いと聞きました。アメリカで医者にかかるときは現金が必要です。私の場合を紹介してみます。

一九九〇年の春、私はインフルエンザ（と思われる）にかかり高熱を発しながら、アナハイムのカッチャンのスパで働いていました。発熱して二日目、午前中の仕事のヒマな時間にイエローページ（電話帳）で日系人らしい内科医院を職場の近所に見つけて、すぐに電話予約して訪ねました。当然、待ち合い客は一人もいませんし、待ち合いイスも会計の前に二脚しかありませんでした。すぐに診てもらうと、やはり、フル（インフルエンザ）ですね……と言いながら、肩に筋肉注射、腕に静脈注射、そして薬を出すとのことで、三日分の薬を服用しても症状が改善されなければ、すぐに、また来てくれ、と言われましたが、再来はしませんでした。薬が終わると同時に完治していたからです。静かな医院で、顔は日系人でしたが、日本語は話せず、全て英語で診察を受けました。この医師の態度・言動は重みがあって丁寧・慎重でした。信頼しました。私は日本で病院・医院勤務していたせいか会話の七〇パーセント以上は、理解していたと思います。薬も抗生剤を三日分と理解しました。日本にいるとき、アメリカ生活を勉強していて予備知識もあったので、現金一四〇ドルほど持って医院へ行きましたが、料金はだいたい一〇五ドルだったと記憶しています。本で読んだ憶えがある「カゼで一〇〇ドル」にだいたい等しく、高くは感じませんでした。三日ですぐに治りましたので。

他にもハワイで、前年の一九八九年に、眼科と歯科に通院した経験があり、そちらは一回十数ドルから二十数ドルずつで数回通いましたが、いずれにしても、アメリカで医者にかかるときは、現金を用意しておいたほうがよいです。日本の医療システムと違い、医者同士が患者の病気を治す競争をしていますから、「郷に入っては郷に従え」です。

帰国後の一九九六年頃でしたか、ヒラリー・クリントンが国民皆保険を唱えていましたが、いつのまにかメディアから消えました。アメリカでも医療費はいろいろ問題になっているようですが、日本とは少し中身が違うのでは？　と思います。アメリカの国民皆保険はまだ、もう少し先のことでしょう。イデオロギーの違いで、赤ちゃんを中絶した医師が殺される社会ですから……。

一九八七年のハワイ着任当初、私は日本から旅行傷害保険を百八十日分ほど長期に購入してアメリカへ発った記憶があります。二度ほど更新したと思いますが。結局一度も使わないまま、二年目後半からは無保険でいたと思いますが、いざという大事の時は、日本の旅行傷害保険のほうが保障が手厚く有利と思われます。つまり、風邪などの小さな病気では、やはり現金で医者にかかり、留学・滞在など長期で心配な方は、日本の旅行傷害保険を買って行かれるとよいと思います（短期でも、もちろん）。

2 帰国

一九九一年一月十七日、冬のアルバイトでハワイに滞在中に、ついに湾岸戦争が勃発しました。ハワイに流れている一日遅れの文化放送ラジオで、N総合研究所長のM氏が、戦争は一週間で終わる、と言っていました。聴いていたコージさんは「バカか？　コイツー」と言いました。そして一カ月以上続く、もしかしたら二月いっぱいかかるかも？とも言いました。「ジョージさん、賭けようか？」とも言われましたが、私は乗りませんでした。賭けはしないで正解でした。戦争が終結したのは二月二十八日。ラジオで偉そうにしゃべっている口先評論家より、滞米十二年のアマチュア歴史家であるマッサージ師コージさんの分析のほうが正確でした。

戦争中、カラカウア大通りを仕事で歩いていると、私は英語が分かる日本人と見られたのでしょうか？　若い黒人の水兵に「我々は血を流している。君たち日本人はどう思っているのか？」と議論をふっかけられ、また仕事でヒルトンハワイアンビレッジに行くためにタクシーに乗ったら、若い三十代、アラブ系に見える運転手が、前もろくすっぽ見ずに片手ハンドル、片手に聖書で、車は走っているのに後席の私のほうを何度も振り返りながら大演説。仕事に行くところだからとなだめながら、チップは少な目にタクシーから飛び出るように降りました。

また、二月中旬の夜十時、超スロー（ヒマ）な、「マサ」のオフィスの控え室で窓枠に足を乗せて目の前のハイアットリージェンシー・ホテルの窓の明かりを数えたら、十四室しか明かりは灯っていませんでした。戦争の怖さ、観光地の弱さを思い知らされました。

バブル崩壊の直前、一九九〇年の夏頃から、ハワイは日本人にとって若い子たちの遊び場所になってしまい、働き盛りの中年や経済的に豊かなお客さんたちは急激に少なくなっていたのに、さらに湾岸戦争が追い討ちをかけました。一流ホテルが部屋代を下げ始めたのもこの頃です。そんなこんなでハワイで働くうまみも少なくなってきたので、アメリカに見切りをつけ、ついに永久帰国を決意しました。

今回も、マサ先生との約束の期日前でしたが、昨年同様、一月末で仕事を切り上げ、アナハイムへ行き、キックと合流して大陸横断ドライブを実行、アメリカへはドライブ旅行、遊びだけに来る、仕事はもうしなくてもいいや、と改めて決めました。

帰国の前夜はLAXのエイビスレンタカー向かいのモーテル8に宿泊。翌日のフライトはコリアンエアで午前十時三十分発の成田行きです。モーテルで部屋まで案内してくれた若い白人男性のボーイに、八時のウエイクアップコールを頼みました。

ぐっすり眠った翌朝、目が覚めたのは乗るはずの飛行機がもうすぐ飛び立つ午前十時でした。ゲーッと泡を食ったその時、昨日ボーイにチップを渡し忘れていたのを思い出しました。不覚でした。それでもとりあえず空港に行き、コリアンエアのカウンターで正直に寝坊して乗り遅れたことを告げると、「次のソウル行きに間に合うので、それに乗ってソウル経由で成田に帰れます。席はどちらの便も空いていますので、追加料金は必要ありません」と流暢な日本語を話す韓国美人が親切に処理してくれて、その日に日本へ帰れることになり安心しました。

しかし、逆風が強かったのでしょうか？　フライトはソウルまで十三時間以上かかって、さらにキンポ空港に降りると女性空港職員が私を待っていて、「成田への乗り継ぎ機があなただけを待っていますので、ゲートまで走ってください」と言われました。

私は小さい手荷物ですが両手に計三個を持ち、先導してくれるその娘の後ろを走りましたが、彼女、ハイヒールのくせにやけに足が速いのです。いや、それだけでなく、私のほうも、旅行、寝坊、長時間フライトで疲れ切っていたのでしょう、途中からは走れずに歩き出す始末です。「急いでください」と彼女はせかすのですが、足は上がりません。ただ早歩き状態で彼女のあとを追うこと約十分、ゲートがやけに遠く感じます。

やっと転がり込むように機内に入ると、その機は私が搭乗するやいなやドアを閉めて動き出しました。席に着いた私は、顔は青ざめ冷たくなって、気持ちが悪くなりました。水平飛行に移るとすぐにトイレに入って座り込み、しばらく立ち上がれませんでした。五年弱、アメリカ中を車で遊び回り、四十歳直前にして相当体力が落ちていたようです。

二十分ほどしてトイレから出て再度着席すると、隣の若い日本人男性が「大丈夫ですか」と心配して話しかけてくれ、自分もシアトルで貿易関係の仕事がしたくて一年ほど滞在していたがビザの都合でいったん仙台の実家へ帰るところです、と言いました。私はＬＡＸからのフライトに時間がかかって疲れた上にキンポ空港で走らされた、と話すと、どうやらこの機は本当に私一人のために、私が乗るのを待って定刻よりも二十分以上も遅れたそうで、彼は自分の方のシアトルからの機も遅れたからと気を遣ってくれてはいましたが、私は気持ちが悪い上にさらに頭をこづかれた気がしました。

しかし、彼が話しかけてくれたことで気分もだんだんと楽になり、フライトも短く感じて、今度はあっという間に成田空港に着陸しました。一九九二年四月十二日のことでした。

一九八七年五月二十日にH－1ビザでホノルル空港に降り立って以来、約五年。最初の一年は不安と夢と希望の年。その後の二年五カ月は一度も日本へ帰らずに休暇は全て夢のアメリカ本土ドライブ旅行に費やし、ハワイの閑散期にはアナハイムでアルバイトしてみたり、我が半生のうちで最も体調が良く、健康な時期を過ごせたことで、とても楽しいアメリカ生活でした。思えば、日本での約三十五年の人生と、その後の五年間のアメリカ生活のスピードが、なぜか私には等しい感覚があります。不思議です。きっと見るもの、経験したことのほとんどが初体験だったので、頭の中が幼児のような新鮮な状況だったのかもしれません。あるいは体・健康の不安がハワイ着任後の半年、冬を越した時点で消えていたので、そう感じたのかもしれません。

帰国してからの十五年間は、やはり、また別の時間、失われた時間、進まない時間と感じられます。現在、二〇〇七年四月の私の気分は、夕陽が落ちたあとの暗い時間、暗い気持ちですが、この章の最後は暗くなる寸前の美しい時間、夕陽について書かせてください。

ワイキキの「マサ」での仕事は通常、私の場合、夕方六時の出勤が多かったのですが、秋は直行する仕事がない場合は、出勤前にほんの三十分ほど夕陽を眺めていました。夏は日が落ちるのが遅いうえに、仕事やビーチの人出も多かったので、夕焼けの観察はできなかったのですが、秋から冬は、ほとんど毎日していました。

夕陽が水平線に落ちるのを見て出勤して、仕事がヒマだとオフィスで待機しますが、今度は階下のラウンジのジャズボーカルグループ、ジ・インクスポットの美しいメロディーも聞こえてきて、最高にハッピーなハワイタイムでした。

私は九月から十一月のワイキキが少し静かな時期、秋の淡い光の夕陽が好きでした。ワイキキの夕陽は真っ赤になることはほとんどありません。赤くなるのは冬のコナウインド（西南の風）が吹くとき、たまに、そう、ひと冬に三、四回だけです。それ以外はオレンジ色、光の色と表現したほうがいいようなクリアな輝きを見せます。海面に沈む前後、少しだけオレンジ色が濃くなります。が、想像するほど真っ赤にはなりません。おそらく空気がきれいなせいでしょう。

反対にロサンゼルスのフリーウェイを走っていると、よく真っ赤な夕陽を見ます。ビーチではなく陸側、少し内陸部です。スモッグがあって太陽光が乱反射するからでしょうか？

しかし、私が一番きれいだと思った夕陽は、サンフランシスコ。オークランドとサンフランシスコを結ぶベイブリッジの真ん中の島、トレージャーアイランドからサンフランシスコ湾を望む夕陽、これが今まで私が目にした中での最高の夕景です。

旅行会社のパンフレットのなかで、オプションツアーに載せてあったのを見た記憶があるのですが、今もあるのかな？

私がトレージャーアイランドに行ったのは、一九九二年十二月十四日で、アメリカ滞在生活から帰国して最初の旅行で、ハワイにアルバイトで入る前だったのですが、冬なのに大勢の人たちがカメラを三脚にセットしたり準備していて、まだ太陽が上のほうにあって、明るいうちから場所を取り、待ちかまえていました。私のような素人でも、フィルム付きカメラでも、現場を知らない日本人に見せたら、よく観光地にあるようなボードの前で写したトリック写真だろう、と言われてしまったくらいきれいな写真が写せます。夕陽はここが一番。トレージャーアイランド、サンフランシスコです。

第五章　若い時の苦労は……

1　生いたち

私が最初に喘息の発作を起こしたのは、物心つくかつかないかの、たぶん二歳後半だったと思います。自分の中の最古の記憶が、ある朝、病院のベッドの上で跳びはねている自分です。前夜、発作を起こして入院したのですが、夜半には発作が治まり、朝には元気に目覚めたようです。その後、五歳頃から九歳後半の春までは、毎年のように喘息の発作が起こり、虚弱体質という診断もされて、小学校四年生までは体育の授業は全て見学ということになってしまい、教室で一人、グラウンドの方から響く同級生たちの甲高い声を聞きながら、皆が戻るのを一人で待っていました。

今では花粉症という症病名もでき、アレルギー性鼻炎や喘息の発症のメカニズムなどが解明されてきているようですが、私の母は、私が小児喘息と鼻炎と診断されても、何をどう気をつけたらよいのか分からない無知に、育児への無関心さも手伝って、何も知ろうとしないまま、季節の変わり目になると鼻づまりを起こし、それがひどくなると喘息になるようだ、とそれくらいの認識しかなかったようでした。

しかし、鼻炎も喘息も十歳の秋から症状が出なくなりました。体が大きくなり始めた頃で、医師も「大人になって体力がつけば治りますよ」と言っていたようです。したがって祖父は外で遊べと勧めてくれて、同時に、この頃クラスの友人に誘われてソフトボールをするようになったことが、よい影響をしたと思います。もちろん運動を始めたことがそんなに急に効果をあらわすわけはないので、私は成長ホルモンが関係していると思っています。今、問題になっているインフルエンザ特効薬のタミフルも同様でしょう？　また、その頃の気候や、ヨモギや杉などの花粉の飛散状況などの様々な要件が、私にとって良い条件で重なりあった結果であろうと推測できます。

ちなみに私は、小学五年生時に身長一五五センチ、体重五五キロと覚えやすいので記憶していますが、もう声変わりがあったので成長は早かったと思います。

私をソフトボールに誘ってくれた同級生のI・T君は、小学三年の夏、九州から転校してきました。彼は勉強がよくできたし、運動能力も優れていて、大人びてしっかりしたリーダータイプの九州男児で、当時の西鉄ライオンズのファンでした。それまで病弱で体育の授業をいつも欠席していた私に向かって、「元気を出せ」と言って放課後のソフトボールに誘ってくれたのでした。自宅にも私を誘ってくれて、テレビで初めて野球を見せてくれたのも彼です。彼の家に着いてテレビのスイッチを入れたときは、日本シリーズで、中西太のバッターボックスであったと記憶しています。彼は祖父とともに、私の十代の健康と、その後十五年間、野球を続けるきっかけをつくってくれた大恩人です。

中学で野球部に入り、野球に夢中になっていた三年間は喘息の発作は起きませんでした。やはり、成長ホルモンの影響でしょうか？

ただ毎年秋（九月頃）に発熱と下痢があったのは記憶しています。何かのアレルギーだったのでしょうか？　今となっては分かりません。私の父は幼い頃から成績優秀、軍国主義時代の超エリートで旧日本海軍予科練出身で、戦後は約一年、神奈川県横須賀の下町で、米兵相手のジャズバーでドラムスを叩いていました。さらに、一年ほど、神奈川県庁の保険課に勤務した後、鉄道が好きだったことから、念願の旧国鉄に入ったようでした。旧国鉄はその昔、プロ球団も所有していたのですが、父は野球は大嫌いでしたから、私も家でプロ野球を見ることはほとんどありませんでした。もしかすると父は、古い運動部の根性を尊ぶ体質のなかで、私が無理な運動を続けることを望んでいなかったのかもしれません。

中学の三年間は、アレルギー症状は出なかったので（出ても軽くて自覚してなかった？）、学業成績はだいたい真ん中より少し上、運動能力は持久力を競うマラソンのような長距離走以外、全て同級生百六十人の鎌倉の田舎の中学では十番以内に入っていました。特に遠投（ソフトボール投げ）は全校二位、走り幅飛びは、一年生の時、体育祭で優勝しました。ただ、ひとつだけ、中三の秋でしたが、夏の中学野球最後の試合が終わって、練習量が減ったあと、秋の体育祭のために再び短距離走の練習を始めた時に、変だと思いながら夏までのスピードがとうとう戻らず、本番の体育祭では、クラス対抗スウェーデンリレーのアンカーとして出場しました。私の前の第三走者までに二五メートルほどもリードしたトップで、圧勝ムードで私にバトンタッチされました。しかし、私の体は重く、足が上がらず、スピードに乗れません。中一の時に同じクラスで仲の良かった陸上部の大江君にものすごい追い上げを受けて、かろうじて一位でゴールしましたが、そのとき彼は私の一メートル後ろにいました。ゴールがあと五メートル先だったら抜かれていたでしょう。成長期なのに不思議な走力低下がありました。

私は走力低下の原因が把握できないまま、高校に進学しました。

高校一年生で野球部に入部したての頃、太っていてやはりスピードのなかった同級生の山崎君と私は、先輩たちの体力・スピードについていけなかったのですが、二人とも体格は大きく肩も強く野球はうまかったので、三年生のキャプテンの温情である程度特別扱いをしてもらえて、長い目で見てもらえました。

そして、まもなく二年生になるという春、副主将になった先輩の西村さんに「オイ、ロードへ出るぞ」と声をかけられ、二人だけで学校のある横須賀市公郷から久里浜方面へ向かって走ったとき、春先にもかかわらず、彼よりも速く走ることができて、硬式野球を始めて一年後にやっと体力的に認知された次第です。つまり、このロードが二年生進級直前の体力テストだったのです。ここで失格の烙印を押されていたら、勉強のできなくなっていた私は、おそらく退部させられたのでしょう。ところが、この時期に私の野球選手としての能力は急激に伸びました。

五月に横須賀米海軍の大人のチーム、シーホークスとの試合（ナイター）に先発すると、十一個三振を奪い自責点ゼロで好投しましたが、試合は二死からショートのエラーで一点取られて負けました。試合後、基地内のクラブハウスで、当時市販されていなかったコーラの三五〇ミリリットル缶とハンバーガーをいただきながら、野球部の顧問の先生が、あとボール一個半のコントロールができればプロなんだとおっしゃってくださり自信がついてきました。

私の高校の先輩にアキモトさんという、プロで成功した方がおられます。投手で、阪急に入団した年に勝率一位を獲得しましたが、同じ新人（チームメイト）に三十三勝した梶本氏がいて新人王になれませんでしたが、私がノンプロに進んだ年まで、長い間、プロで活躍していました。私の母校は県立校ながら、他にもノンプロ野球に進んだ先輩が数人いて、プロ、ノンプロのレベルは分かっています。しかし、私は投手としての能力が向上したと同時に学業成績が低下して、その後、高校野球では何の実績を残すこともできませんでした。結局、どっちつかずになってしまい、野球部員に特待制度はない県立高校でしたから無理でした。そのうえ、野球の成績も高校三年生の最後の夏は、甲子園大会、神奈川県予選を私は一回戦で負けてしまいました。八方ふさがりで、どうしようもありません。

しかし、学業成績の良くなかった私は、野球の道に進むしかないと決心していました。

最低一年間退部しないことを条件に、三つの大学に無試験入学できることを顧問の先生から聞きました。地元の横須賀市内で大手のT電機T工場からは、先輩が多数在籍していることから、春先から誘いもありましたが、私は、相模原市役所を受験しました。「全五科目で六十点以上取ってくれ、〇点は一科目でもダメ、一次の筆記試験を通れば面接は、なんとかする」という条件でした。私は工業高校の成績はさっぱりでしたが、小・中学生時代に社会科はほとんど八十点以上取っていて一般教養はあるつもりでしたので受験して、高卒初級職採用予定人数三十人のうち十六番、ちょうど真ん中でした。実際は三十三人採用されて、三十三番目が同じく野球部員でした。これでとりあえず、十月には採用が内定して、硬式野球を続ける道はつながったのですが、私は夏の大会に一回戦負けしたことで、野球に対して自信を失っていました。そこで、十一月、一人で勝手に誰にも言わずに、大洋ホエールズ、プロ野球の入団テストを受けました。合格してしまいました。

プロに合格したことで自信を取り戻した私は、逆にノンプロなら十分やっていけるとプロ野球入団を辞退してしまいました。やってはいけないことを、やってしまったのです。選ばれる場に自ら参加して目的を達して選ばれたのだから、絶対に後先考えずに入団すべきだったのです。これは、社会人になって、大人になった何年かあとに気がついたことですが、一生の不覚でした。仕方がありませんでした。野球嫌いな父と、愛のない母の元で暮らしていた十八歳のただの体格の大きな子供でしたから……。

高校三年生時の良い思い出は、この就職試験合格とプロ野球入団テスト合格くらいでしょう。

2　役人天国

今、日本の社会で問題になっている役人は年功序列制ですから、親分につかず、枠からハズれようとする人間には平気で弱者でもいたぶります。それが、役人と、役人でなくてもその周囲にいる人間の腐れきった行動規範です。弱者をいたぶって自分が浮かび上がるのです。水の中で苦しむ人を踏み台にして自分は呼吸しようとします。決して真っすぐ海岸線へ向かって泳ぐ競争をしようとはしません。もちろん私は、私の背中を支えてくれた数人の先輩がいてくれたので幸運でしたが……。日本の役人体質。私は、ヤクザ者も含めて、これをやっちゃん体質と呼んでいますが、このような体質、悪弊は早急に改めなければなりません。

日本の役人天国は、あと三十年くらい続くと思います。

四十二年前、私は、こんな役人天国はそう長く続くはずはないと思い、市役所を退職しました。人を勝ち組・負け組と評することは、私は好きではありません。が、私は負け組に分類されるでしょう。前歴踏襲や上司に従い、休まず遅れず働かずの役人のモットーに逆行したのですから、仕方がありません。しかし、私はまだ生きています。年長・年下を問わず、私より先に亡くなられた元職員が、大分増えました。

二〇二〇年の夏、広島の二つの市長選で、三十代後半の市長が誕生しました。役人天国を改められるのは、地方の首長さん方かな？　たぶん三十年後くらいには、ゆっくりなら自浄能力・努力で、変われるのかな？　そんな気がしました（現行法では地方の首長なら、選挙で選ばれれば何期でも可能だからです）。

3　第二の人生の選択

私が鍼灸マッサージ師になろうと決めたのは、昭和五十三年（一九七八）、二十六歳の十一月頃です。この年の夏は藤沢リトルリーグのコーチとして親善渡米に参加し、その前の六月の都市対抗神奈川県予選では、格上の企業チーム（S建設）に一回戦で勝利したため、その試合も含めて三試合、一週間のうちにナイターで行っていました。

昭和五十年に硬式野球に復帰する時に、体が壊れても仕方がない覚悟は決めました。ただし、私の想像では試合中に突然、肩を痛めて投げられなくなるようなことでしたが、現実はやはり疲労の蓄積からなのでしょうが、シーズン終了直後に喘息の発作というかたちで表れました。忘れもしない、十月十一日の明け方のことです。前日の十日は、この年の春に大洋ホエールズ（現・横浜ベイスターズ）のホーム球場としてオープンしたばかりの横浜スタジアムで、「金港クラブ」との練習試合が予定されていたのですが、雨で流れてしまい、昼過ぎから残念会で親しい野球部員たちと麻雀をしました。その後、夜の十二時に解散して、私は眠りにつこうとしましたが、深夜一時、二時になってもいっこうに寝付けず、とうとう三時頃に起座呼吸（横に寝ていられず座って行う呼吸）をするようになりました。幼少時に苦しんだ喘息発作の十六年ぶりの再発でした。この時は本当に目の前が真っ暗になりました。幼い頃、小児喘息と診断された時に、医師に「体力がつけば治ります。しかし、大人になって発作が出るようだと（治すのは）難しい」と言われたことを思い出しました。それからは小康状態と発作を繰り返すようになり、当然、通院や入退院も繰り返して、仕事は休みがちで、ほとんど、ただ在職していただけの状態になって、私は心身ともにすっかりまいってしまいました。野球に、渡米にと、年次有給休暇はかなり消化してしまっていたので、このまま体調がよくならなければ、年内にも欠勤せざるを得なくなる状況でした。公務員にとって欠勤など御法度です。将来の出世は当然望むべくもありません。

もともと、成人しても硬式、ノンプロ野球を続けたくて選んだ職だったので、野球ができなくなったら市役所も辞めようと最初から考えていました。それが少し早まっただけなので、公務員の、役人の地位に執着する気持ちはありませんでした。むしろ辞めたくて三年前のオフには、あるプロ野球球団スカウトの口添えで、日産自動車への移籍を画策したくらいでした。それに喘息の再発により、もう野球はできないと思うと、市役所を辞めて第二の人生に早めに踏み出そうというのは、私の中では想定内だったのですが、あまりに早かったのと、原因が肩の故障などでなく病気だったので、ひどく自分の将来、特に健康面で不安を感じて、自分のペースで働けて、医学の勉強にもなり、独立可能な、体力に負担のかからない自営業（当時は誤解していた）に就かなければと思いました。また、アメリカで一年くらい暮らしてみたいという、夏に親善渡米して芽生えたばかりの夢の達成が可能な職業に就きたいと考えました。

思えば私は二十歳くらいから音楽と野球を通じてアメリカに興味を持ちはじめ、アメリカで滞在生活した方々の本を読みあさってきました。音楽・野球・英語の本で数百冊は読んでいたでしょう。そうやって少しずつアメリカについて勉強していたからこそ、二十六歳の夏に初めて渡米したときの感動は強烈だったのです。もしかしたら、喘息の再発もカルチャーショックだったのかもしれません。

さて、アメリカへ行けるチャンスがあるかもしれない職業として、私は板前かマッサージ師に狙いを絞り、調査・検討を始めました。

当時「レッツゴーワールド」という、一年間月謝を払って板前修業をすれば必ずアメリカでの職を紹介するという寿司職人養成学校が東京・青山にありました。新聞広告で見つけたのですが、電話で問い合わせると、入学金が七十万円、月謝が一万六千円でした。

マッサージの方は、各校で差がありましたが、市役所の同僚の保健師さんが「あそこは名門」と薦めてくれた小田原衛生学園が入学金四十七万円（教科書代含む）、月謝一万五千円でした。ただし卒業までは三年。最短の鍼・灸を除くあん摩・マッサージ・指圧の課程（当時）だけでも二年です。

どうしようか？　と悩んだとき、運動経験と自身の健康の二点を考えて、私はマッサージ師の方を、二十六歳にして人生のお先真っ暗なときに選びました。あまりに早い第二の人生、二度目の職業選択でした。

十二月、私は小田原衛生学園専門学校（現・神奈川衛生学園専門学校）を受験しました。理事長との面接の折に、「定年からでも間に合いますよ」と言われたことはいまだ記憶に新しい。

昭和五十四年（一九七九）三月末日付けで、私は相模原市役所を退職して、小田原衛生学園に入学しました。

さて、学園生活はしょっぱなから楽しく、というわけにはいかず、四月になっても私は喘息の発作で入院中だったため、まず欠席からのスタートでした。

入学後の最初の「医事法規」の授業で、我々がこれから学ぶ鍼灸（はりきゅう）やあん摩マッサージ指圧の仕事は「医業類似行為」、つまり医業とは似て非なる商売であることを初めて知りました。

昭和五十五年の春も杉花粉が多かったのでしょうか？　また一度だけ私は喘息で入院しました。そして、秋に、原因不明のリウマチ熱のような微熱の断続的な繰り返しと、両アキレス腱痛に始まって、慢性関節リウマチのような両膝痛へと症状は悪化して、とうとう動けなくなりました。救急車に来てもらって、再度入院です。膠原病らしいという医師の言葉はありましたが、はっきりとした診断は医師にもつけられませんでした。

昭和五十六年一月、体がだるいので新宿鉄道中央病院（当時）へ行き、血液内科を受診すると、今度は血小板が減っていると言われて、四月末から六月初旬にかけて四十五日間も入院しました。一時はプレドニンを一日に八〇ミリグラムも服用していました。そのとき以来、ずうっとムーンフェイス（ステロイド服用の影響で顔が丸くむくむこと）かな？

まあ、これは冗談で副作用はほとんどなかったように思いますが、病気で急に運動をやめたので、二年半で四キロほど太りました。幸い血小板は六月中旬に正常値に戻りましたが、減った原因はとうとう不明でした。秋には学園の創立三十周年とも重なり、私もソフトボール大会の開催や記念のバンド結成をするなどして、学校行事に協力しました。友人にも恵まれ、学校側とも親しくでき、夏休みなどは陸送やレコード店でのアルバイトも経験して、何かと楽しく通学することができました。

体調不順で、入学以来、学業の方はさっぱりはかどりませんでしたが、小田原衛生学園は歴史のある名門校でしたので、講師や学校職員、クラスメートたちから、後の現場に役立つ様々な知識や情報を得ることができ、勉強は二年生後半から卒業前までになんとか最低限の位置まで追いつくことができました。

昭和五十七年、春、なんとか無事に小田原衛生学園を卒業できました。私はもう二十九歳でした。

4　医療現場での日々

昭和五十七年（一九八二）二月、私の第二の人生の舞台、二度目の就職先は、私がそれまでの九年間所属していたバンドのバンドマスターの〝ドラキュラ芝崎〟さんの紹介で、相模原市内のO整形外科医院に決まりました。

あん摩マッサージ指圧師の免許は前年に取得し、鍼師・灸師の免許試験にも合格して、やっと社会生活の再スタートが切れる見込みになって私はひと安心しました。

三十歳になる四カ月前に再就職したO整形外科医院のO院長は、医院開業の三年目には医院として市内の納税額では五番に番付けされるほどの手腕があり、私が就職した初日には、私より年齢は下ですが医業では先輩のマッサージ師や看護師さんたちに向かって、「年齢も上だし社会経験は豊富なので、尊重するように」と私を紹介してくださったり、また、患者の転送のことなどで看護師さんと意見が対立したときも、翌日の朝礼で素直に自分の非を詫びたりと、怪しげな人相とは逆に意外と人格者でした。私は様々な病気を持ち、患者としてはベテランでしたが、初めて医療する側として、O医院の現場に立ち、よいスタッフ、優秀な先輩や看護師さんたちに恵まれて、大変勉強になった有意義な一年間を過ごさせていただきました。

ところが、O医院に再就職して六カ月が経ち、仕事にも慣れてきた頃の九月の祭日の朝、二十五歳の時に患って動けなくなったギックリ腰と同様の腰痛に突然襲われました。すぐにO医院に行って、当直していた同い年の明るい勤務医・藤岡先生に診てもらうと、「結石じゃないかな?」とのことで、水分を大量に摂取して跳びはねて、早くオシッコで流して出すとよいと知恵を授かって、院内で様子をみていると、こうすると痛みが和らぐからと言って、藤岡先生は指圧までしてくれました。休日出勤してくれたレントゲン技師の楠本さんとともに今でも大変感謝しています。

生まれて初めての結石痛では石を発見することはできませんでしたが、夜七時頃、ウソのように痛みがなくなり、無事帰宅しました。

その後、現在までの二十数年間のうちに何度か結石痛で苦しみましたが、そのうちの数回は、この時に授かった知恵で自分自身で疝痛発作を治めました。


役人でありながらノンプロ野球選手でもあった二十代後半に転職してマッサージ師になった私は、再就職した一年後には、もう自分の技術・社会経験・能力を売り込み、生かして食べてゆく、そんな覚悟はできていて、藤沢市のSN病院への転職には何の抵抗もありませんでした。

新しい勤務先の院長や事務長、看護師さんたちとも関係は良好でした。昭和五十八年の後半には、週に二回勤務していた整形外科医のTS先生とも話すようになり、彼が独立開業予定だったので、約一年後には彼の医院で、理学療法主任として勤務することまで決まり、仕事の上では順調にステップアップしていけそうでした。

また、SN病院もO医院と同様、救急指定で、ベッド数九十床の総合病院でしたので、今度は、生まれて初めての急患受付の当直業務があり、明け休みなしで昼間理学療法室で勤務、さらに入院患者のリハビリに加えて、重篤な患者さんとの接し方などを勤務上で体験し、勉強できたことは私にとって非常に大切な経験でした。

ここで、SN病院勤務中に経験した、いくつかの忘れようとしても忘れられない出来事を紹介します。

私が急患受付の当直業務をしていたある夜、かなり高齢の男性が救急車で来院しました。尻部と両足首から下の部分を火傷しており、同行の女性が言うには、認知症のため、熱湯が干上がって浅くなった状態の浴槽に座り込んだとのことで、その部分の皮膚が剥けて発赤状態でした。当直医師と看護師、私の三人で消毒薬をかけて、ガーゼをあてて、処置している最中に、あまりの壮絶さに胃のあたりがむかついてきました。しかし、口のほうに不快感が上がってくるのではなく、だんだんと下に下がっていきました。下腹部のあたりがグルグルとしてきて、ついに、肛門部がムズムズとしてきました。処置が一段落したところで「ちょっと、トイレに」と、看護師さんに告げて便所に飛び込み、座り込むいなや、出るわ出るわ、長さも太さもとてもりっぱな私の分身が、便器に二つに折れて横たわっていました。気分が悪くなると下のほうにも来るのだなと、そのとき初めて気づきました。直腸の中のものをすっかり出してしまったようです。

この時のおじいちゃんは残念ながら一週間後に感染症にてステルベン（死亡）しました。その夜もまた私の当直でした。

次は歩けずに入院していた高齢の患者が、リハビリを頑張って自力歩行を可能にし、退院することができたリハビリ成功例です。

私がSN病院に着任して一カ月も経たない頃でした。院長から直接私に、両膝から下の血行障害のために歩けずに入院している八十四歳のおじいちゃんを自力歩行可能にして退院させられないか？　と依頼がありました。おじいちゃんの下腿の皮膚は黒ずんでいて、表面は壊死を発症しかけていましたが、院長の病状説明では、「表面は悪く見えるが筋肉は大丈夫。よい内服薬があるので、今それを服用させている」とのことで、薬とリハビリの併用で歩けるようにしてあげようと言うのです。こんな重大な責任を負わせられたのはもちろん、生まれて初めてのことでした。付き添っていたおばあちゃんからも、元気だが自分も高齢なので、本人が自力歩行できるようになれば自宅に帰りたいとの希望があり、リハビリが始まりました。

ベッド上での下肢の自動運動法から始めて、抵抗運動、そしてベッドそばでの起立訓練へと順調に進み、やがて三カ月もすると、おじいちゃんは病棟廊下の手すりを利用して自力歩行できるようになりました。毎日、真っ赤な顔でリハビリに頑張ったかいがあって、八月中旬、膝は少し曲がったままでしたが、支持力がつき、杖、または手すりなどにつかまれば自力歩行が可能となるまでに回復して退院することができました。その時の、うっすらと涙を浮かべたおじいちゃんの真っ赤な顔と、喜びいっぱいのおばあちゃんの顔は今でも忘れられません。退院の日におばあちゃんが私のデスクのある物療室に来て、辞退する私の前に投げるようにして二万円の入った小さな白い包みを置いていかれましたが、金銭の問題ではなく、精魂込めて患者とともにリハビリに立ち向かい、自分の職務上の成果を出すことができて、私自身も非常に嬉しいことでした。

また、脳硬塞で倒れた五十歳の警察官の男性が、軽い言語障害が残り、手の握力が一八キロと女性並みになってしまったのですが、リハビリで二〇キロ台後半まで回復し、事務職で警察署に復帰できて、私も嬉しい成果の一例です。

しかし、悲しいことも数多くありました。湘南の海で溺れた若者の残念な例や、立木の五メートルほどの高さから落下して頸骨を骨折し、会話はできるのに体は動かせないまま、三日後に亡くなられた植木職人男性の例、中でも、SN病院の目の前の道路でバイク事故に遭い、左下腿の肉がそぎ落とされて骨が見えている状態で運び込まれて、「なんとか切断を免れないか？」と苦慮した院長の要請で、結局二日間、二回だけ足首から下の部分のみをマッサージした、当時二十五歳だった可愛い娘さんの明るい笑顔は、かえって、涙をこらえて冷静にふるまうのがやっとの私には切ないものでした。結果的には、やはり切断せざるを得なかったようですが、強烈に私の記憶に残っています。

命の現場に携わって、様々な医療経験を短期間に積めたことは、大変恵まれていたと思います。三十歳代前半の医療機関勤務時代、特にSN病院での経験は、他では得難いものでした。この一年間は、自分の人生・時間が、それまでの三倍ほどのスピードで飛ぶように過ぎていった気がします。

現在では、どんな医療施設でも、マッサージ師が私のような経験を積む機会はもうほとんどありません。職務が分業化されて、理学療法士（PT）や作業療法士（OT）が増え、大きな病院ではPTやOTが勤務しています。

小さな医院などでは、若いマッサージ師の雇用は増えていますが、仕事内容は簡単なマッサージに、温熱器具などのボタン操作が主なもので、私のような体験をした者は今はほとんど見当たらないでしょう。時代が変わる途中、制度が変わる過程での、いわば歴史の間（はざま）での出来事だったのです。

当時は、私のようなマッサージ師が、現在の理学療法士の仕事はもとより、包帯巻きにギプス巻きの手伝いや、レントゲン写真の現像など、院内の仕事の何にでも駆り出されたものです。現在は医療機関といっても、製造工場のベルトコンベアのように、患者を採血、検査など、医師の診察・治療・投薬に至るまで、各専門部所を流してゆきますが、科学的、近代的な医療機器を使用して大変合理的になった反面、どこか一カ所にでも、技術・能力不足があると、人間である患者によくない結果が出てしまうまで分からないという、欠点があります。かわいそうな目にあうのは患者なのです。特にリハビリには、ＰＴと患者の人間関係と同時に、ＰＴの技術がリハビリ結果に重大な影響をもたらします。

一般の方はご存じないと思うので書きますが、現在、マッサージ師の免許試験は、私が取得した昭和五十年代後半と違って、国家試験になったのはよいのですが、実技試験がなくなりました。社会的に規制緩和が叫ばれている時期に変わったのですが、これでいいのでしょうか？　私はＰＴやマッサージ師に一番大事な能力・知識・技術は、一に解剖学で、二にリハビリやマッサージの技術・実技だと思っているのですが……。

巷にあふれているマッサージに類似した商売、例えば整体などは、法律の法文の中に規制されていない言葉なので、免許など、様々な制約から野放しにされています。しかし、営業内容は医業類似行為で、マッサージ業とほとんど違いはないのです。現実に、視覚障害者が職域を荒らされているのは事実なのですが、法文自体の不完全さから、警察の生活安全課や保健所も摘発しかねて、結果、無法職域になってしまいました。タクシー業界も運転手が増えてワークシェアリング状態になりましたが、いずれの業界も規制緩和という言葉に踊らされて、日本の失われた十年の時代に現在の状況が生まれています。経営側だけが得をする、弱者をいたぶるワーキングプアーの社会はもう改めてほしいと思います。国会議員の仕事は法律を作ったり、廃したり、改正することで、選挙に勝つことだけではないはず……。

5　自主リストラ

昭和五十九年（一九八四）四月、前述した整形外科医のTS先生の独立開業に合わせて、私は早めにSN病院を退職しました。

しかし、私が退職したあとで、用地問題でTS先生の開業が半年ほど遅れそうだというので、生活のために陸送のアルバイトをしたり、産廃回収業に就職してみたりと、結局、TS先生の医院の建設は一年以上遅れて、私も一年以上フリーター生活を経験しました。いわば、三十二歳の「元祖フリーター」です。この頃の生活は、現在のフリーターの方々と何の違いもないので病気のことだけ述べますが、SN病院を退職した直後、昭和五十九年五月の末頃に、私は一度、一日だけ軽い喘息発作を起こしました。当時つき合っていた看護師の彼女にネオフィリン一筒を注射してもらい、すぐに治りました。

九月と十一月には腎結石の疝痛があり、特に十一月の時はひどく痛んだので、SN病院に三日ほど入院して治療を受けました。

年が明けて昭和六十年（一九八五）、いよいよTS医院の開業が本決まりとなりました。TS医院の開業セレモニーは八月一日と決まり、だいぶ遅れてはいましたが、これからはおおむね順調に進んでいくかに思われました。

六月中旬に、私は防火管理者講習に出席しました。まだ事務長など他の男性従業員が決まっていなかったのです。TS先生の事業の進め方に少し疑問が湧いてきましたが、まだこの時点では希望のほうが大きく胸をふくらませていました。理学療法室主任の地位と給与額も決まり、市役所の高卒同期の収入に近づいて将来に希望が見えてきたときでした。

私が防火管理者講習を受けて以降、六月中旬から一カ月くらいのうちにスタッフが全員決まりました。医院の建物がほとんど完成したのと同時期でした。開業予定のかけ声だけでは、簡単に人を集めることはできないのです。一年以上も前からアルバイトで食いつないで準備をしていたのは、私と、TS先生と古くから顔馴染みの看護師主任Mさんの二人だけでした。

主任スタッフ全員が決まって、夜な夜な打ち合わせや準備に集まるようになりだして、私はなかなかよいスタッフがそろったなと思いながらも、逆にTS先生の能力・人格に対してさらに疑問が湧いてきました。夜な夜な集合させる割には具体的な内容に乏しいのです。TS先生は、「泡麻酔」と称してビールを飲むのが好きで、結局ただの飲み会になってしまうのでした。一人が寂しいので周囲にスタッフにいてほしかっただけなのです。

八月四日に診療をスタートしたTS医院は、その後三カ月くらいまでは患者数が順調に増えていきました。私は有能なスタッフに恵まれ、特に仲良くなったレントゲン技師の高橋さんの手伝い（主に現像や患者の位置取りなど）や本業の理学療法、事務当直に雑務などをこなして、忙しく働けたことは、何の苦でもなく楽しかったのですが、しかし、本当に「好事魔多し」です。

まず、診療を開始して二カ月くらい過ぎたある日、受付事務の女性の顔つきが暗いので、「どうしたの？」と聞くと、昼休み中に救急隊からの急患を受け付けたら院長から怒られた、とのこと。また、もう一人の受付事務の女性も、一カ月後に退職予定とのことで、私はいよいよ下り超特急電車の出発かな？　と思いました。

そして、十一月になると、どうも事務長の顔色も暗い。彼は私より三つか四つ年下で、神奈川県の名門野球校出身で、大学卒です。高橋さんと同じ病院で、TS医院開業直前まで働いていて、二人一緒に再就職してきた格好になっていました。二人が私に少しずつ話し始めたことによると、TS医院は患者が少しずつ増えて安定してきているにもかかわらず、院長が遊びに出たいために代わりのアルバイト医師を頼んだり、あまり必要のない医学書や高価な文献を購入したりするので、なかなか黒字にならず、設備投資なども当初の計算が甘かったために、TS医院は毎月の収支は赤字のままという現状らしいのです。

私としては、三十三歳になってやっと落ち着けそうに思って努力してきたのに、またしても雲行きが怪しくなってきました。

昭和六十一年は、レントゲン技師の高橋さんとともに、院内では暗ーい毎日を、ただただ耐えて過ごしていました。何しろ雇われている立場の私たちには、お互いに労力提供したり、節約したりする以外に医院を助ける手段はありません。院長にケンカ腰で意見をしたこともありましたが、ムダでした。

高橋さんは昭和六十二年四月の退職時までの一年十カ月を、遠くへ遊びに行くこともできず、たまに家族や私と平塚の町へ食事に出たり、藤沢市の実家へ帰る以外は平塚の医院の近所のアパートでポケットベルを持たされて、一人で二十四時間勤務状態の生活だったのに、大変よく頑張ってくれました。今でも私は感謝しています。

私のほうは、わがままな嫁に困り果てながらも結婚したばかりで、早めに別れて、一人でアパートを借り、医院のために当直を増やしたり、特に理学療法では、診察が荒くなってきていた院長に対して、患者からチラホラ苦情も聞いていたので、院長の不注意をカバーしたりと、それなりの努力は続けていました。

さらに、私自身は十一月になってインフルエンザを患って高熱を発し、一週間院内入院しても治らずに往生しました。早めに適切な投薬処置をしてほしかったのですが……。

このインフルエンザをきっかけに、十一月から翌年、昭和六十二年一月までの間に、中程度の喘息発作が二度起こり、とうとう一月中旬からは、ひどい喘息発作を起こすようになってきました。相模原市役所を辞めるキッカケになったときのように、断続的に発作を繰り返すようになって、苦しくてたまらず、アパートから歩いて行ける距離の平塚共済病院へ入院しました。

昭和六十二年の春先は、きっと杉花粉の多い年だったのでしょう。ちなみに、市役所退職前に相模原国立病院で受けたアレルゲン検査では、今と違い皮下注射でハウスダスト、よもぎ、スギの三点に発赤が出て怪しいとのことでした。よもぎの秋と、杉花粉の春先が、私が注意しなければならない季節なのです。運動能力が夏にしか発揮できなかったことに、医学的に納得です。今はよもぎは少ないせいか、秋はほとんど症状は出なくなり、出ても軽くてすみます。春の杉花粉は今でも特に気をつけなくてはなりません。

昭和六十二年冬の発作には、本当に苦しみました。勤務している医院は先行きが危ないし、もうすぐ三十五歳になるというのにお先真っ暗です。

そんな中、二月初旬頃でしたでしょうか、事務長からある一つの提案がありました。事務長、高橋さん、私の三人が退職すると月々百万円くらいの経費は浮くし、その後は、こちらに責任はなくなるので、いかがか？　と。つまり、自主的なリストラの勧めです。

しかし、事務長は大卒で、三十歳代前半で事務長を経験して、転職に際しては立派なキャリアになるでしょう。高橋さんはレントゲン技師なので、再就職の場もあるでしょうが、私は三十五歳になろうとしており、もう医院・病院勤務のマッサージ師では好条件は望めないし、求人すらなくなる年齢です。それに、私は最初からＴＳ先生と関わっていたので、責任もあります。ケンカをしてでも、首に縄を付けてでも院長を助けてＴＳ医院のために努力するという考えも浮かびました。

でも結局、私は今回もドライに割り切ることにしました。そして退職を決意して職を探し始めましたがやはりなかなか見つからず、三十五歳直前にしてまた無職かと自分で苦笑いしながら体調の悪化とともに落ち込んでいたとき、平塚共済病院の主治医、山口先生は、親切に薬の使い方や発作の抑え方など指導してくださり、今でも大変感謝していま す。人は健康が一番です。健康でない人たちには行政や医療機関が、利益目的でなく、手助けをしてあげなければなりません。

私は幼少時から健康に問題があったために、運動を始めたり、進路に影響があって、普通の平均的な日本の社会人、サラリーマンや公務員、労働者や自営業にしても、幸か不幸か、誰もが経験できないような体験を積んでしまったわけですが……。ノンプロ野球にセミプロバンド、地方公務員からマッサージ師、医療機関での体験やアメリカ生活、そしてヤクザ者退治こそしていませんが、私こそ本物の座頭市でしょう。

十八歳の時に、大洋ホエールズの高木由一選手（のち横浜ベイスターズ若手育成コーチ）からメガネを取ると横顔が座頭市に似ているねと言われて、憧れていたことは事実ですが……。まさか、その後、本当に座頭市のような生活を送るようになるとは、当時は、夢にも思いませんでした。

さて、人生の折り返し点に立ち、新しい職を探し始めてから三週間ほど経って、体調もだいぶよくなってきた三月初旬、私はハワイの老舗、マサ指圧院のマッサージ師の求人を見つけました。

昭和六十二年三月、平塚共済病院への通院時に山口先生にハワイ行きの相談をしたら、「暖かいし、空気はキレイだろうから、いいかもしれないね」とおっしゃってくださり、この一言で決心がつきました。しかし、今回は仕事に関して自信もなく、喘息のための転地療養の意味もあったので、不安が大きく、半分ヤケでした。

専門学校を卒業して、あん摩マッサージ指圧師の免許は取得していても、これまでは、医院や病院勤務ばかりで、いわゆる按摩稼業、旅館・ホテルや、入浴施設などでのマッサージ業に就いた経験がありません。医療行為としてではなく、医業類似行為としての本業の労力たるや、医療機関勤務の比ではありません。

医療機関でリハビリの一環として行われるマッサージは、ほとんど患者の手足の場合が多く、また、温熱や運動法を組み合わせることが多いので、同じ動作が長く続くわけではありません。しかし、保健や慰安のためにホテル・サウナなどで行うあん摩マッサージ指圧は、自分の手指に自身の体重をのせ、また自分の姿勢を保つため全身を使って長時間（当時は普通一単位は一時間）同じ動作を続けるので、本当に重労働で、医療機関でのリハビリとは比べものになりません。普通、長くこの仕事を続けていると、身体的特異性から、男性マッサージ師は腰（下肢）を傷めることが多く、女性マッサージ師は、肩・腕・指など、上肢を傷めることが多いのです。

それでもハワイで働くことを決めた私は、箱根での面接を兼ねた実技試験に挑むことになりました。これは、マサ先生の知り合いのマッサージ師さんをマッサージしながら国際電話を通じさせての、三者面談でした。

私はその直前の二週間、あん摩の技術・動作を習うべく、相模原市相武台で開業して成功していた衛生学園時代の同級生に手ほどきを受けたものの、自信はまったくなく、国際電話での話し合いの中でなんとか合格としてもらいました。

そして、H－1ビザ申請手続きを開始すると同時に、さらに渡米までサウナなどで働いて、実地訓練せよとの命がマサ先生から下り、私はさっそく平塚の街のサウナ施設へ電話して面接を受け、TS医院の退職予定日直前まで、勤務後の夜と五月の連休を利用して、アルバイトで経験を積みました。五月六日にはビザがおりていたのですが、残務整理があるとウソを言って渡米を延ばしました。

ハワイに行こうと決心してから約二カ月後、五月十五日付けでTS医院を退職して、五月二十日に出発と決めました。私にとって今度は正念場でした。外国で経済面と健康面の安定の二兎を追わなければならないのに、自信のない、好きでもない仕事に就くわけですから。転地療養と就職の両面目的で、ハワイとはいえ、アメリカへ行くのです。

私は、不安と緊張で目一杯の自分自身に、何があってもガマンガマン、と言い聞かせていました。

こうして私は、ハワイに渡り、アメリカ生活は第一部で述べましたが、「あん摩さんのブルース（憂うつ）」は、帰国してからも、この先、まだまだ続きます。

「若いときの苦労は、買ってでもしろ」という言葉があります。私は、この言葉を信じて、何事も経験と思って未知の世界へも飛び込んで行きました。しかし、現代日本の社会は、苦労など買わないほうがよいしくみ、風潮になっています。

第六章　右肩下がりの十年半

1　東京で就職

一九九二年四月十二日、私は日本に帰国しました。二日後から歯が痛みだして、治療することにしました。私も、私の姉も、親からの遺伝で歯の表面が弱く根っこの部分が固く強いのですが、すでに過去に治療して銀のかぶっている歯が痛みました。帰国したばかりで、まだ医療保険の手続きをしていませんでした。この際だからと、丁寧な治療を期待して実費で八万円かけて治療しました。再就職のための準備金が、あっという間になくなりました。四月末、最初に電話して面接の約束を取り付けた、東京都下の整骨院に就職しました。

整骨院で働くのは初めてですが、過去に病院・医院に勤務していたので、仕事の内容には自信を持っていました。しかし、一日目でショックを受けました。まるで製造工場のようでした。製品をベルトコンベアで流して作っていくように、患者を温熱などの器具から、たださするようなだけのマッサージ、そして、切皮(せっぴ)だけの鍼治療へと流していきます。そこには、「できるだけ、元の健康な状態に戻れるといいね」といった患者に対する愛情のかけらも見えません。患者はお客さんです。相変わらず、経験・実力に乏しい若者たちが、日本の国民皆保険制度を利用したシステムを食い物にしていました。

　ということに、久しぶりに見る日本の社会状況や医療事情にも私は驚愕しました。約五年、アメリカで楽しく暮らしていた私は、浦島太郎になってしまっていたようです。極め付きは三十代前半と思われる主任面(づら)して態度が生意気な、ヤクザの若頭のようなMでした。正しい治療技術を会得していないのに、やたらとへ理屈を述べます。それは、二十六歳の若い女性の患者、N子さんともう一人年配の女性のことに対してでしたが、ここでは、N子さんとのことだけを述べます。というのも、年配の女性は残念ながら、私は一度しか担当しておらず、それに骨折されていたのですが、すでに時間が経ち過ぎていて症状固定の状態だったのです。N子さんは左手の親指がマヒして動かせず、ほぼ毎日通院していました。最初に私がN子さんにあたった時に、私は彼女に詳しく「いつ頃から、どんな状況でこうなったか覚えがありますか?」と聞くと、彼女は正確に経過を話してくれました。私は、これは治せるかもしれないと感じて適切なマッサージを施しました。そして、私とN子さんの二回目でした。マッサージ中に、「私、先生に治療してもらいたい。ここ、先生を指名するわけにはいかないですか?」と、N子さんに聞かれましたが、私は、「ゴメンね。水商売じゃないから指名制度はないみたい」と答えました。N子さんはこの時点でもう良い予感を抱いていたのかもしれません。十二畳くらいの一室の一角に四室だけ、さらにカーテンで仕切っただけの鍼・マッサージの治療室です。小さくおさえた彼女の声でしたが、ほぼ治療室内全部に聞こえています。翌日、偶然、彼女と三回目にあたりました。マッサージ中に「ちょっと、自分で動かしてみて」と、私がN子さんの手のひらの部分を握ったまま告げると、彼女の左手の親指が十度ほどの角度でしたが、自身の意志で動かせるようになりました。彼女は喜びのあまり、「あっ、動いた！」と大きな声を上げました。この二日間のN子さんの言葉がMには気に入らなかったのでしょう。私がN子さんに日常生活や仕事中の動作などの注意を与えてカーテンを開けて治療室から出ると、Mの方から言い訳のように、だが、生意気な態度で、私に意見してきました。

いわく、「彼女は胸隔出口症候群である。しかるべく検査法で私が検査したのだから間違いない。今までの治療の成果がたまたま、あなたのときに出ただけ」と言い張ります。私は治療中も治療室を出た後も、何もこの整骨院やMを責める発言などしていないのに、患者の言葉に反応して自分から敵対心丸出しで私に発言してきました。私は暴力的衝動にかられましたが、もちろんガマンして反論すらしませんでした。このMの言葉の中に、実は決定的なミス・誤診があることが分かるのですが、私は、そのミス・誤診についても指摘しませんでした。当たり前です。私を不快な思いにさせているこんな男に勉強させてあげる必要はありません。十五年を経て、今この紙面上で、プロならもちろん、一般人にも分かるように説明したいと思います。

整形外科医など、プロならここまでの記述ですでに分かるのですが、N子さんの左手親指のマヒは胸隔出口症候群ではなかったのです。この症候群の検査法（診断基準）としては、患者にある姿勢をとらせて脈を計ると、その脈が減じるということですが、この説明を述べている正しい教科書なり医学書の文中には、但し書きが付いています。〝ただし、若い女性の場合はこの限りではない〟と、注意が書かれているのですが、このMは注意部分を忘れているか、無視して、たいそうな症病名を付けて二十六歳の若い女性をムダな治療のために毎日のように通院させていたのです。N子さんは、運良く、時間的にギリギリのところで私にあたって、正しいリハビリ（マッサージ手技）により、その運動機能が回復したのです。私は五年ぶりの日本での仕事で、低レベルのままの民間医療と、患者の多さに本当に驚愕しました。しかも、この整骨院の女性院長は、前述のようにN子さんが喜びのあまり大きな声を上げたことで、私に言いました。「先生、治療家にこんなことを言うのはなんですが、一回で治ることでも十回くらい通わせてください」と。私はすぐに退職しました。面接から数えても、お付き合いは二週間ほど、五月の黄金週間があって、勤務したのは、たったの七日でした。これまでの最短記録でした。アメリカに帰りたくなりました。この時、すぐにハワイのマサ先生に電話していれば、私の人生は、今とは、また違う結果が出ていたでしょう。

（日本は本当にどうしようもないなあ）と、逆カルチャーショックを感じました。医療施設への就職（東京での就職）は、この一件だけで諦めて、やはり気楽な按摩仕事をしようと、すぐに按摩の求人を探し始めました。

2　関東北部の山中、M湯温泉へ

日本の就業システムのなかで、都市部での就職は、私にはやはり無理と諦めて、次は地方の按摩仕事の求人を探して電話をしてみました。そこは、約一年前に友人と同僚から伝聞で、二回、求人の情報を耳にしたこともあり、関東北部の山中にあるホテルでした。冬は寒い所と聞き、その時は興味が湧きませんでした。が、今は一応電話だけでもと、ホテルにかけてみました。ホテルの人事担当の男性と電話で話してみると、仕事の内容、条件、ホテルまでの交通手段など、テキパキと簡潔に説明していただき、もとより私は、免許・経験があることを伝えると「明日、来られますか？」と聞かれました。私は久しぶりにまともな日本人と口をきいたなと感じると同時に、急に興味が湧いてきました。電話をしたのは五月十九日、明日ということは、五月二十日です。私は五年前の同日、ハワイに向かって、そして、その後、とても楽しい、人生で最高の時を過ごして、今、日本に帰国しています。縁起をかつぎました。すぐに行こうと思い、「分かりました。とりあえず明日、そちらへ伺います」と答えました。実は三日ほど前に、東京・蒲田のスナック経営者のKさんと面接していて、Kさんが新規開業する治療院の第一号従業員になる予定だったのですが、三日間ほど時間をくださいと返事を保留していたので、さっそくKさんに、就職辞退の電話を入れてから出発の準備を始めました。この頃はまだ、探せば仕事はいくつかありました。選り好みをしなければ……。

一九九二年五月二十日、私は、関東北部の山中のホテルでの按摩仕事に就くべく、とりあえず一週間分の着替えと、つり銭兼帰りの交通費として二万二千円と、旅行バッグ一つだけを持って、朝八時過ぎ、千葉・外房の実家を出ました。ハワイのとき自家用車を処分したり、フリーマーケットで得た二十二万円持っていったので、やはり縁起をかついで、この金額にしました。

前日、指示されたとおりの経路で、時間どおりM湯温泉に着きました。バスを降りて、やはり指示された公衆緑電話でM湯ホテルに連絡すると、五分ほどでマイクロバスが迎えに来てくれました。

運転手は（顔の面積と体格もが）大きな赤ら顔で、態度や言葉が乱暴で、すぐに私は、地元の人間だな……と感じて、不安が頭をよぎりました。

彼はバスをホテルの玄関らしき入り口の前に停めると自分も運転席を降りて、スタスタと歩きながら「コッチ」と言って、私をホテル館内へと導き入れました。フロントらしき小さなカウンター横を通り過ぎるとドア一枚を開けて、二メートル×六〇センチほどの通路だか物置だか分からないスペースの向こうに事務室がありました。彼は一番奥の窓側の席に腰かけると、隣の席を私に勧めました。事務室に入ったのは、午後二時少し前でした。ここまでの彼の話し方や声質で、昨日電話の男性と違うことは分かりましたが、「履歴書、持ってきたか？」と言うので、ハイと返事だけして、黙って差し出しましたが、本当は、こういう男に私の履歴書は見せたくありません。彼には履歴書を見せても人間性を読み取れる能力はありませんから。

「おー、相模原か。野球、強かったんだよな、オレもTハムにいたとき、相模原には行ったことあるんだよ」と、案の定、口から出まかせの、お調子をこいた、やはり、くだらない話しかその口から出てきません。（お前にいったい何が分かるんだい？）と腹の中で思いましたが、神奈川県のノンプロ球界で我がチームが強かったことなど一度もありません。

彼が昼間の支配人T氏であることが分かりました。「一時間ほどしたら、夜の支配人が出勤してくるから」と言って、その間、寝泊まりする部屋へ案内されて、仕事の内容なども聞かされましたが、発言内容が全て軽く、支配人と名乗りながら、按摩仕事についての話はずぶの素人なので、一～二日か？　三日か？　いつ帰ろうかなと、まだ、この時点では考えていました。私が覚えている彼の仕事上の話の内容は、「時間をちゃんとやってくれ、三分以上は短くしないでくれ」と、注意されたことだけです。この時点で、私の専門学校三年から計算されます経験は十三年、日本の病院・医院で働いたあと、米政府公認のH－1ビザでアメリカで正規に就業して帰国した男に対して言う言葉ではありません。やはり、字が読めることではなく、本当の意味で、履歴書など読んでいないのです。彼には、後述しますが、その後も散々苦労させられました。

T支配人との苦痛の約一時間後、事務室に戻ると夜の支配人Y氏が早めに出勤してくれました。対面して話し始めてすぐに、昨日の電話の方であることが声質と話し方で分かりました。

Y氏の言葉・話し方は、昨日同様、常識的で普通でした。一～二分話しただけで、Y氏が営業マンタイプで、過去に営業経験があるか、もしかしたら現在も営業活動をしていて、大卒だな、という印象を持ちました。私が仲良くできる得意なタイプではありませんが、話の内容も分かりやすく、何の疑問や違和感も覚えませんでした。ホテルや旅館などでの按摩仕事はほとんど夜が主です。昼間や夕方はほとんどありません。この方が夜の責任者なら（まあ、いいか！）と、私は考えを改めました。しかし、念のため、後々のために、私のほうから一つだけ質問させていただきました。それは、「私の仕事は按摩のサービスを時間で売ることです。いくら忙しくても一夜にできる人数は限られています。お客さんの要望が多いときは、どうされますか？」と、私がたずねると、Y氏の答えは「（お客さんを）お断りするしかありませんね」でした。私は、よかった！と心の中で安堵すると同時に、「わかりました。では、さっそく夕方から仕事にかかりましょう」と答えて、M湯ホテルでの就業が決まりました。

初日からとても忙しく、（ああ、ここはまだバブルだなあ）と感じて、（三年くらい遅れて来るバブルの破裂なのかなあ）とも漠然と思いましたが、甘かったのです。結局、この年（一九九二）の夏休みがピークでした。

夏休み期間中七月二十日から八月二十五日までで、私はちょうど二百人仕事して、七十万円余りを稼ぎました。以降十年半ずうっと右肩下がりで毎年、業績が悪化して一度も上がりませんでした。初年度の秋、農閑期になって、お百姓さんたちが団体で、大挙してやって来るようになると、逆に客質の品位を疑うようになり、私は少しイラつくようになってきて、ある夜、ついに、トラブルを起こしました。その日の一番仕事、夜七時三十分に予約の客室に「今晩は、マッサージです」と入室すると、黒ブチメガネをかけた男性二人が室内にいました。人相・体格・年格好などから父・息子の親子であることは容易に想像できました。この二人は客室係が敷いたフトンの枕の位置を変え、その枕を腰当てのようにして壁に寄りかかってテレビを見ていました。私は、どちらの男性が按摩にかかるのかは分かりませんでしたが、「頭をテレビのほうに向けて、枕をして横向きに寝てくださいい」と言いました。が、若い（といっても五十代後半と思われる）ほうの男性が、いきなり怒った口調で、「なんでだ！」と言って、二人とも壁に寄りかかってテレビを見たまま、体を動かそうとしません。秋になってから、それまでに、お客さんと二度ほど発言や金銭のやりとりで、小さな不快を感じる出来事があり、全体的な客質の品位の低下についにキレてしまいました。「では、キャンセルしてください」と、畳は踏まずに上がりカマチから、踵を返して退室しました。この方は、たぶん、第一章で述べたK・S太郎さんのような按摩を期待していたのでしょう。本当に日本人は嫌だなあと感じました。旅先では殿様扱いをしてもらわないと気がすまないようです。普段は、四方八方に米つきバッタのようにペコペコ頭を下げているので、旅先では殿様になりたがる。これが日本人の精神性のルーツなのでしょうか。「お客様は殿様」と思っているのでしょう。

この客は、私が客室から退室すると、後を追うように部屋を出て、フロントに怒鳴りこんだようです。私は次の予約客に、キャンセルが出ましたので、と、頼んで早めに仕事をさせていただいている最中に、Y支配人から、「今、先ほどのお客さんと話しているのですが、謝っていただけますか?」という電話がかかりました。私は、「その客の顔も見たくないし、話したくもないし、謝りません」と、拒否しました。私はアメリカから帰国して半年も経っていないのです。夏までは忙しかったので、かえって逆に心に余裕があり、(ハワイとはだいぶ客の質が違うな)という程度で、フラストレーションはありませんでしたが、秋になって、さらなる客質の低下でイライラし始めて、やはり、アメリカへ帰りたくなりました。

支配人Y氏に大変な迷惑をかけました。Y氏は、トラブルを起こしたことも、謝辞を拒否したことも、何一つ私を責めませんでした。

M湯ホテルは、当時、十一月末まで営業すると冬仕度のため一週間ほど、いったんクローズします。私との按摩の業務上の約束でも、冬は若いスキー客になるので、休んでもよいとのことでしたので、十二月はアメリカに帰りました。

しかし、私の個人的な判断ですが、後述する家庭の事情から、完全に日本に帰国する必要がありました。

その冬は、アメリカ本土を旅行したり、ワイキキで仕事したり、アナハイムでアルバイトをしたりと、気ままに、暢気な生活を過ごしました。太平洋をまたぎ日米間を行き来する自由な生活は、この時が最後でした。

一九九三年の二月になって、帰国と同時に、試しにM湯ホテルへ電話してみました。偶然というか幸運にもというか、またもやY氏が電話に出ました。「コウノさんの部屋は空けてありますから、いつ、戻っていただいても大丈夫ですよ。ただし、冬だと仕事量の保証はできませんが……」ということでした。この言葉に、私はまた助けられました。M湯温泉は標高が高く、空気がきれいなので、喘息にはならない予感があったのです。寒さ対策だけなら自己防衛可能かもしれないと考えて、私は自分自身に対して、わざと冬期間の半分が過ぎた、二月十四日にM湯ホテルに戻りました。残り約一カ月半の寒さの中で体を慣らそうと思ったのです。

実は前年の夏の終わり頃、私は近くの観光地に遊びに出て、渋滞にはまって仕事に遅れてしまった時も、Y氏が電話に出て適切に処理されて、事なきを得ました。この十カ月の間にY氏には三度助けられたのです。不思議な縁でした。普段は楽しく会話するとか、連れ立って出かけるとかの付き合いは全くないのに、その後も二度ほどこの山の中のホテル、M湯ホテルでの生活上で助けられました。とりわけ、二〇〇二年でしたか、私が尿路結石で痛みが取れずに苦しんでいる時に、午後の早い時間から夕方の暗くなる時間まで、ふもとの村の診療所に車で連れていってもらい多くの時間を割いていただいたことには、本当に感謝しています。十年半の間に少なくとも五回は、Y氏に救われたのです。

私は、M湯ホテルの館内では、普段は、現在の総支配人であり、当時、部長だったI氏と音楽を愛する者同士として仲良くしていたのですが、周囲の方々には見えなかったと思いますが、ここまで述べたように、私がこのM湯ホテルと十年半という長い付き合いを可能にしたのは、Y氏との不思議な因果関係だったのです。特に仕事上ではY氏、日常生活ではI氏との関係が、M湯温泉での生活を可能にした理由です。私の健康面・体調面、また自然環境、地理的条件は別にして……。

3　かんべんしてよ、日本人！（その二）

M湯ホテルで働き始めて一カ月ほど経った頃でしょうか、お客さんがほとんどいない、ある日の昼すぎ、私は売店に立ち寄って、そこで、このホテルで長く働いている地元の女性、売店担当主任と立ち話で雑談中に「一流ホテルで働けるようになってよかったね」と、真顔で言われました。私は意味がよく分からずきょとんとして、その発言に対する切り返しの言葉も肯定するうなずきの言葉も、どちらも発することができませんでした。そして、さらに二言三言の世間話がすむと私は、自室へ向かったのですが、戻る途中のいくつかの階段を下りて行く最中に、「一流ホテル？　一流ホテル……？」と、先ほどの彼女の言葉の意味を考えていましたが、やっと五分後、そうか！　彼女は、M湯ホテルを一流ホテルと思って満足して働いているのだ！　そうに違いない！　と、理解できました。

二五キロ離れている、一番近いふもとの村、T村から通っている、私より五歳くらい年長のI・Bさんでした。

私には、関東北部の静かな山中で、にごり湯（白い緑がかった）の良質な温泉が出ているM湯温泉とはいえ、山の斜面をも利用して階段だらけで、増改築を繰り返しながら、やっとキャパ一一五室程度を維持している、古い木造建築のM湯ホテルが一流という認識がなかったので、その発言の意味を理解するのに時間がかかったのです。彼女はほこりを持ってM湯ホテルで働いているので、とても結構なことですが……。

私は、世界規模の観光地ワイキキで、米政府公認のビザを取得し、マッサージ講師として正規に職に就き、一〇〇〇室、二〇〇〇室といった大きなホテルや、高級コンド、高級別荘などで働いていたのです。逆カルチャーショックでした。日本では、特にサービス業では、自我・自信やプライド・経験や知識は捨てなければとても働いていけないし、すなわち完全帰国もかなわないわけです。この一言が、私の目を覚ませてくれました。諦めるしかないのです。日本のサービス業では……。

また、着任後、二週間くらいで、私は、実家から自分の荷物、ギターや本などを運びたいと思い、やはり二五キロ山を下った最寄り駅の駅前タクシー事務所でレンタカーを借りようと手続きをしました。大手Tレンタカーの代理受付をこのタクシー事務所が受け付けていたからです。

手続きの最後に、料金はカードでお願いしますと、クレジットカードを差し出すと、「お預りします。返却までにやっておきます」と担当者は言って、私のカードを書類と一緒に机の引き出しにしまおうとしました。私は驚くと同時に呆れ、あわてて「おい、おい！」と言ってしまいました。カードは現金と同様だし、それ以上に大切な物です。それに、カードを預かられてしまったら、これからレンタカーで出かけるというのに、出先でカードは使えなくなってしまいます。おそらく、この事務所で彼女はカードで受け付けたことがなく初めてで、手続きの仕方が分からなかったのでしょう?「かんべんしてよ!いいよ、じゃあ、今、現金で払うから」と言って、私はそのしまわれてしまいそうになったカードを、あわててひったくるように取り返しました。本当に逆カルチャーショックでした。

また同じ頃、ホテルのルーム係、つまりふとん敷きの仕事で、五十代後半に見える元中国残留孤児の女性が働いていました。ある日の昼食時、従業員専用食堂で彼女が私に言いました。

「あんたが今度来た按摩さんけー? あたしゃ肩だけでいいんだ。五百円で肩だけ揉んでくんねーか?」でした。やんわりとお断りしました。

先進国と言われている国の中で、現代日本においては、一番遅れている業界がサービス業です。欧米人は森で獲物を追って進化してきました。森に獲物がいなくなれば、次の森へ移動します。一方、アジア系、特に日本人は農耕民族なので、移動は農閑期で短期間です。旅行の文化が乏しいのと、旅行経験の少なさが、日本のサービス業の発展を遅らせているのでしょう。夏祭りや、秋の収穫後に、ほんの数日の旅行や湯治に出かけたときは、殿様扱いをしてあげないと気がすまないので、受け入れる側も、ただ頭を下げて、時をやり過ごす習慣が当たり前のようにしみついているのです。

私は、日本での按摩稼業で食べていくことに諦めや踏ん切りがつくまでに、かなりの時間がかかってしまいました。

私は、偶然、様々な局面で前述の夜の支配人Y氏に助けられて、M湯ホテルでの十年半があるのです。

夏になりました。私は忙しい時期や自分に用事があるときは、ハワイ時代からの友人ゆのすけ氏に、パートタイムで仕事を頼んでいましたが、東京からの宿泊で、交通費も高くつき赤字になるので、按摩の専門誌に常勤で募集をかけたところ、名古屋出身で私より年長ですが、業界新人のM氏が来てくれました。経験がほとんどないので、技術的に問題がありましたが、そのうち慣れるだろうと思って採用しました。

しかしM氏は営業経験があったのか、按摩業では新人のくせに私の目を盗んではフロントに出向き、T氏に「ここは良い所で気に入っている」「親方（私のこと）がピンハネするし、代わりに自分に任せてほしい」と、しきりに自分をT氏に売り込んでいたようです。私が仲良くしていたフロントの人間が教えてくれました。他にも、自室にお客さんを呼び入れて、やはり私の目を盗んでアルバイトをしていたことも、仲良くしていた別の従業員が教えてくれました。しかし、このM氏も本物のバカでした。自分がT氏に媚を売っていたので、郵便預金通帳を貴重品として、フロントのT氏に預けたら失くされてしまったそうで、あわてて私に泣きついてきました。フロントで仕事中のT氏に貴重品として預けたのなら、私の関知するところではありません。T氏と、二人で話をつけろと突っぱねました。たまたま横で私たちのやりとりを聞いていた、フロントのアルバイトの二十二歳の女性がM氏に聞きました。「いくら入っていたの」「一万二千円くらいかな」と答えたM氏。すると、この若い女性フリーターは、「じゃあ、いいじゃん」だって。どいつもこいつも、私は呆れて二の句が継げませんでした。ホテルのフロントへ貴重品として預けた通帳を失くされたのですから、普通は責任問題だし、郵便局への後始末など、アフターケアもホテルの仕事です。しかし、T氏は知らぬ存ぜずで郵便局に聞けと責任転嫁し、フリーターの若い女性は、額が少ないから「いいじゃん」、これが日本の現実です。

M氏着任の約二カ月後、彼が、連休で四日間休みをくれと言うので許可しました。が、その連休の三日目の夕方、廊下でバッタリ彼と会いました。「あれっ、どうしたの?」と、私は聞きましたが、「いやーっ、東京でパチンコしてたんだけど全部やられちゃって、院長(私のこと)、今夜働かせてほしいんだけど、つり銭、貸してくれんかね」と言う。ふもとの駅からM湯温泉までのバス代もホテルの名前を言って借りてきたそうです。本当に、かんべんしてよーです。私は、タメ息しか出ませんでした。M氏はこんな男だったので、十月中旬、私のほうから退職させました。彼を採用した私も人を見る目がなかったのです。

話をT氏に戻しましょう。M氏の通帳の話の翌年、たしか、一九九五年の夏でした。今度も私のスタッフのS氏と、フロントの二十八歳男性フリーターのH氏が関わっていますが、もちろん、S氏は何も悪くありません。当時、M湯ホテルはフロントにも、フリーター従業員が多かったのですが、H氏は人相体格までT氏に似ていて、二十八歳と当時、フリーターにしては年長（今は年輩者もたくさんいます）だったので、フロントに配属されただけなのに、錯覚があったようでした。少し誇らしげに権力をひけらかし始めたことまで、自己中心的な子供のままで、T氏にそっくりでした。

ある夜、私のスタッフS氏が、深夜十二時に、予約受付表のとおりに客室のドアをノックしました。お客さんはドアを開けずに、室内からS氏を怒鳴りつけて、仕事はキャンセルになりました。翌朝、お客さんがフロントに苦情を言ったそうです。応対したH氏が、そのまま、T支配人に報告したそうです。

お客さんの苦情の内容は次のとおりです。夜の早い時間、九時半頃にすでにキャンセルの連絡を入れているのに、なぜマッサージ師が深夜に部屋のドアをノックするのか？　当たり前です。お客さんには、フロントが悪いのかマッサージ師が悪いのか、判断はつきません。素直に疑問を投げかけただけの話です。ここで、お客さんからのキャンセルの連絡を受けたのにS氏に伝えなかったフロント職員に、S氏への連絡ミスの注意をすればそれですむことです。

しかし、兄弟のような人相・体格や精神性まで似ているT氏やH氏に関わると大事になってしまいます。T氏はS氏に向かって、次から仕事が終わったら部屋からフロントに電話しろ！　と言ったそうです。フリーターばかりのフロントに、しかも夜の忙しい時間帯に按摩からひと仕事が終わるたびに電話を入れていたら、もっと大変なことになります。私が、そうしなくてよい予約受付表での時間割システムを作ったのに、この者たちはほとんど理解していません。按摩がひと仕事が終わったら電話するのは、他のどこの温泉地やホテルなどでも見られる風景ですが、彼ら彼女らは、ホテルや旅館のフロントに電話を入れているのではないのです。芸者でいえば置屋、つまり按摩の仕事をホテルから受け付けて、按摩の割りふりや移動を交通整理している、按摩元締めの経営者や事務所に電話を入れて次の仕事先を聞いているのです。ハワイなら、「マサ」のような事務所です。私たちはM湯ホテル内だけの仕事ですから、電話の必要はなく、フロントに置いてある按摩とフロント職員との共有使用の予約受付表（時間割制）を按摩さんが見にくればすむことで、キャンセルなど伝達事項も、予約受付表に記入しておけばよいのです。私が、M湯ホテルの状況に合ったシステムを考えて、よそのように時間を可能な限り詰めて、お客さんを少しでも多く取る手法を諦めて、学校のように時間割で按摩さんが動くシステムを作り上げたのに、T氏はまたバカなことを言い始めました。コージさんもゆのすけ氏もうまいやり方だねと誉めてくれたシステムなのですが、素人支配人のT氏には理解されていなかったようです。

アルバイトばかりのフロントにいちいち電話などしていたら、かえってトラブルのもとです。私が考えたシステムがM湯ホテルではベストなのです。S氏もシステムを理解していたので、すぐに私に「どうしましょう?」と聞いてきましたが、どうせT氏は夜はいないのに勝手なことを言って、無視していいと指示しました。

とにかく何が悪かったか？　といえば、お客さんからのキャンセルの連絡を受けたフロント内の人間が予約受付表に記入しなかった、または按摩さん（S氏）本人に連絡せずに、いずれにしろ予約キープの状態のままにしたのが原因ですから、S氏は何も悪くありません。問題はフロント内部にあるのです。夜の早い時間帯、九時前後のホテルのフロントは、外部・内部の電話や直接フロントを訪れる館内のお客さんとの応対で大変忙しくなります。幼稚で未熟な能力不足のフロント職員では、一方のお客さんに分かりましたとだけ答えて、他のお客さんの対応に追われて、必要な作業を忘れることはよくあることです。それを、H氏やT氏のような人間はさらにトラブルを増大させます。このH氏が働いていた時期、T氏とタッグを組まれたときが、私のM湯ホテルでの仕事継続の最大の危機でした。

そして数カ月後、T氏はもっと重大な、活字にできないような対外的な失敗を、とうとうしでかしました。それはT氏の言葉遣いや態度、権力をひけらかす姿勢からきたものでしたが、ホテルの信用を害する出来事でした。経営者たちはやっと事の重大性に（T氏が支配人であることの）気づき、降格扱いにして営業のためホテル外部に出しました。私に言わせれば、遅いよ！

日本のサービス業界の内部はまだ、こんな低レベルです。特に人事が問題です。経営者がほとんど世襲制で安穏としているところが、年功序列から脱却できずにいる、これが悪循環の原因です。

まさに常識の壁です。日本人は常識だ、当たり前だ、と思っていることから考え直したほうがよさそうです。地球は動いているのです。時代はどんどん変わってゆき、時はいやが応でも進んでゆきます。

4 父の死

私がM湯ホテルで、なぜ十年半も我慢したのか？ それには理由があったからです。

私の母に人格的な問題があり、祖母の死や、父の死が近づいた時に、慈愛に満ちた適切な介護生活は、母にはたぶん不可能だろうと考えていたからです。私と姉とで、年寄りの面倒をみなければなりません。ですから、アメリカでの生活・永住権取得の道なども諦めて、アメリカにはたまに遊びに行ければいいやと思って帰国したのでした。帰国してできるだけ早く、日本での生活基盤を再構築しなければなりません。それも、自分自身の健康が維持できて、なおかつ自由に動ける職場を確保したかったのです。

M湯ホテルは私の条件に合っていました。前述のような、おかしな人たちとはなるべく関わらないようにして、幸いなことに経営者の方々やY氏など常識ある他の従業員たちからは数カ月で信用を得られたので、スタッフを上手に使えば、私自身の体を空けることができます。M湯ホテルでの職を生活基盤として、千葉の実家とはだいぶ離れてはいますが、車の運転は得意だったので、姉と協力すれば、なんとか祖母と父を見送ってあげられると思い、M湯ホテルでの仕事を頑張りました。危機は何度もありました。が、手を引く、下山する状況には至りませんでした。しかし、年を重ねるごとに業績が悪化して経営はとても苦しかったのです。ついに、十年半の間に一度も、按摩業の業績が右肩上がりにはなりませんでした。ずうっと、右肩下がりでした。一九九五年頃から、私はM湯ホテルの仕事はほとんどスタッフに任せて、自身はもう一つの収入源を求めて、あちらこちらへと働きに出ました。憧れだった東北の玄関口の有名な南の島を模した温浴施設にも就職して、M湯ホテルとかけもちで、その移動距離は実に片道四〇〇キロでした。

ここからは、私の家族のことを中心に書いていこうと思います。

一九九八年でした。五月中旬から八月末まで、長野県のO温泉で働きました。M湯ホテルへは車で約二時間半でした。夏の終わりにM湯ホテルでのスタッフの一人が辞めることになり、私は信頼している私のスタッフの主任と二人で、九月からまたM湯ホテルで働くことに決めました。

九月の七日だったでしょうか、母からM湯ホテルに電話が入りました。「どこをほっつき歩いているんだ」と言ってまた少し錯乱の様子ですが、要点は父がガンで十二月八日にガンの摘出手術だと分かりました。私はその時点で携帯電話を購入して半年以上過ぎていましたし、M湯ホテル以外にもう一カ所安定した職場を得るために各地を探し歩いていたのですが、その移動のサイクルが前述のように、約二～三カ月と母にとっては早すぎたのでしょう。私はこの一年間、実家に帰ったのは一度だけで、思い出してみたら、その時も日帰りだったので、父の姿はこの一年間一度も見ていなかったことを悔やみました。しかし、この時点で母は「まだガンセンターへ電車で通っているし、大丈夫だ」と言っていました。実は母が昭和六十年に胃ガンの摘出手術をした執刀医と同じH医師が担当すると言うので、母は安心していたのでしょう。もちろん母は手術に成功して、その後の抗ガン剤の投与も苦しみましたが、治療が成功してうまくゆき、その後二十五年、健在です。

十一月になって、また電話で、手術後の説明を聞いてくれと言うので、当日ガンセンターで母と待ち合わせることにしました。

手術は割と早く予定通りの時間で終了して、母と並んで執刀医の説明を聞いているときに私は愕然としました。ガンセンター消化器外科の主任医師であるH先生は、私に向かって、胃ガンの第四類（末期）でリンパ節に入っている、食道にもかかっていたので食道も切除した、胃の下部を巻き上げて胸骨の下で継いだ、と白いボードに図まで書きながら説明してくださいました。切除したガンの部位を見たときはもっと驚きました。おはぎほどの大きさでした。

私は奇跡を願うしかないのかと人生最悪の暗い日になりました。私は父が好きでしたから……。私が二十六歳で喘息で苦しんでいる時、夜八時頃いったん帰宅した父が軽く母と口ゲンカしたあと、外に出ると小一時間して、さらに酔って帰って来た父は私の前に正座して、私はその時、起座呼吸するほどではなく虫の息で横になっていたと思いますが、「すまねぇ」と謝りました。

私は跳ねるように飛び起きると父を殴りました。蹴りました。「すまねえ」の一言で済ます気かと、感情が爆発したのでした。憎くなったのではないのです。母となぜ別れてくれないのかという気持ちが、そうさせたのでした。母はよく父と口ゲンカになると離婚を口にしていましたが、父は一度もそれを口にしたことはありません。

父は年末に退院しましたが、年が明けて一九九九年二月頃までは、父も少し元気を取り戻したようで、私も奇跡を期待しましたが、一月中旬、父に数日前から頼まれていた日に、働いていた材木問屋のI産業へ、荷物の整理に行きました。自宅から車で三十分ほどの距離ですが、父は暑い夏も寒い冬も最寄り駅まで、自転車で二十分、JRで二十分、さらに歩いて二十五分ほどを、五十五歳から七十一歳までの十七年間通いました。しかも、その間、木工職人の資格を取ったり、給料も月額で三万円ほど昇給していました。私にはとても無理です。本当に敬服します。父は作業場に入ると私物の整理をして、私に車に積んでくれと頼むと事務所に入りましたが、事務所の前に、若い丸刈りの男性が悲しみをこらえているように見えて、父に話しかけました。父の部下にあたる人間でしょうか？　可愛がっていたのでしょう。

父は事務所に入ってもなかなか出て来ませんでした。昭和二年生まれで、世界中が戦争をしている最中に育って、秀才で実直、海軍のエリートである予科練に進んだ父は、働けなくなることがとても寂しそうに私には見えました。通勤の苦労などは一言も言いませんん。

さらに行きつけの本屋さんに行きたいと言うので、やはり、言うがままに車をつけると、路上の安全な場所を私に指示すると、本屋さんの中に入って行きました。店主らしき男性と楽しそうにおしゃべりしています。私は帰宅の催促もせずに黙って待っていました。自宅へ戻る車中で、母のムダ遣いについて私が話すと、「みんな、オレの金だ」と、一言だけ話しました。しばらくして、突然、「国はなんにもしてくんねぇんだ」と言いました。（戦争エリートに育てておいて、敗戦で社会に放り出され、アフターケアも何もなく生きてきた）の意であるなと私は理解しましたが、父が国や社会に対して恨みがましいことを言ったのは、この時の一言と、私が暴力をふるった二～三年後に、やはり一言だけ、「お父ちゃんの時代は、ずうっと戦争してたんだ」。これは、私に向かって言った言葉ですが、この二回だけが、言い訳がましい父の言葉でした。他には聞いたことがありません。実は私が暴力をふるった翌日、父は国鉄大船工場からめずらしく定時に帰宅しました。おそらく一滴も飲んでいないでしょう。玄関を入ると、ダイニングキッチンにたまたま居合わせた私の前を通り過ぎると、ベランダに出ました。コートを着てカバンを持ったままでした。朝、喘息の発作が治まっていた私は、飛び降りるな、と思って黙って後ろに立っていました。職員アパートの五階のベランダの手スリに手をかけたらすぐに止めるつもりでした。ほんの数秒でしたが、諦めたようです。室内に戻ると着替えて、いつものようにテレビの前の座イスにもたれると焼酎を飲み始めました。もう大丈夫でしょう。私は二度と父に暴力はふるわないと誓いました。一九九九年一月中に、見舞品でしたでしょうか？　父に五千円の商品券が手に入りました。金銭は全て母にあげてしまう父ですが、この商品券は母には渡さずに、私にスーパーへ連れて行けと言います。通院はできる限り私が車で連れていきましたが、車内で着るちょうど良い上着がないと言い、フードの付いたカーディガンのような上着を二千九百円で買い、私に欲しい物はないかと聞くので、運動靴を選んでいると、「それでいいのか？」と言って買ってくれました。

二月は、近所で一番大きなショッピングモールに父を連れて行くと、珍しくゆっくり見て回って、プラモデルを買ったあとで、「二度と来れねえから……」と言いました。やはり、体の中で何か異変が始まっていたのでしょうか、死を覚悟したようです。

三月になると、酔って自転車で出て行き、一時間四十分ほど帰って来ない日がありました。どうやら、新聞の折り込み広告を見て、スーパーへ行っていたようです。百円均一のコーヒーカップのセット六点、つまり受け皿六枚とカップ六個を古い新聞紙にくるみ、私には大きなチキンの竜田揚げを二枚買って帰ってきました。竜田揚げは昔から私の好きな食べ物です。幼い頃はクジラのそれでしたが、カップのセットは、何年か前に祖母が、母親がムダ遣いで買い集めた食器がいっぱい入っている食器棚を見ながら、「うちには、家族分、そろったものが何もないね」と言ったのを、私もその場にいて覚えていました。母は、「何でふらふら出かけるんだ」と怒り散らすだけで、父の気持ちなど理解しようとしませんせん、いやできないのです。

三月末、夕方のテレビニュースで桜便りが流れた時、父が「桜で想い出すのはやっぱり特攻隊だな」とつぶやきました。予科練出身の父は、この国、日本のため、海軍のため、そして、終戦してからは、母のために、その人間能力の全てをそそいできたのです。

四月になりました。手術後一月から父は毎月一回、一週間に三回、一日置きの月水金とガンセンターへ通院して抗ガン剤を注入していました。曜日や日付は古いカレンダーで調べないと定かではありませんが、四月十三日の月曜だったたと思います。私が前夜までM湯ホテルで働いていたので、車で連れていってやれなくて、母と父の二人でタクシーとJRでガンセンターに行きました。母は帰り道に鎌取のスーパーでたっぷり買い物した袋を父に持たせて帰宅したそうです。父は帰宅するなり、買物袋を居間に置くと、倒れ込むようにフトンの上に横になったそうです。それを見た祖母が、翌日の火曜日、M湯から戻った私に、「ガソリン代ぐらいしか出してあげられないけど、お父ちゃんを車で病院に連れていってもらえまいか?」と言いました。もちろん私は、そろそろJR通院は無理だなと思っていたので、「そのつもりだよ」と、祖母に答えました。本当に母はどうしようもありません。

四月十七日(金)、この日は割と父は元気そうでした。もちろん車で通院させて、夜、いつものように父は晩酌のためカップ焼酎のフタを開けました。チビリチビリと三十~四十分で、半分程度、飲んだでしょうか、急に、「ああ、ダメダ」と言って、フトンに横になりました。少し前から食べ物は受け付けないようになっていて、物によっては時々、洗面所で戻していたようですが、もう水分も入っていかない状態になってきたのでしょう。

七十二歳のその誕生日が父の最後の晩酌の日になりました。

私は、この時期、M湯温泉（仕事場）と、中継地としての我孫子市のアパート（バンド演奏を終えて、夜九時三十分頃にM湯を発つと、深夜一時前後に眠りにつくことができます）と、外房の実家を往来していましたが、一人になれるのはアパートと車の中だけです。父のガン発見が手遅れと分かった手術後の十二月と、いよいよダメ、奇跡は起きない、時間の問題と自覚した四月は、よく車中で一人泣きました。アパートでは泣いた記憶はないのですが、なぜか昼間、ハンドルを握ると悲しくて涙が出てきます。七～八回は泣いたでしょうか？　しかし、次の祖母の行動を見てからは、もう涙は涸れました。

誕生日に父が焼酎を残した翌週の火曜日だったと思います。祖母をかかりつけの医院に通院させた帰り道、「スーパーへ寄ってくれないか」と言いました。普段、仏様用の花を買うために花屋さんへは度々寄っていたのですが、今日は何が欲しいのだろう?と思いながら、スーパーの駐車場に車を停めました。ドアを開けてやると、いつもより早めに降りて、店内にも割と急ぐように早めに入りました。入店するとさらに、しゃきっと背スジを伸ばしてスタスタと歩き始めて、私があわててあとを追いましたが、「どうしたの？」と声をかけるまもなく、店内の品物を置いてある棚をUの字に一周したところで、あとを歩いていた私の方を振り返って、私の顔を見上げながら、悲しそうに、「ダメダ、もう買い物もできない」と、上気した少し赤い顔で、ハーハーと息遣いも荒くつぶやきました。明治女の気骨を見ました。母の行状は五十年間見て知っていますから、母に父の面倒は見られないと感じていたのでしょう。私に車に乗せてもらってスーパーに行き、自分が買い物をして、父の日常生活を見られるか祖母なりに試したのでした。もちろん、奇跡は起きませんでした。九十歳で身長一四五センチしかない祖母の曲がった腰が、いくら自分の長男（父）のためとはいえ、伸びるはずがないのです。私は言葉につまりましたが、「大丈夫だよ、ちゃんとオレが見るから」と、やっと言えました。

祖母は人の母親としての鑑でした。いつも穏やかで聡明、賢くて気骨もありました。

父に話を戻しましょう。手術直後に私は我孫子のアパートから姉に電話して、私がM湯に仕事に行くときは姉に外房の実家へ来てもらえないか？　と頼みました。子供二人で交替で父の面倒を見ようと考えたのですが、姉は、「お父チャンなんて死んだっていいよ。でも、オバアチャンがいるから行ってやる」と答えました。あの母ありて、この娘ありです。いくら酔っぱらいで稼ぎの少ない父でも、それは母に刷り込まれたことで、現実に父は国鉄職員の給料を全て母に渡していたし、誰がどう悪いのかを、このとき五十歳直前の姉は、まだ理解していませんでした。海軍エリートでありながら、十八歳で戦争に負けて世の中が変わっただけで、まじめな国鉄職員の父が悪いわけではないのです。ただ、嫁選びに失敗して悪女を我が家に引き入れてしまって、私たちを生ませた。それが悪いと言われればそれまでですが、「死んだっていいよ」はないなと思いました。が、そのとき私はもう涙も涸れていて、ここで姉にヘソを曲げられては私が困るので、女手が必要だから、それでいいからと言ってお願いしました。

結局、父の手術後の一九九九年一月から、翌年九月に祖母が亡くなるまで、約一年九カ月、姉はよくやってくれました。しかし、後述しますが、実はこの頃から姉にも病魔が忍び寄っていたのです。父の首の後ろ側にアテローム（粉瘤）ができて、茂原のS病院に五～六回通院したのは、四月だったでしょうか？　一月に買った車内で着るための上着のフードのつけ根、首の部分に血液や体液のついたあとが残っているので、たぶんそうなのでしょう。

五月、六月は、なぜか私に具体的な記憶があまりありません。

ただ、完全に食べ物も水分もノドを通らなくなったので、ガンセンターへの通院はやめました。もう抗ガン剤を注入してもムダと素人目にも分かりましたから、母のかかりつけのN医院のN先生が往診してくれるというので、父の胸の弁からは、抗ガン剤の代わりに栄養分の点滴を注入することになりました。N先生が私に点滴パックの交換の仕方を教えてくれたので、私が父の生命をもうしばらく継げることになりました。父は痛いはず、苦しいはずなのに、一度も私にそれを訴えたことはありませんでした。いつでも涼しい顔をして、黙って耐えていました。あるとき、昼間でしたが、外の見える窓べりにフトンを敷いて横になっている時に、痛くなってきたのか、自分で肛門に座薬を挿入して、「何も食ってねえから臭くも何ともねえや」と言いながら、自分の指のにおいをかいでいました。

点滴パックは約七五〇ミリリットルで、ゆっくり落としても十二時間かかるので、昼の十一時半頃と夜、私が寝る直前の十一時半頃に交換していました。二週間ほど私一人でやっていましたが、M湯にも行かなくてはならないので、姉にも教えました。

六月だったでしょうか、母が勝手に父を連れ出して、茂原駅前のY病院へ入院させてくれと行きましたが、ガンの末期患者を受け入れてもらえる病院ではありません。黙って付いて行く父も父ですが、本当に愛のない母でした。自分のことしか考えていません。ある夜、寝る前の点滴パック交換時に、父は私に「アリガトウ」と言いました。私が二階で静かにしていたので、一度眠ってしまったのに起きて来てくれたと勘違いしたようでした。数十年前にも一度だけ、母のことだと思いますが、「すまねえ」と謝りました。いつも一言だけでした。父は一日に一・五リットルの栄養分と水分補給だけで四カ月生きました。

七月末、母に分からないように私一人でN医院に出向き、N先生に相談して入院先を探していただき、やはり近所の、と言っても自転車で三十分ですが、Y医院に入院できることになりました。母の意思は無視したほうが我が家はうまくいくのです。

終戦の年、昭和二十年（一九四五）の夏も暑かったと聞いたことがありますが、一九九九年の夏も暑かったようです。ようです、と書くのは、私は全然暑さを感じていなかったからです。夢中で介護して毎日が充実していたからでしょうか？　分かりません。何のこれしきと、無理に我慢した覚えもありません。本当に平気だったのです。

元々暑さには強かったのですが、六月生まれだからか、野球をやっていたからか、それも分かりません。父の時も、翌年の祖母の時も夏だったので、私は本当に助かりました。

秋・冬は、私はアレルギー体質で体力が落ちますし、春先でスギ花粉が多い時なら、私自身が虫の息ですから、肉親とはいっても、とても面倒を見られる状態ではありません、その時期の私は……。

父の人生の終焉が、近づいてきました。父は、医院の裏の広い田んぼが見える病室に入院できて喜んだようです。小学生の時に軍艦と飛行機の絵を描いて全国二位になった父には絵心もあって、緑一面の風景を、「いい景色だなあ」と満足していたようです。

父が入院すると、母は少しホッとした顔つきをしていましたが、数日後、私の目の前に古い保険証書を投げ出しました。母は家族に対して何でも、物を投げます。そっと置いたり手渡したりはできません。敵対心や、嫌悪感を持っているのでしょう。自分の遊びをじゃまする人間たちとして。冠婚葬祭の互助保険です。何十年も前に払い終わっていますが、なんと、祖母と姉と私の名義でかけていました。月に各々数百円ずつの支払いですが、当時の物価からかんがみれば結構な負担だったと思います。三人分ですから、さっそく電話で問い合わせて、八月二十六日に千葉支部で詳しい取り扱い方を聞く予定を組みました。

保険金を支払った神奈川支部のほうへ問い合わせると、電話で聞いた限りでは、支払った金額分は保証できる、ただし指定の葬儀社を利用すればとのことでした。三人分、全部合計しても数万円ですが、利用可能なことは分かりました。

その前に、八月二十一日の午前、父が入院している医院から電話があり、誰か一人、父に付き添ってくださいとのことでした。父がタレ流してしまった小水で、看護師がすべって転んだようです。

母がやっと通院ではなく付き添いましたが、八月二十五日、私はM湯へ出勤して日帰りして二十六日昼頃、互助会千葉支部の事務所で相談していました。そして、事務所を出て実家や医院のある外房に向かってハンドルを握っている時に、父は永眠しました。八月二十六日、午後十二時三十五分頃でした。医院に着くと病室が整理されていて、父がいたはずのシーツをはがされたベッドの上に、父や母の荷物が置かれていました。通りかかった看護師が父が亡くなったことを教えてくれて、姉と母が、葬儀の準備を始めたことを知りました。私はすぐに、実家へ行きました。祖母が一人でいました。まだ、何も知りません。姉は朝、医院に呼ばれて出て行くとき黙って出たようです。私は、入院したあとの父の姿は祖母には見せないと、姉にも言っておいたので、黙って出たのでしょう。

私は今でもこれでよかったと思っています。ガンで体内を冒されて、グチャグチャになり、腹水で腹だけ膨らんだ父の姿を、今後も生きていく祖母の目の奥に焼き付けるようなことだけはしたくなかったのです。恨まれてもよい、そう覚悟して決めました。横須賀の父のすぐ下の弟の叔父も「兄貴のそんな姿は見たくねえ」と言って見舞いにも来ませんでした。「オバアチャン、お父ちゃんはやっぱりダメだった」と私が言っても、数秒間、意味が分からなかったようです。数秒後、私の言葉の意味を理解すると、静かに洗面に立ちました。涙を洗い流しているようでした。二〜三分で私の側に戻ると「お父ちゃんが悪いんだ、お母ちゃんの嫌いな酒を飲み続けたから……」と言いました。取り乱すようなことはありませんでした。

いわゆる、世間一般でいう「逆死（さかじに）」でした。私は病気がちの自分を含めて、これからは、逆死のケースが増えるのかもしれないな、と感じました。

父の遺品を整理していて、本当に優秀だったことが分かりました。通知表には小学校六年間で、甲と乙しかありません。描いた絵が全国二位になった時のメダルもありました。

ただ本人は学業成績を自慢したことなど一度もなく、健康を自慢していました。目や歯が良いとかです。しかし、祖父や祖母、弟である叔父さんの話を総合すると、意外と健康面で挫折しています。最初の挫折（と思われる）は父が十四歳、つまり昭和十六年当時、日本で一番若くして軍隊に入れるのが、陸軍少年飛行兵だったそうです。父は、その身体検査の前日、サクランボを食べすぎて腹をこわし、その道を断念したそうです（祖母談）。また、本人の国鉄大船工場内の印刷物に残した文章によると、昭和二十年の春も肋膜炎で、大阪海軍病院に入院していたようです。また、特攻隊の出撃が近づくと両親が最後の面会に呼ばれるそうですが、祖父と祖母が面会に呼ばれた時におはぎを持っていき、それを食べ過ぎて腹をこわし、出撃が遅れて命拾いしたそうです。それが原因かどうか分かりませんが、叔父の話では、終戦の日はもう横須賀の自宅に戻っていて、玉音放送に対して、皇居の方角を向き敬礼していたそうです。呼吸器と消化器系は割と弱かったのかもしれません（そうでないと、私の呼吸器の弱さが説明できません）。

父は終戦後の約一年間、横須賀の下町で、米兵相手のジャズバーでドラムを叩いていたそうです。そして、次の約一年は、神奈川県庁の保険課に勤務していたようです、遺品の中から辞令のコピーが出てきました。そして、さらに約一年後の昭和二十二年に、念願の国鉄に入ったようです。

この間に母と知り合ったのでしょうが、本当に優秀で、戦争にも運良く生き延びて、自分の好きな目標の職に就いたのに……。本人は自分の全てを母に捧げて満足でしょうが、まさに〝悪妻娶らば末代まで〟です。私たち子供二人はむろんのこと、祖父や祖母まで食生活面で、迷惑をかけています。だって、母は、家事労働は何一つ好きではなく、ムダな買い物と出歩くばかりでしたから。

父は入院する直前まで、鉄道雑誌やアニメが好きで本を読んでいましたが、叔父の話では、やはり幼少の頃から鉄道模型をいじっていたそうです。心底から鉄道が好きだったのでしょう。

こんな愛すべき父が、とうとう逝ってしまいました。自分の母である九十歳の祖母を残し、人格障害の私たちの母を残し、私たち子供二人を残して、姉は自殺のようなものだと言いました。一九九八年の春頃から、姉が実家を訪れると、「メシがノドを通らねえ」と言っていたそうです。私は保険証をチェックしてみました。四月上旬、祖母のかかりつけのS医院に一度診療を受けていました。姉の話では、医師に様子を見ましょうと言われて、変な液体の薬を飲んでいたそうです。姉も父には愛情を感じていなくて他人事のように話します。次に五月上旬、今度は茂原のS病院にかかっていました。その時の診断内容は、私は誰からも聞いていません。六月上旬、やはり茂原のK病院にかかっていました。ここで、初めてガンセンターを紹介されたそうです。私は、最初の二軒の医院と病院の医師を恨みたくなります。そして、私が約一年間、父の姿を見なかったこと。母と姉の父に対する無知、無関心さに対しても恨みたくなります。ガンという診断が二カ月遅れたわけですから、もしかしたらと思っています。

私は医療機関で働いた経験があり、私自身もたくさんの病気を抱えていますから、今まで多くの医師を見ています。しかし、現実社会で、特に素人が、医師の過失を問うのは非常に難しいのです。医師にはもっと勉強していただき、患者の救命を第一に考えてほしいのです、経済面よりも前に……。しかし、今さら医師たちの責任を問うつもりもありません、父はもうこの世には戻らないのですから。

5　祖母の死

父の葬儀で最後のお別れの時、父の棺にすがりつくようにひざまずき、父の顔を両手で撫で回していた祖母の姿が忘れられません。我が子を愛する母親なら当然かもしれませんが、果たして私が死んでも、私の母はこんな行動をとるでしょうか？　おそらくしないでしょう。私が小さいときでも、医者に通わせることを、とても面倒くさがっていたくらいですから。父が亡くなったあとも、母は祖母の面倒など見る気もなく、まるで言い訳のように、何もやる気がしないと言って開業医に行き、父が亡くなったことを理由に、老人性うつ病の診断を取ってきました。想定内のことだったので、私と姉で交替しながらの実家通いを続けて、祖母を見ていました。祖母は「あんたたちに迷惑はかけたくない。自分でなんとかするから」と、自殺をほのめかしました。しかし、祖母は本当に気丈夫でした。曲がった腰で膝に手をつきながら、スリ足のように歩いて行き、トイレも自分ですませていました。二階で私と祖母が寝ていましたが、階下で寝る姉が、足音でどちらがトイレに行くのかが分かると言っていました。風呂も一人で入っていました。実際はほとんど手がかからなかったのです。風呂上がりに、二～三回、干しイモのような便が脱衣所に落ちていたことがあり、また時々、風呂上がりに腰に巻いたタオルが便で汚れるのか、自分でそっと母に見とがめられないように洗っていたようです。私も一度、便の付いたタオルは洗いましたが……。どうやら、風呂に入って、体が暖まると少しもれてしまうようでした。

一九九九年十二月二十六日、私が世話になったハワイのマサ先生が、大腸ガンで亡くなりました。私は、この時の家の状況ではハワイに行くこともできず、心苦しかったのですが、奥さんに、手紙でお悔やみをすませました。残念でした。マサ先生の死も、私が何もできなかったことも……。

マサ先生のことは、先生を知る人、特に使われた人たちは、十人のうち十人が彼のことを悪く言います。しかし、私には大変よくしてくれましたし、私もマサ先生のアメリカへ

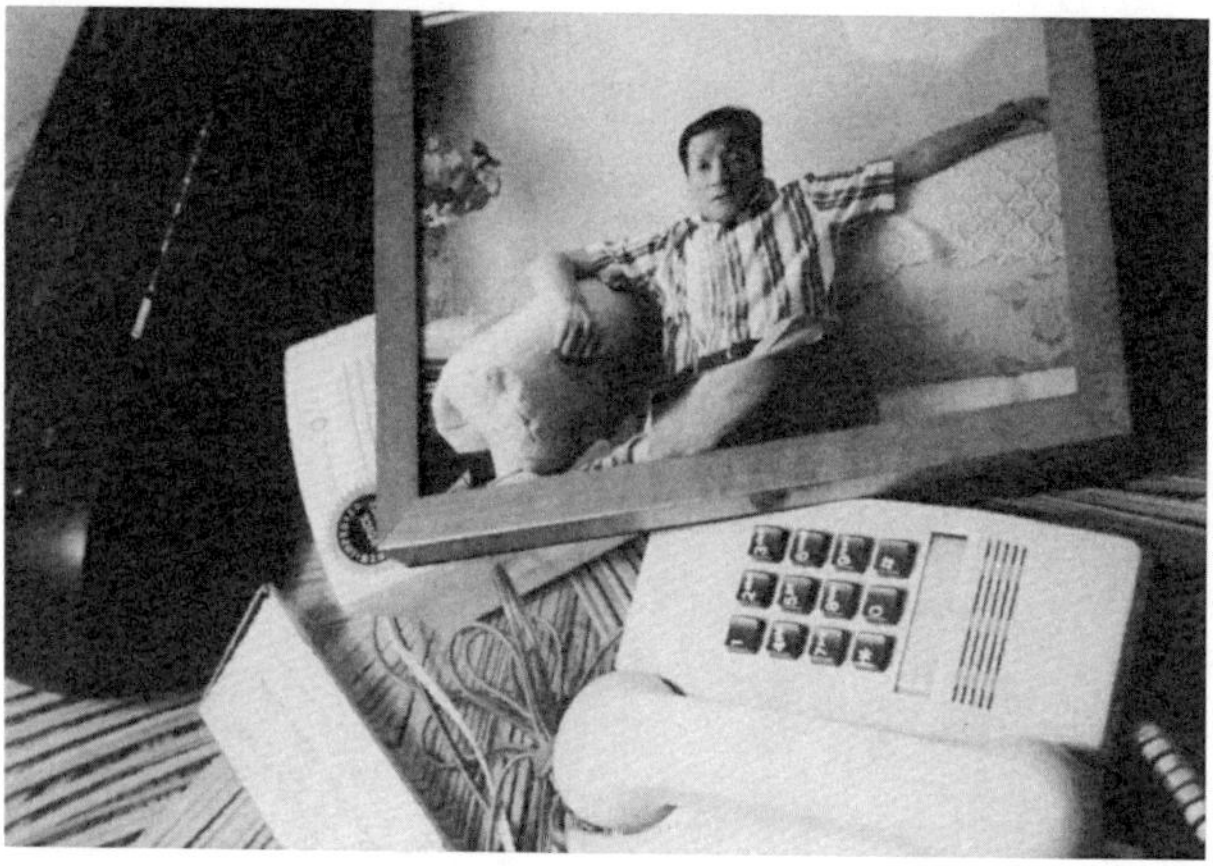

マサ先生

行くまでの日本での過去やいきさつを、本人や息子さんから聞いて知っているので、悪感情は持っていませんでした。男性で、マサ先生がある程度信用していたのは、コージさんと私だけだったかもしれません。日本で友人に騙された経験があるからと思われますが、女性を利用して使うのは、とても上手でした。本当は、私は金と女に弱いので、マサ先生の手法を見習わなくてはいけないのですが……。マサ先生のことは、ここではこれ以上述べません。

年が明けて、西暦二〇〇〇年になりました。「ゼロ年問題」も何事もなく、無事に時が過ぎ、念のために買い置きしていたペットボトル五本（一〇リットルの水）も、普段の日常の生活用水に使うことにしました。世紀末とはよく言ったもので、前年は父、マサ先生と、私を可愛がってくれた年長の男性二人を亡くした年でした。

この頃、うつ病の診断をもらっていた母を刺激しないように静かに暮らしていました。バレンタインデーの二月十四日になりました。今夜は姉と私も一緒でした。母と姉が一階の和室に寝て、私と祖母が二階です。夜十一時三十分頃、私は消灯して眠りに就こうとしました。少し意識が遠のいて時間の感覚は完全に失われていました。〝ピー〟とかすかな音が聞こえています。数秒間、何の音か分かりません。約十五秒くらいだったでしょうか？　意識が復活するのにかかった時間です。同時に何の音かも想像がつきました。祖母の補聴器のハウリングだと気がつきました。何をしているのだろう、補聴器の具合でも悪いのか？　いつもなら寝ている時間なのに……と思いながら、這ったまま見ると、祖母の寝ているはずの部屋の前に行き、板戸の隙間から明かりがもれています。階下の母と姉を起こさないように小さな声で、「おばあちゃん、どうしたの？」と言いながら板戸をそーっと開けると、祖母は足を真っすぐ前に伸ばし、座った姿勢で、タンスに寄りかかっていました。水色の腰ヒモをタンスの上部の引き出しの把手に結び、輪を作り、輪の下の方は祖母の首にかかっていました。手に補聴器を握りしめていました。それで、ハウリングを起こしたのです。私は驚いて言葉が出ませんでしたが、すぐに体は動いて、水色の腰ヒモをはずしました。祖母の顔は上気して土色になっていましたが、幸いなことにまだ意識がありました。言葉は見つかりませんでした。黙ってふとんの上に誘導して、かけぶとんをかけて眠るように諭すと、やっと「寝ている最中にお迎えに来てもらったほうが楽でしょう？」と言えました。二月十五日、深夜零時三十分のことでした。

自分の長男（私の父）に先立たれた九十歳の老女は、遺書まで残していました。私は誰にも見せずに、隠しました。我が家（コウノ家内）にはもう他人（自分以外の人間・家族でも）の気持ちを思いやれる人間はいませんから……。

しかし祖母は翌日、自分から姉に話したようです。苦しかったので、もうしないと言ったそうです。目がよく見えるようになれば気持ちも変わるだろうと、春に予定していた右眼の白内障の手術を早めに施術できるように眼科医に頼みました。三月十五日に、白内障の手術をして、その数日後、「どうなの？」と聞く姉に、「よく見えるよ」と明るい表情で答えていました。

話を少し、元に戻します。二月二十一日、横須賀の叔父から、父の兄弟の一番下の叔父、カツシロさんが亡くなったと連絡があり、姉がすぐに三浦へ向かいました。祖母は自殺未遂したばかりです。またもや、祖母には内緒と口止めして、夕方、一度だけ、私と姉、横須賀の家族全員で協議して、その夜、私一人で、カツシロさんの遺品を徹夜で整理することにしました。預金や財産はたぶん何もなく、出てくるのは借金だけだろうと姉も横須賀の叔父も思っています。姉には、母にも言うな！と、さらに口止めして、千葉・外房へ帰しました。カツシロさんの奥さんは、カツシロさんと一緒になる前、アメリカ人と結婚していたので、アメリカに住んでいました。私がアメリカに行った一九八七年までアナハイムに住んでいたはずで、当時カツシロさんから住所のメモをもらった覚えがあります。それも、私が高校生の頃からでしたから、大変長い期間アメリカにいたはずです。私はアルツハイマーになった奥さんにソーシャルセキュリティーがあるはずだと思いました。アメリカの国民年金です。アメリカはとても強い国です。

年金の支給される権利を有する永住権者、またはアメリカ市民は、地球上のアメリカ大使館のある国に住んでいれば、誰でもどこでも年金を受け取ることができます。アメリカの年金は、最低額でも、六百数十ドルあるはずです。

私は夜、一人で探しました。案の定、時計の針が重なる前に出てきました。まだ換金していない、過去三カ月分ほどの小切手です。金額はやはり、最低額と思われる程度でしたが、他の書類で、一度日本に戻ってまたアメリカに行き、そしてカツシロさんとの入籍で、また日本籍に戻っていることも分かりました。本当は、昨年十一月にカツシロさんが入院した時に、姉が親身に相談していれば、こんな手数は必要なく、全ての後始末を引き受けて私に相談してくれればよかったのですが、たぶん、この頃から姉の脳内にも異変が生じていたのでしょう。私は姉の性格だと思って気づきませんでした。

祖母がカツシロ叔父の死の一週間前に自殺をこころみたのは、やはり虫の知らせだったのでしょうか?　祖母には、ついに最後まで、カツシロ叔父の死は秘密にしました。

カツシロ叔父の葬儀、火葬は、私と姉、横須賀の家族だけで行いました。火葬の日は、とてもよく晴れて、三浦半島の高台から見た富士山がとても大きく美しかったです。

しかし、カツシロ叔父の骨は少し汚れていました。酒による肝硬変からくるマロリーワイス症候群で大量に血を吐いて亡くなりましたから、そのせいでしょうか？　父の骨はとてもきれいだったのですが。父は七十二歳、カツシロ叔父は六十三歳だったのですが、祖母は三人の男の子供のうち二人逆死になりました。

それでも、右眼の白内障による眼内レンズ装着手術して、通院がすんだ頃から、少し元気を取り戻しました。毎朝新聞も読んでいます。四月から六月までは、平穏に過ぎました。

私は、母のほうを精神科に通わせることにやっと成功して、茂原へ三～四回、私が車に乗せて通院させましたが、かかりつけの内科のN医院の奥さん、看護と事務の責任者らしいのですが、うつ病の薬ならうちでも出せるからと、また抱え込まれてしまいました。本当に腹が立ちました。患者の家庭の事情も考えないで、自分たちの利益ばかり計算しています。私はうつ病の治療に精神科に母を連れていったのではないのです。いずれ、時間をかけて、人格障害の診断をとるつもりだったのですが、精神科の通院をもとより嫌がっていた母なので、あっさりとN医院に抱え込まれてしまいました。

七月初旬、祖母の左手人差し指の先が白く腫れてきて痛そうでした。茂原のS病院に連れて行きましたが、消毒だけではなかなか治まりません。医師が「切りましょうか？　そのほうが治りが早いですから」と聞くと、黙っています。嫌だのサインです。「ひょうそう」なのに五回ほど通院したでしょうか、祖母の年齢を知った看護師たちには「頑張ってね」と人気者でした。

「ひょうそう」がやっと治まったかに見えた七月末、今度は、度々発熱するようになりました。一週間ほどは医者に行きたがらずに、胆石があるのは本人が知っていましたから、最初は「胆石だと思う」と言って、座薬や下熱剤で我慢していて、「あんた方に、これ以上迷惑をかけたくない」と言って、じっと家にいました。

八月初旬、あまりに症状が悪化して、腹部を痛がり始めたのでN医院に連れて行くと、N医師は、胆石だと言います。だが、赤く腫れていて本人が痛がっているのはヘソの下あたりの腹部です。「ヤブ医者め！」と思いましたが、私は事を荒だてたくなかったし、祖母本人が病院に入れてほしい、もう迷惑をかけたくないと言うので、老人病院を紹介していただき、次は、茂原C病院を受診させました。昼間なのに、担当医師が一人しかおらず、腹部にエコーをあてながら首をひねるばかりです。「分かりませんか？　分からないなら他の病院を紹介してください」と言うと、若い医師は素直に公立C病院を紹介してくれました。

祖母を車イスに乗せたまま、外科外来の前で待つこと数時間、やっと診察室に入れたと思い、私が勇んでこれまでの経過状況を説明しようとすると、この医者も、「本人に聞きますから、本人に言わせてください」と語気も荒く私に言いました。本人は九十歳で、発熱して痛がっていて、耳も遠いのです。私は怒りで本当にこの医者を殴ろうと思って黙ったのですが、この医者は、一言二言、祖母にありきたりの質問を聞くうちに、腹部触診しながら、事の重大性に気づきました。この医者はケガをせずにすみました。

私は、三軒目の医療機関で長時間待たされたうえに、さっきの言葉でしたから、本気でした。医者は「すぐに別の医師に見せます」と言って、外科主任医師を呼びました。レントゲンやCTをとったあとでしたが、数分で入院が決まりました。明日、手術しますとも言って、診断は腹壁膿腫でした。六十四歳の時に子宮ガンで子宮摘出手術をした痕が、どうにかなってしまったようです。

この外科主任も態度や話し方が乱暴なところもあり、姉は気どった男と言っていました。とりあえず、開腹手術という適切な処置をしてくれたようです。八月十八日でした。

祖母は、手術の翌日からは意識もはっきりして、腹部の痛みや発熱も治まりました。しかし、顔の表情は暗いままでした。「傷口が痛いの？」と聞くと、「痛くない。普通の切ったあとの痛み程度だ」と言います。私たちに迷惑をかけたくないという気持ちで、父が亡くなったあと、自分でなんとかするからと言ったのに、もう自分で自分の体が思うようにならないことに、困惑しているようでした。手術後は、とうとう一度も明るい表情は見せませんでした。全身的な回復具合が遅れているのも一因でしょうが、仕方がありません。九十歳の体を開腹したのですから、本人はどうやら、このまま寝たきりになるのを恐れているようです。

また、ある日、私はほとんど毎日病院に通っていたのですが、M湯に出勤のために、一日姉と交替して、再び私が病院に顔を出すと、「M湯から来たの？」と聞き、私が「そうだよ」と答えると、「無理だ」と言いました。やはり、私の体を心配しているのです。「オレはタフだから大丈夫だから」と言っても、また、考え込むように暗い顔をします。父の命日が過ぎましたが、全体的に元気が出ず、退院できそうにありません。

九月四日は、母の誕生日でしたが、朝、階下でカン高い声で私を呼びました。病院がすぐ来てと言っている、と言いますが、例によって要領を得ません。私は、話し方から緊急性を察して、車に飛び乗るようにして病院に向かいました。二十五分で着きましたが、ナースセンターを訪ねると、隣のＩＣＵに案内されました。祖母がイビキをかいて上向きに寝ていました。すぐに理解しましたが、外科主任の話では、今朝七時頃、看護師が気がついて、ベッドの間に不自然な格好で座り込んで、もうこの状態だったそうです、という説明を受けました。私はまた、自殺をやったのかな？と想像しました。たぶんベッドの手スリなどに、首をかけようとしたのでしょう。そして、そのショックで脳の症状が出たのでは……と思いました。明らかに症状は脳卒中です。昼頃までにＣＴなどの検査をして、昼すぎに脳外科の先生がみえて、「ＣＴには写っていませんが、脳硬塞だと思います」と私に告げて立ち去りました。

夕方、外科主任が現れて、どうしますか？のようなことを私に聞きました。私は「本人は四十代の頃から、寝たきりになって周囲に迷惑をかけるのは嫌だと言っていましたので、延命のためだけの処置ならしないでください」とお願いしました。すると先生は、「急変することがありますので、ご承知おきください」と言って病室から去りました。あと六日で九十一歳です。しかし、祖母は午後七時頃、静かに息を引き取りました。

二〇〇〇年九月四日、祖母、永眠す。

なぜ、頭脳明晰で性格も穏やかだった祖母と父の母子二人が、先にこの世から去らなければならないのか？　それに、私に人生最高の楽しい時を体験させてくれたハワイのマサ先生まで。また、下の叔父は若いとき、横須賀の下町で暴れていたので怖いイメージがありましたが、私が中学生の頃、船員をしていてよく切手を土産にくれました。高校入学の時はグローブを買ってくれました。「憎まれっ子世にはばかる」という言葉がありますが、私が悪いのでしょうか？　私だって自身の健康に悩んでいるのに……。

一年一カ月の間に、四人の身近な人間がこの世を去りました。マサ先生と下の叔父には何もしてあげられませんでしたが、父と祖母には精一杯のことをしたつもりです。この世は無情です。父と祖母はこの世より楽な所に行った、そう思うしか私の救われる道はありません。

祖母は、私がM湯温泉に帰る時には必ず「健康が一番なんだから、体に気をつけるんだよ」と言って送り出してくれました。そのあとで母は、「金、稼いで（持って）来い」と言います。どちらが母か分かりません。遺書にも、長生きしてください、と書いてありました。私は「健康が……」と「長生きして」のこの二つの言葉を祖母の遺言として守って生き、九十歳まで頑張ろうと思っています。

私は小児喘息が治まった十歳以降、再発するまでの十六年間は、本当に楽しい思い出がいっぱいありました。アメリカ時代は、何度も書きますが、最高でした。もう一回、楽しい思いをさせてください。人生に三度、楽しい時代があってもよいでしょう？　私は、九回裏の逆転満塁サヨナラ本塁打を狙っています。父と祖母に守られて……。

6　二〇〇一年、アメリカ旅行

姉は、祖母が亡くなってからは、ほとんど外房の家に寄りつかなくなりました。

私のほうは、実は二〇〇〇年の十一月頃から視力が弱くなってきていて、眼科医に診せると、白内障で右目の視力がメガネでも〇・三しかありませんでした。M湯までの運転中に気がついたのですが、二〇〇一年一月十五日に、眼内レンズ装着の手術をすることになりました。生まれつき強度近視だったことも影響しているのかもしれませんが、まだ四十八歳なのに、です。姉は私よりは目が良かったのですが、やはり二年前の四十九歳で、白内障による両眼の手術をしています。本当に困った遺伝子です。

手術直後、翌日、私は眼圧が上がりすぎて倒れたのですが、眼科院内だったので、無事でした。一週間ほどで眼圧は落ち着きましたが、これが後述する緑内障のきっかけだったのかもしれません。

生活サイクルが安定してきた春頃から、私は、横浜と外房を月に二回ほど往復しながら、祖母のお世話をよくやってくれた姉に、何かお礼をしてあげたくて、アメリカ旅行を計画し始めました。もちろん、九年間、アメリカへ行っていなかったので、自分自身、行きたい気持ちが強くなってきたのですが……。

世間の不景気感とともに、M湯ホテルでは年配のアルバイト従業員ばかりになっていました。不快な人たちは相変わらずどこへも行けず、長く働いているのですからどうしようもありません。私の仕事量は九年前と比べると半減していましたが、それでもなんとかアメリカ旅行の資金五十万円を半年で作りました。出発は、祖母の命日の翌々日、九月六日にしました。今回は、M湯で知り合った大学生のN君が行きたいと言うので、全行程の前半分を同行することになりました。アルバイト従業員の中ではなかなか好青年でした。

最初に過去にない違和感を覚えたのは、勇躍して機内に乗り込んだ直後の座席でした。「こんなに狭かったかな？」私が太ったのは一九九〇年からで、九四年に西暦と同じ九四キロになった後は、なんとかその体重を維持しています。最後にアメリカに行ったのは九三年十二月でしたから、太ったのは一キロ前後のはずです。久しぶりの機内席はやけに窮屈に感じました。私は初めて、ロサンゼルス空港（ＬＡＸ）まで眠ることができませんでした。一睡もせずに疲れた頭で「英語かぁ」不安が頭をよぎりました。まもなくして到着後、入国手続きで結構待たされて、私と姉が並んだブースが最後になってしまい、不安が現実になりました。審査官は、これも私にとって初めての黒人さんでした。米国に入国するのは十二回目ですが、過去には一度もありませんでした。私の英語がよく通じず中国人扱いされて、書き直しを命じられて、フォームを探しているときも「チャイニーズ？」と言いながら差し出されたのは日本語のフォームでした。N君のほうが隣のブースから先に通り抜けて、私たちを待っていました。やはり英語力や応対力がおとろえていました。

　さあ、次はレンタカーです。アナハイムのミヨコさんに予約していただいたレンタカーの事務所のカウンターで手続きにかかると、その車は、さっきもう出ていると言います。こうなると、私の英語力、しかも九年ぶりではもうお手上げです。仕方がないので、予約していたクラスで、同料金の車種で手続きを始めましたが、どうも車が小さいので、姉やN君も同意の上、二倍以上の料金でクラスが上の三・五リットルの「クライスラーミュー三〇〇」に変えました。これは正解でした。結局、姉やN君のリクエストで、グランドキャニオンやブライスキャニオン、モニュメントバレーなどのグランドサークルへドライブ旅行に出ることにしたので、レンタカーの借り方は結果的に成功でした。

　車を借り出すと、まずはアナハイムへ行き、モーテルにチェックインしました。料金が過去に何度か利用したときより、だいぶ高くなっていました。仕方がありません。その夜は、たっぷりと寝て、すぐに時差を解消しました。だんだんと感覚が戻っていくのが分かります。まずは、ミヨコさんのお宅へおじゃましましたが、今週は忙しいとのことで長居はしませんでした。九月七日、姉とN君は、いわゆるロサンゼルスエリアの都会にいてもしょうがないので、郊外に出たいと言い出しました。ならばと、私はすぐに、グランドキャニオンへ向かうことを決意して告げると、二人とも再び同意したので、さっそくリトルトーキョーを見たあと午後から出発しました。

　ケイジョンサミットを登り切り、ビクタービルで暗くなってきたので、モーテルを探し始めた頃には、私のアメリカン感覚は、もう八五パーセント以上戻ってきていました。姉

ルート66を走る

が、昨日のようなケチ臭い汚いモーテルはもう嫌だと言うので、モーテルとして中級クラスのチェーン店、アメリカ人の女の子も好む、ベストウエスタンに旅行の最初の夜は宿泊しました。前夜、アナハイムで私が案内した古い汚いモーテルの料金の二倍くらいです。

　モハービ砂漠にかかったところで、I－40に入り、一般道のオールドルート66で、N君の運転の練習を始めました。若いし、問題なかったのでフリーウェイに戻りましたが、N君は十五分、二十分と運転の時間が経過しても、どうしても車を車線内の左に寄せて走ることができません。誤算でしたが、想定内です。

　第二章で説明したように、日本人には、景色を目標にして運転したり、普段から狭い場所を走っているので、習慣で運転している方々が多く、日本での運転席、つまり、自分の位置を車線内の右側に持っていってしまうのです。そうすると、どうなるか？　アメリカですから左ハンドル右側走行ですから、特に二車線のフリーウェイを走るときは、右側の助手席に乗っている人は、隣車線の大型トラックなどに手が触れられるくらい近づくことになり怖いのです。一般道では、歩行者や自転車と接触しそうなくらい近づきます。理屈で考えて、左ハンドルを運転するときは左に寄せて走ればすむことですが、年齢に関係なく習慣性の問題ですから、アメリカの、現地でハンドルを握らせてみるまで分からないのです。N君はなかなか慣れないほうの人でした。姉も後席で怖がっていたので、翌日からは諦めて主に私が運転して、N君は日に一～二時間ずつ練習させましたが、慣れるのに一週間以上かかりました。それに最初の一週間くらいは、標識を見ないので（英語だから、または、覚えてきてない？）、カーブでスピードを落としません。他には、何も問題なく楽しい旅行ができて、好青年だったのですが、車幅感覚だけは本当に現地でハンドルを握らせるまで分かりません。

三日目、なんとか無事にコロラド川を渡りカリフォルニア州からアリゾナ州に入りました。二人とも、たった一日で荒地の土色の連続の景色にうんざりしていたのでしょう、コロラド川の青い水を見たときは気持ちよさそうにしていました。夕方、日が落ちてから、グランドキャニオン手前のホテル・グランドにチェックインしました。やはり中級ですがまだ新しく、レストランでインディアンのショータイムもあって姉は喜び、N君も大きなニューヨークステーキに喜んでいました。私のポークリブも、おいしかった。チェックインの時に日の出の時間を聞いておき、翌日は早起きしてグランドキャニオンで日の出を見ることにしました。

四日目の早朝、荘厳なグランドキャニオンの日の出を見たあとで、次の目的地、モニュメントバレーへ向けて、またドライブです。私は、この辺りはもう五回目なので、地図など見なくても大丈夫、この地は十年ぶりでも景色は変わっていません。

この日は、モニュメントバレーを見て、翌日の五日目、九月十日はブライスキャニオンを見て、お決まりのコースでドライブして、ラスベガスに入りました。姉とN君の二人は、岩と台地、荒地ばかりの土色の中のドライブはもうたくさん、緑が恋しいと言っていました。たった四日で音を上げました。そんなものです、普通の日本人は。

十日の夜は、ツアーの日本人客もよく泊まる、インペリアル・ホテルの「レジェンドショー」を見ました。私は二回目でしたが、今回は、かぶりつきの席に案内されて、女性ダンサーたちの引き締まった腹筋の溝まで見えて、ヘソのピアスも輝いて、とても素敵なソックリさんのショーでしたが、N君は知っているそっくりさんのアーティストがいなくて、不満そうでした。やはり、若いですね。私と姉は大満足。

九月十一日です。朝八時（ラスベガス時間）、姉がモーテルの部屋のドアをノックしました。私は目覚めていましたが、まだベッドの中でした。「早く、テレビつけて！　大変なことになっている」　テレビを点けてしばらく見ていましたが、姉が、どうなるんだろう?と一言、言ったくらいで、誰もどうなるのかなど分かりません。私は気を取り直して、今日はデスバレーへ行く予定でしたので、ラスベガスの町にいるより、デスバレーのほうが安全だろうとのん気なことを言って、予定どおり行動することを提唱しました。デスバレーから戻り、夕食を済ませて、夕方六時頃、戻ったラスベガスは閑散としていました。アトラクションは全て中止になっていたので、客室数五千五百室のとても広い、MGMグランドで遊ぶことにしました。

私は、約十年前のパパブッシュの湾岸戦争開戦時もハワイにいました。今回も現地のテレビニュースや新聞を見たのですが、翌日の十二日まではメディアも混乱していたのでしょう。パールハーバーの話を持ち出したりショッキングな映像が流れていたり、新聞にもWTCから人間が落ちている写真が載っていましたが、十三日から全てピタッと止みました。パールハーバーは軍港で民間施設ではありません。私は、これでむしろ毎年、大統領が十二月八日になるとパールハーバーでセレモニーすることはなくなるのでは……と、思いました。このニューヨークテロが歴史を変えるかも?と、そのとき感じました。

十二日には、ロスに戻ってアナハイムのミヨコさんのお宅を訪問したのですが、やはり話題はニューヨーク一色でした。私は十三日のソルトレイク行きを心配していたのですが、ニュースでは十三日からLAXは再開すると言っています……果たして……。

十三日、朝、ニュースを見ると、ご丁寧にLAXから郵便機が発つ場面を映していました。私たちの乗る予定の機はデルタ四六五便で、朝十時三十五分発でしたが、たぶん予定どおりにはいかないなと思いながらも、仕方がないので、間に合うように空港に向かいました。レンタカーを戻すと、普段は空港まで乗せていってくれるバスが、空港隣のパブリックパーキングに入りました。運転手が、ここで待て、指示に従えと言います。天気は快晴でした。赤十字のファーストエイドが出ていますので、飲み物とビスケットなどの軽食はフリーで自由に摂れます。

十一時頃でしたでしょうか？　カナダへ避難していた戻りの一番機が我々の上空を着陸態勢で通過しました。皆、拍手して歓声を上げています。その後、もう二機体がどこから戻って来ましたが、出発便の案内はまだ何もありません。昼すぎでしたか、日本人の女の子の団体がバスで着き、皆お決まりの大きなスーツケースを持っていましたが、一時間ほどで、日本への国際便の出発が決まったのでしょうか、また、バスに乗せられて出ていきました。同じ頃、私も見覚えがある、ＣＢＳだかＮＢＣだかの有名な美人女性キャスターが来て、イタリアからの観光客らしい男性にインタビューしていました。姉が「格好いいね」と言いました。実物もスラリとスタイルがよく本当に美人でした。

Ｎ君は初めてのアメリカでこんな目に遭って、イメージ悪いんだろうなと私は思いましたが、終始無言でした。天気が良くて完璧な日光浴でした。私たちは都合八時間、この公共駐車場にいて、やっとバスが来て、順番に乗客たちを空港ターミナルに運び始めたのは、午後四時を回っていました。我々は午後五時頃空港に向かいましたが、空港入り口はパトカーが封鎖していて、一般車は進入できません。バスだけが、パトカーの間をぬうようにターミナルビルへ進入できました。

私たちの乗る便はデルタ三二四に変わっていて、出発は六時十五分の予定でしたが、六十一番ゲート前の待合イスにも人気は少なく、おそらく乗客は数十人でしょう。さらに一時間遅れて、実際に飛び発ったのは七時五分頃でした。やはり機内はガラガラで、姉は進行方向に向かって左側の窓席へ、私は機体右側の窓席に座り、姉はずうっと、太平洋に沈みゆく夕陽を見ていたようでした。長い一日でした。ラスベガス上空で天気予報のとおり黒い雲が湧いていて、中で雷が光っているのが、私のほうの窓の下に見えました。しばらくすると、月明かりにI－15が光って浮かび上がって見えます。地図と同じようです。湖も光って見えています。まことに幻想的でした。フライトは短く感じました。一日中、空港駐車場にいたのですから……。

夜十時、ソルトレイクシティーに着きました。乗客が少なく、予約なしでも空いているだろうと思って、バジェットでラグジュアリークラスのリンカーンタウンカーを借りました。大成功です。係員もニコニコしています。空港からダウンタウンへ向かって最初のモーテルに入り、すぐに休みました。父の方が日本語の話せるコリアン親子が経営しているようでした。アメリカでのコリアンパワーは、焼肉店はもちろん、モーテル経営も結構多い。アナハイムで最初に泊まったモーテルもそうです。

九月十三日の長〜い一日でした。

ソルトレイク空港は翌日から、私と姉がシカゴへ移動し、N君がLAX経由で日本へ帰る前日まで、また閉鎖になりました。つまり、私たちがドライブ旅行で、ワイオミングやサウスダコタへ行っている間、閉鎖していたのです。私たちのために開けてくれたの？

N君はソルトレイクからは、だいぶ運転も慣れて問題はなくなりました。ジャクソンホールで乗馬をしたり、イエローストーン国立公園を楽しみ、本格的西部の町コディでおいしい肉をほおばり、デビルズタワー、クレイジーホース、ウインドケーブまで行けました。大いなるアメリカの西部の町を渡り歩き、少しはN君の、アメリカのイメージも改善できたかな?と思いながら、私と姉はソルトレイク空港内でN君と別れ、次の目的地シカゴへ向かいます。

九月十九日は、シカゴへの移動日です。昨日までソルトレイクシティ空港は閉鎖されていたとかで、ものすごい混雑でした。到着の時とは様子が一変しています。テロから一週間経って、アメリカ人は立ち上がらなければ、と前向きに考え始めたようです。不謹慎ですが、我々はとても楽しい旅をしていました。私は今日から混雑するのかな?と思うと、少し残念な気持ちになってしまいました。

到着したシカゴ・オヘア空港も混雑に感じましたが、空港の規模や発着便数を考えたら、これでもまだ人間の数は少ないのかな?とも思いました。とにかく私にとって憧れのシカゴです。多くの日本人は、アメリカといえばニューヨークに憧れますが、私は野球とブルース音楽に興味があったので、やはり♬マイ、スイートホーム、シカゴです。

シカゴでは、姉と二人なので安い車でよいと考えて、アラモで親切な黒人男性の係員に告げると、フロリダナンバーの中型車が出てきました。よく、日本の旅行本のなかの英語で、レンタカーの借り方が出てきて、そこには必ず、コンパクトサイズでよい、というような書かれ方がされていますが、コンパクトはアメリカのビジネスマンなどが一人で移動用に燃費が安いから多用するので、料金は割と高めなのです。一週間借りるなら、むしろ、フルサイズのほうがレンタル料金は安いくらいです。もちろん、ガス代は倍もかかりますが、とりあえず、姉と二人なら十分のミドルサイズが安く借りられました。

シアーズタワーはまだ閉鎖されていました。様子を見に行った時に、映画『逃亡者』に出ていたハネ橋を渡り、ループの高架下も通りました。タワーは上れなかったので、ジョンハンコックセンターに上りました。ミシガン湖西岸がとてもきれいです。地下の土産店にシカゴブルースライブのCDが置いてあり、迷わず購入。とても良いCDです。

ケビン・コスナーの映画『アンタッチャブル』でクライマックスの舞台になった、シカゴ駅に行きました。アンディ・ガルシア（ガンの名手役）が階段の下に寝そべって、左手で乳母車を止め、右手にガンのシーンが思い浮かびました。有名なフリーウェイの上の郵便局は、移転工事中とかで閉鎖されていました。ネイビー・ピアへも行き、姉は美術館にも入り、私はそのとき一人で夜行くライブハウスの場所を確認しておくため市内をドライブしました。時間的に話が前後してしまいましたが、九月十九日の夜は、シカゴから約五五マイル離れた、ジョリエットの町のモーテル6に三泊の予定でチェックインしました。ここは、やはりロバート・レッドフォードとポール・ニューマンの映画『スティング』の舞台になった町です。

九月二十日の夜は、マグニフィセント・マイルエリアを観光して夕食を摂り、姉をモーテルに帰すと、私は一人でノースハルステッドストリートの、「キングストン・マインズ」と「B.L.U.E.S.」の二軒のライブハウスをハシゴしました。

九月二十一日の夜は、姉も一緒に、「バディ・ガイ・レジェンド」で、マット・マーフィーとジョン・グッドマンを見ました。私は疲れからか？リズムがよいからか？不覚にもライブ中に眠くなってきて、うとうととしてしまいました。

九月二十二日は、ミルウォーキーまでドライブを楽しみ、ミラーのビール工場を見学しました。そして、シカゴに戻った夜、姉と一緒に「B.L.U.E.S.」で、またブルースライブを楽しみました。出演者は、ジョン・プライマーだったのですが、小さな店で、雰囲気があり、バンドのアンサンブルのバランスもとても良かったので、姉も「バディ・ガイの店より、こっちのほうがいいね」と、気に入っていました。

九月二十三日朝、ジョリエットのモーテル6をチェックアウトして、セントルイスへ行くことに決めました。約五時間のドライブですが、私はすでにアメリカでのドライブ旅行に、自信を取り戻していました。

午後、セントルイスに着くと、すぐにゲートウェイ・アーチに上りました。記念に持ち帰ったチケットの発売時刻は一時五十二分になっています。「ここから西部です」の意味で建てられた記念の観光アーチですが、アーチ内をゴンドラ式のエレベーターで展望室まで上るのですが、古く、狭く、汚ないのです。しかも、私たち二人も、日本人としては大

姉とシカゴにて

きな上に、さらに大きな白人夫婦と一緒になってしまいました。気を紛らわすために、この夫婦と少しだけ会話しました。

姉のリクエストで、セントルイス大聖堂を見学したあと、私は地図を見ながら、シカゴまでの帰り道に、私のアメリカでの訪問州の数を増やすために、ミズーリ州とアイオワ州を通るルートを探していると、ハンニバルの地名を見つけました。私は聞いたことのある地名だなと思う程度だったのですが、姉が、マーク・トウェインのハンニバルだよ、と言って、行きたいと言うので、そのルートでシカゴへ帰ることに決めました。

ハンニバルは私の好きなアメリカの古い町のタイプで、落ち着いていて、私も気に入りました。夕方、着いたのですが、すぐにモーテルも見つかりました。メモには、四六ドル三九セントでグッドと書いてあります。やはり、全米チェーン店で中の下くらいのエコノロッジです。

九月二十四日は、午前中、ハンニバルを観光して帰路に就きました。ミシシッピ川につかず離れたりの、ミズーリとアイオワを通る北上ルートで、イリノイ州に入ってから、ダベンポートから八〇号線を真っすぐ東進してシカゴへ戻ります。

とても楽しいシカゴ、ミルウォーキー、セントルイス、ハンニバルの旅でした。二十四日は空港まで便利な、シラーパークのウエストローレンスアベニューのモーテル6に、少し高いなと思いましたが、便利なロケーションなので仕方がないと、チェックインしました。その前に、薄暗くなってきた夕方六時に、マクドナルド第一号店へ行ったのですが、ここは記念館になっているので、曜日か時間の関係で、すでに閉館になっていました。失敗でした。もっと早く見にくればよかったのに、残念！

九月二十五日は、予定では、朝九時二十五分発のシンシナティー経由でのテキサス州ダラス行きですが、九月十一日のテロでまだフライト状況が不安定なのと、手荷物チェックが厳しくなっているので、早めにシカゴ・オヘア空港へ行きましたが、正解でした。少しだけですが早くなって、九時十分発で、アトランタ経由になっていました。姉が手荷物検査で、小さな化粧道具の五～六センチのハサミを見とがめられて、カーゴ用の二〇センチ四方くらいの大きさの段ボール箱に詰め替えさせられました。私と姉の間にはさまっていた一人旅らしい白人女性は、やはり姉と同じようなハサミを、「いらない」と言うと、カウンター上に置き放したまま、スタスタと私を追い越してゲート方向へ歩いて行きました。空港の手荷物検査官たちの一部には、まだ緊張感が見られました。

　帰国した約一カ月後でしたか、オヘア空港のある人材派遣会社の検査官の二十五人が、検査体制の不備でクビになったニュースが日本でも流れました。たぶん、私たちの検査をしたグループではないでしょう。分かりませんが……。

　乗り換えのハーツフィールド・アトランタ空港の待合室のテレビでは、渡米してきた小泉総理（当時）が、ブッシュ大統領と映っていました。

　九月二十五日から二十九日夜まで、私は、姉のツアーコンダクター兼ドライバーとして、ダラス市内、ケネディの暗殺現場や、ウエストエンドショッピングモール、ヒューストンからガルベストン、ニューオーリンズはフレンチクォーターにバーボンストリート、そして、メンフィスでは、グレースランド、サンスタジオ、ビールストリートにピーボディー・ホテル、特にピーボディーでは有名な鴨の水浴びなど、南部の主だった場所、観光地を五日間で案内しました。私は初めての場所もありましたが、だいたい二回目から三回目です。リトルロックやホットスプリングスは、帰り道なので寄ってみました。また、前大統領クリントン氏の幼少時のふるさとであるホープで四日目に宿泊したモーテルのスーパー8は、受付した黒人女性も陽気でしたし、広くてよかったです。ダラスに戻ると、姉がとても広いノースアメリカンショッピングモールで、私の好きなリーバイス・ドッカースのズボンとベルトを買ってくれました。

ダラスではエイビスからレンタカーしましたが、昔なら私は、ＱＵカードといって特別待遇のカードを持っていたのですが、今回は、日本の銀行で発行したクレジットカードと国際免許証なので、英語力のおとろえとともに車を借り出すまでに苦労しました。昔はアメリカの自動車免許証にクレジットカード、さらに、エイビスのカードで、ほとんど顔パスで、エイビスのカードの裏には、「あなたには、予約なしでも必ず車をお貸しします」と書いてありました。日本人に戻ってしまった今は、とても不便でしたが、この南部のドライブでは一五五八マイル走行しました。旅行日程の最初の西部ドライブで二二二〇マイル、ソルトレイクからのリンカーン・タウンカーで一三四六マイル、ここまでは、Ｎ君が少し運転しましたが、そしてロサンゼルスへ戻り、帰国までの三泊四日で、メキシコのティワナやサンディエゴや、ユニバーサルスタジオへ行ったので、さらに五二九マイル走行しました。合計で、五六五三マイルです。九年ぶりでしたが、平気でした。次に生まれ変われるとしたら、やはりアメリカに生まれたいと思います。

しかし、ティワナでミスしてしまいました。アメリカ側の免税店に車を停めたまま、歩いて姉と二人でメキシコへのゲートをくぐってしまったのです。姉はパスポートをハンドバッグに入れてありましたが、私は車のサイドポケットに置き忘れていたのでした。仕方ありません、姉に頑張ってもらうしか……。だいたいの方角、道順を教えて、私はただ、ひたすら待ち続けました。姉は日本女性にしては珍しく、方位感覚はしっかりしていま す。小一時間で、私のパスポートを持って、迷わず戻ってきてくれました。やはり、私は九年ぶりで少しボケていたようです。最後に自覚しました。

とても楽しかった約一カ月（二十八泊三十日）のアメリカ旅行でした。姉も私も同じくらい、約五十二万円ずつエアーフィーも含めて使っていました。市場の半分くらいでしょう。英語力の問題が増大していたり、ミスもありましたが、七十点でよいと思いました。

テロの影響は航路の変更だけで、ほとんどありませんでした。ラスベガスのショーやアトラクションが一つしか見られなかったのは仕方がないでしょう。ただ、アナハイムでのシアトル・マリナーズ対エンジェルスのイチローの野球も、チケットを買って用意していたのですが、キャンセル（試合が中止）でしたが——。やはり影響ありでしょうか？　結果的に再開時に、この試合で、メジャー初年度のイチローのシアトル・マリナーズの優勝が決まりました。

7　二〇〇二年、アメリカ旅行

二〇〇二年、私は三つの目標を頭の中に置きました。自身の健康のために医者・病院探しをしよう。当然、M湯の仕事も切り上げよう。この二点の目標は連動しています。父と祖母を見送ってあげたことで、M湯ホテルさんには大変感謝していますが、すでに目的は達せられました。次は自分の体のことを考えようと思ったのです。そして、相模原市役所の兄貴分、バンド仲間のYさんと友人関係が三十年です。やはりYさんを誘ってもう一度、記念旅行でアメリカへ行こうと考えたのです（医者探しのほうは次の章で述べます）。

M湯での仕事は最後の年と決めて、また、春・夏の間に二十数万円、旅行の資金を作りました。今回の出発は、十一月七日です。今回はバンド仲間のYさんが同行者ですから、行き先は、メンフィスとニューオーリンズで、私が初めてで、前から行きたかったカンザス州のダッジシティーだけ、私の無理を入れさせていただきました。もっとも計画は全て私が組んだのですが……。

八月末に、カナダ人でアメリカのサンフランシスコ在住の友人D君が、M湯温泉に来ていました。彼はハリウッドでスタントマンをしていたのですが、高さ一〇メートルに張られたワイヤーが切れて落ち、腰を骨折しました。手術は成功したのですが、固定術で固めただけです。M湯温泉に静養に来たのですが、来たときはまだ杖をついていました。私の顔を見つけると、とても喜んでくれました。約二カ月間、戸隠や長野市内へ楽しく遊び回りました。按摩も二度してあげて、十月初旬には杖なしで歩けるようになりました。

十一月にユナイテッド航空でサンフランシスコに帰ると言うので、D君の帰国日と、我々の出発日を合わせました。D君との日々はとても楽しかった。ホテルのバンド仲間のIが、いつもつるんでいる私たちを見て、この二人は最強コンビだよね、と言いました。実際、D君と二人で町中を歩いていると、怖がってチンピラも近寄って来ません。彼は、帰国前の三日間を千葉・都町の私のアパートで過ごしました。スーパー銭湯へ連れていったら、やはり、とても喜んでいました。

十一月七日、昼の十二時少し前に我々はアパートを出ました。成田では、Yさんとも無事会うことができましたが、Yさんは少し浮かない顔をしていました。インフルエンザだったのです。無理して出て来たのでしょう。旅行中、ほとんど二人で発熱していました。初めての発熱アメリカドライブでした。

成田空港内でD君と別れたあと、我々はノースウエストのミネアポリス経由でメンフィスに向かいました。ミネアポリスの入国審査で、私はまた英語での応対に失敗しました。白人でしたが北欧系で頭の薄くなったロイドメガネの審査官に、お前のは英語じゃない、ノーイングリッシュとバカにされて、無言で指差しで「通過しろ！」でした。実は私は審査官に、メンフィスで何をするんだと聞かれてまごついてしまったのですが、あとからYさんがすぐに通されて、「グレースランドに行くと一言そう言やぁいいんだよ」と注意される始末でした。考えすぎて英語が出てこなかったのです。どうも、このところ三回くらい続けて入国審査が不調です。H－1ビザが懐かしい。ほとんど素通りでしたから……。

私はメンフィスは四回目ですが、今回は、Yさんがインターネットでダウンタウンにホテルを予約していたので、ここではレンタカーを借りる予定はありませんでした。

予約していたホテルは、コンフォートインで、ミシシッピ川とビールストリートの中間辺りで、街中の観光に便利な場所でした。空港から真っすぐタクシーで到着しましたが、手続きがなかなか進みません。少し待ってくれとも言われて、二十分も待たされました。フロント職員の動きも、どこか不穏です。そうなのです。ダブルブッキングで、すでにこのホテルは満室だったのです。（だからオレはインターネットなんか信用しないんだ）心の中でつぶやきました。HISでメンフィスのホテルを探してもらっている時に、満室で取れなかったので、この時に方針を変更すべきでした。レンタカー使用と郊外のモーテル使用にです。結局コンフォートインのほうで、郊外のモーテルを探して乗せていってくれました。そのときレンタカーの手配もしろ！と命じたのですが……その後、なしのツブテで自分たちでレンタカーしました。紹介されたモーテルは、まだ新しく、きれいで、場所も悪くはありません。結果はオーライ。レンタカーもエイビスで割と良いフルサイズ（ビュイック・センチュリー）が見つかり、二日目の午後からは問題なしです。

二日目の夜、モーテルへいったん戻り、夕方、大勢の人たちが有名なピラミッド型のコンベンションセンターへ歩いて行くのにぶつかりました。クライストチャーチの団体だそうで、本当にその時期、メンフィス、ダウンタウンのホテルは満室だったのです、どこもかしこも……。コンフォートインの料金は日本で前払いしてバウチャー持参だったので、帰国してからYさんが、インターネットの取り次ぎにクレームして、レンタカー代とともに弁償させせました。

ミネアポリス経由でメンフィスに到着した最初の夜は、黒人女性が運転するバンタイプ（ワンボックス）のタクシーを呼び、ビールストリートとモーテルを往復しました。深夜のモーテルへの戻りの時は、自分の子供を乗せて来ていました。気さくだったので、私は結構、会話を楽しんでいました。翌日は彼女が、レンタカー事務所を紹介すると言って、街中のエイビスへ乗せていってくれました。少しチップは多めにはずみました。

メンフィス最後の夜、三時頃でしたでしょうか、突風がモーテルの壁を叩くドーンドーンという音で目が覚めました。Yさんは気がつかずに寝ていたようでしたが、トルネードです。朝テレビを点けてウェザーリポートを見ると、レーダー画像の竜巻の雲の端っこがメンフィスにかかっていました。ニューオーリンズへ向かう飛行機が離陸上昇中に地上をよく見ていたら、草木が横倒しになびいていたり、板切れやゴミが散乱したりしていて、かなり荒れていました。建物が倒壊しているなどのひどい状況ではありませんでしたが……。Yさんは前日、ナッシュビルまで車を往復運転したので疲れていたのでしょう、トルネードのことは気づかずに眠っていたようです。

私は発熱がひどく、体調がすぐれなかったので、ナッシュビルの街中だけを運転しました。片道約二一〇マイル三時間半の、メンフィス・ナッシュビル間のフリーウェイの往復運転は全てYさんです。Yさんは、アメリカで、左ハンドル右側走行でも全く問題ありません。安心して助手席に乗っていられます。

十一月十日午後、ニューオーリンズに着き、すぐに予約してあるデイスインにタクシーで向かいました。このタクシーは、私が一九八八年にロサンゼルスで六〇〇ドルで購入したのと同じ七六年式のシボレーカプリスで、デスバレーで廃車したのと同年式のもうボロボロでしたが、走行に問題はないようです。アメリカの車は頑丈です。

デイスインでは、チェックインタイムより、約一時間も早く着き、待たされたうえに、先にカウンター前に並んだ人から受付を始めました。早くからソファーに座って待っていた私たちに声すらかけません。アメリカンだなあと、諦めて列に並びました。予約に問題はなく、バウチャーで手続きは済み入室できたのですが、このホテルは古くて、部屋があまりきれいではありませんでした。まあ、アメリカでは普通ですが、Yさんは少しがっかりしたかもしれません。

この夜、さっそくバーボンストリートへ出ましたが、私が疲れて十一時頃、Yさんにホテルへ帰ろうと誘ったのですが、「ダメだ！　全部見るんだ」と言って戻ろうとはしませんでした。店内に入らずに外からバンドの音が聴けますから、まず、歩道から外でチェックして、バンドが気に入れば店内に入り、アメリカ人の若い観光客なども、ビール一～二本でライブを楽しみます。Yさんは、自然に現地若者スタイルを実践していました。

十一月十一日夜、やっと良いライブにあたりました。バーボンストリートの真ん中辺りで、「ファンキーパイレート」という小さな店でした。

出演者は、ビッグ・アル・カーソンとブルース・マスターズです。ドラムスだけ五十代かな？と思われる年配の白人で、ギター、ベース、ボーカルは黒人で、おそらく三十代。ギターとボーカルの方々は九四キロの私より太っています。ボーカルのアル・カーソンが出勤してきたとき、私の横の狭いスペースを「エクスキュース　マイフレンド」と言ってステージへ通り抜けました。その声が、もう低くて格好よかった。そしてライブが始まると、声が日本の「つのだ☆ひろ」さんに似ていて、ブルースフィーリングにあふれてとても素敵でした。トークは、結構Hな話をしているのですが、乗せるのがうまくて話し方が上手なのでしょう、アメリカ人の白人の若い女性でも喜んでいました。ギターの弾き方が手数は多いのですが、メリハリがなく、単調に弾いています。わざとなのでしょうか？この方には、あまりブルージーなフィーリングは感じませんでした。自分が入りたいなあと思いました。しかし、とても満足だったナイスライブでした。音楽的技術は大したことがなくても、やはり、アメリカは底辺が広いと感心しました。エンディングの「スタンド・バイ・ミー」では、なぜか涙が落ちそうになりました。

CD一枚買い上げて、サインをもらい、Yさんに、アル・カーソンとのツーショット写真をとってもらい、少し話をさせていただきました。たしか水と金と、または土曜の夜か、週に二回くらいしか出ないと言っていました。私の中では、一九九三年、ヒューストンでのゲイトマウス・ブラウンの次くらいによかった感激のライブでした。十分、満足！

しかし、私たち二人とも、ケイジャン（アメリカ南部の白人）料理はどうしても口に合いません。とうとう、一度もおいしい食事にはあたりませんでした。私がバーボンストリートは四回目でも……です。

私がアメリカで本当においしいと感じた食事は、過去二回だけです。一九八八年、サウスダコタのシャイアンで食した大きなナマズのフライと、二〇〇一年に姉とN君とコディで食事したときのフィレステーキです。やはり、私にとっては肉も魚も北部のほうが合っているようです。アメリカでの食事は、飲食店などを観察してから入店しないと、時々まずい食事にあたります。まあ、アメリカの食事はレパートリーが狭く、チキン（鳥料理）

が一番、味が無難です。

十一月十二日、いよいよ、私も初めてのカンザス州です、アメリカのヘソと言ってもよいくらい、ど真ん中です。ここでは、広い穀物畑の中をダッジシティー（西部の占い町を観光用に再現、ワイアット・アープが最初に保安官をした町でも有名）までを、ただ単にドライブが目的でしたから、もう、たくさんの書物で伝え古されているように、夕陽を追ってどこまでも走りました。とにかく広いです。ダッジシティーから戻った、カンザスシティーのダウンタウンの中心は高台にあり分かりやすく、また古くてきれいな住宅地をドライブして、アメリカンを楽しみました。私の好きなタイプの古いアメリカの中西部の都市です。「グランドエムプリアム」という有名なライブハウスがあり、昼間、店の前まで行き、バンドのスケジュールを確認したら、その夜はアマチュアナイトで危険なので、夜の遊びは中止して、翌日の早い出発（帰国）に備えて、モーテルでゆっくりしました。

初めての発熱旅行でしたが、楽しかった。しかし、やはり飛行機の座席が狭く感じられ、もうあまりアメリカには回数的には多く来られないだろうなと感じました。ドライブもYさんが同行してくれて大変助かりました。なぜなら、この頃から私の視力がまた落ち始めて、暗くなると夜はほとんど標識の英語も読み取れなくなっていました。

一人旅だったら、明るくなったら宿泊先を出て、暗くなる前に今夜の宿泊先を探さなくてはなりません。一人でアメリカへ行くことは、もう無理と自覚しました。とても残念ですが、危険なので仕方がないでしょう。

もしかしたら、この旅行が最後になってしまうかもしれません。なんとか次の機会を得たいと思っていますが、同行者をその都度見つけなければなりません。不可能ではありませんが、車内という密室の中で楽しいアメリカドライブ旅行を実行するには、気心の知れた人選が大事です。果たして次のチャンスはあるのでしょうか？　いつ……？

8　下山

二〇〇二年の春には、私はすでにM湯温泉から、秋に撤退・下山することを決めていました。十年前、祖母と父の見送りを済ませるまで、ここで我慢しようと決めて、その目的は達せられました。私は八月中には下山の日を決めていました。十一月二十七日です。

地球温暖化のせいでしょうか、私がM湯に来た一九九二年から、冬の雪は減り続けて、私にとって冬も過ごしやすくなってはいましたが、乗っていた中古車は五台、皆冬に壊れました。世の中の社会経済状況に比例して仕事の業績も悪化し続けて、とうとう十年前の半分になりました。さらに比例して、アルバイト従業員と客の質が低下を続けるなど全てが右肩下がりで、もう限界でした。私自身の能力でカバーできる範囲を超えました。八年間ついてきてくれたスタッフで年長のY氏に、秋に下山する予定を告げると、「オレ一人でやるからいいよ」と、無償で受け継ぐことをしぶしぶ承諾してくれました。

総支配人には、引き受けるY氏に何かあったときは、すぐにコウノさんが戻ってくれと頼まれました。一応承諾しましたが、心の中はそうならないことを願っていました。しかし、諸条件が私に戻ることは無理と叫んでいます。環境、経済、人間関係、全てにおいて前述しましたが、私自身の体の健康にも問題が出てきていました。

たくさんの楽しい思い出と、たくさんの悲しい思い出と、たくさんの不快な思い出が、ここM湯温泉には交差しています。まさに人間交差点です。

標高が高く気圧が低い、空気が薄くて紫外線が強いことが、私の目や体に良くなかった一方で、空気がきれいなので、私の持病の喘息は全く出なかった。私自身の体にも、良かった面と悪かった面が交差しています。

ボランティアでのショータイムのバンド活動はとても楽しいものでした。サックスの総支配人を筆頭に、司会から歌、ギターにドラムスと、係長はフル回転でよく頑張ってくれました。ベースギターの主任にも、感謝の念は堪えません。音楽に関しては、まだまだ私の知識、経験を伝授できるのですが、若い係長や主任には、また別の機会があることを期待しましょう。あるはずです！

九月十月を、私はD君と思い出作りに遊び回りました。最強のコンビでした。

時間は少し遡りますが、四月五日に、私はスキー客の若いカップルに無銭按摩をされました。夜九時から二人分の予約が入っていたのですが、女性のほうが先に按摩にかかりました。部屋の電気は暗くしたまま、男性はふとんを肩までかぶりサングラスでテレビを見ていました。女性は終始無言で四十分間の按摩を受け、終わるとスッと窓際に行きました。「さあ、次の方どうぞ」と、私が男性に向かって言うと、突然「お前はなんだ……」

と、意味不明なイチャモンがケンカ腰で始まりました。仕方なく私は「キャンセルで結構です」と、部屋から退散しました。フロント係の穏やかな物腰のOさんが、「話を聞いてくる」と言って、すぐに彼らの部屋をノックしたが出なかったそうです。私はさらに翌日フロントに確認しましたが、苦情を言うわけでもなく、もちろん、一人分の料金も払っていませんでした。たぶん、金はなかったが女性は按摩にかかりたかったのでしょう?

やられました。按摩稼業に就いて二十四年目に突入した頃で、無銭按摩は初めてでしたが、本当に客質が落ちていました。この事件で、私は下山を決意したのです。

第七章　どん底の十三年

1　医者探し

二〇〇一年十月、姉とのアメリカ旅行から帰国するとまもなく、アメリカがアフガニスタンで、対テロリスト戦争を始めました。

この秋から、少しずつですが、私は朝方など、喘息気味のノドのゼイ鳴で目覚めるようになりました。ひどい発作はもう十年起こしていませんが、私は、だいたいアメリカから帰るとカルチャーショックからか？体調が悪くなります。

高脂血症も相変わらず、二十五年間改善されていないので、五十歳も間近になって心配になり、いずれの病気にしても、まず信頼できる医師を見つけようと、名医紹介の本を買い、医院・病院探しを始めました。私は、ここまでの記述内容で分かると思いますが、現在の日本の医療体制・システムの中では、医師の約七割を信用していません。自分の過去のことや、父のことがありましたから……。

そこで私は、その名医紹介の本の中から数件をピックアップして頭に入れました。次に、外房の実家と東京の中間点、M湯からの帰宅にも便利な千葉市・都町に安いアパートを借りて、リストアップの中から、順番に受診していくことに決めました。

二〇〇二年二月、最初に喘息とアレルギーの治療（悪化させないための予防）に、車で約三十五分の国立S病院を受診しました。

私のこれまでの半生で、自分の体の健康に関しては、一番か、二番という幸運がヒットしました。受診した内科医が、私の喘息の症状は軽かったのですが、呼気量検査までしてくれて、さらに、血液検査の結果で当然、高脂血症に着目して、私の胸部レントゲン写真の心臓の大きさを計り（心肥大のチェック）ながら、「高脂血症であることを知っていますか？」と言うので、私は、「もちろん、過去にたくさんの医師に診ていただき、いろいろな内服薬を用いてきましたが、二十五年間、改善されていません」と答えると、「では、C大病院のB先生を紹介します」と言いました。

私は驚きました。名医紹介の本を読んで、もっとも着目していた先生の名が出てきたからです。私は迷わず「お願いします」と頼みました。リストアップした中で、最初に受診した病院の医師から最終目標の医師を紹介されました。本当にラッキーでした。ロケーションを考えて選んだアパートも正解でした。住居を移してまでの準備が功を奏しました。

私は帰宅途中の車内で一人、ヤッターとつぶやいていました。たった一回の受診で目的の医師にたどり着いてしまいました。中間の手間暇を考えたら、すごい飛び級でした。

翌日すぐに紹介状を持ち、C大病院のB先生を受診しました。B先生は真剣に過去の病歴などを聞いてくださり、また医師の言葉として初めて「両親から悪いところばかりもらっちゃっていますね」と言ってくださり、私はこの先生に命を預けようと信用しました。そして、三回目の診察日、心臓の冠状動脈のレントゲン写真を見ながら、「二カ所、狭くなってはいますが、とりあえず急死することはありませんね」と、やっと笑顔を見せた時に、私はB先生を勝手に主治医に決めました。

内服薬の投薬を受けて、一カ月間服用後の二〇〇二年三月の血液検査で、ノンプロ野球の現役選手だった二十四歳の献血時から高かったコレステロール値が、ほぼ正常値に改善されていました。「やはり、運動はしないよりは、したほうがよいでしょうけど、コレステロール値には関係ないですね」「そうですね」私とB先生の明るい会話でした。

その後三カ月ごとの定期診察で、「内服薬は使い方がとても大事で、善玉コレステロールは運動で多少増やせる」等、B先生はとても優しく指導してくださいます。

二〇二〇年、コロナ禍の今も、私から予約変更は絶対しないで、もう十八年通いつづけています。

2　仕事探し

病院が決まり、アメリカ旅行にも行き、M湯温泉からも下山して、いよいよ平地からの再出発と思い、何でもいいから仕事に就こうと、二〇〇二年十二月初旬に面接をすませ、十六日から郵便局に通い始めました。夜の仕事なら割と就職しやすいのです。夜の九時出勤で、朝四時五十分までですが、小刻みに四回の休憩があり、実働は七時間くらいで、約八千円になりました。結構きついです。立ちっ放しだし、重量物の移動あり、郵便の仕分けありですから、慣れるまで、嫌だなあ、と我慢していましたが、休み時間に話し相手もできて慣れ始めた頃、十二月の二十六日でした。

私が出勤すると、職場の雰囲気がピリピリしていて、管理職らしきいかにも役人面した私と同年代の役職者まで、腕に腕章を巻いて働いていました。就業前のミーティングで、昼間アルバイトが機械に指を挟まれる事故があったと聞きました。そして私が前夜に教わった仕事に引き続きかかろうとすると、いきなり、その管理職らしき役人面に、「何やってんだ」と一喝されて、昨夜から始めたばかりの仕事に「そんなことしなくていいんだ」と言われてしまいました。私は何が何だか訳が分かりませんでしたが、呆れて無言で見つめ返しました。が、心の中ではもうパンチを出す準備をしていました。彼は、その二言だけで、忙しそうに私から遠ざかりました。本当に日本人には愚か者が多いです。特に役人は感情をむき出しにして、関係のない者にも当たり散らします。私はその場を我慢して、翌日、辞めるほうを選びました。郵便局が二〇〇三年四月から公社になることが決まっていた二〇〇二年末の話です。もうすぐ正月だから、体、休めよう――と。

年が明けて、次は、外房の実家から通勤可能なエリア内の病院・医院十軒に、履歴書と共に手紙を送り、就職を問い合わせました。手紙や電話で返答してくれたのは、半分の五件でした。むろん、面接にこぎつけた所はありません。そして、二月末の新聞折り込みの求人広告で老人ホームの職を見つけると、すぐに面接できて就職しました。この年は、花粉症は発症しませんでした。予防薬のジルテックを服用したのがよかったのかもしれません。三月から有料老人ホームで働きましたが、やはり内情がひどいです。近所のリハビリセンターで精神疾患で有名になってしまった理学療法士Sを雇用していました。(本当にかんべんしてよーもう)です。このSが、私の上司になるわけです。

看護師、特に主任と、一般介護職員の中にも、ただ職に就いているだけの者が数名もいます。日本の就業システムの中では、特養だろうが有料だろうが同じなのです。体制を変えない限りは……。三カ月で辞めました。

六月、また十件、医療機関に履歴書と手紙を郵送すると、父の最期を看取ってくれた医院が面接してくれて、就業できることになりました。時給は老人ホームの時と同じ、千四百円ですが、こちらは仕事が楽な上に、勤務が週四日で午前中のみで、収入はかなり減りますが、夜の仕事を探せばいいやと、黙って通院を始めました。二〇〇四年二月まで働きましたが、近所の農家の老女たちには好評だったようです。保険診療で、約二十分の按摩をしてあげてましたから……。しかし、ここにも、一人、看護師の中に変な女性がいました。白衣の下にいつも、紫や青など色もの下着をつけていて、そのくせ勝気で、乱暴な言葉や態度で、私から見れば、やはり、人格障害者です。私は、この手の人種にもアレルギーがあるので辞めました。もう、細かないきさつは書かなくともよいでしょう。私の精神的アレルギーですから。

そしてこの医院で週四日、午前中九時から一時まで、四時間働く間に、夜の仕事＝ホテルの按摩仕事も見つけました。南房総まで、車で片道一時間を実家から通勤して、深夜一時半頃帰宅していました。昼・夜かけもちで二カ所の仕事をしていましたから、なんとか食べていける収入にはなりました。特に二〇〇四年の年末は医院のボーナスも少しあり、ホテルの仕事も忙しかったので、久しぶりに三十万円を超えたときは嬉しかったです。

しかし、また夜の仕事のほうでも、二〇〇五年一月十六日のことでした。ベロンベロンに酔ったジジイを、これから按摩を始めようかという時に、彼は寸前に勝手に寝返りをうったので、しょうがないなーと思いながら、にこやかに「元のように横向きに向きを変えてください」と私が言うと、このジジイは「何を！　殴るぞ」と言って、下から私の鼻の頭を殴りました。痛くも痒くもなかったのですが、いきなりだったので驚きました。酔っていて仕事にならないのでキャンセルしてもらって、何のトラブルにもなりませんでしたが、他にも大晦日にヤクザ者が二人分予約していて、その場で一人が、今、腹いっぱいだから嫌だと言ってキャンセルされ、さらに正月三が日なのに、チップが一円もなく、按摩経験二十七年にして初めての出来事が重なり、合わせ技で、私の中ではアウトでした。二月中旬で、昼も夜も仕事を辞めました。この頃から、もう按摩仕事から足を洗おうと考え始めました。

他にも、大手スーパーの中に入っている企業化された按摩店の店長らしき、未熟で経験不足なくせに口ばかり達者な生意気な若造の話や、老人病院での三日間、また、横浜中華街の中の無免許店での一日の話などありますが、もういいでしょう。いいかげん、按摩のこの世界の話はウンザリなので、そろそろ筆を擱(お)きたいと思います。この世界が、無法社会になってしまっているのです。按摩業から、経験豊富なベテランや、視覚障害者など、弱者がハミ出されて、サラリーマン化した未熟者や、経験の浅い、ただ上に対してだけのイエスマンがはびこっているのです。今のこの日本の社会には……。

二〇〇五年は、五月中旬から九月末まで、夏のシーズンだけ、箱根のリゾートホテルで働きました。

十月に、目が見えづらいので眼科にかかると、診察の三回目、二人目の医師に、緑内障と診断されました。右眼ですが、左眼も白内障なので、左右見え方が違っていて、うっとうしいことこの上ありません。

とうとう車の運転ができなくなりました。このことが私の半生のうちで一、二を争うショックでした。過去には仕事に疲れると、輪ッパコロガシ（運転の仕事）で食いつなぐと同時にストレス発散、気晴らしして精神安定を図ってきたのですが、もうそれができません。大型・牽引・普通二種と専門学校在学時に全て取得して、うまく利用して、マイクロバスで送迎仕事や陸送や代行運転などの経験もあるのですが、この目では無理です。

3　かんべんしてよ、日本人！（その三）

「ハワイタイム」という言葉をご存じでしょうか？　知らなくても、なんとなく意味は推察できるでしょう？　そうです、十分や十五分の遅れは当たり前の、のんびりしたハワイの考え方を表現した言葉です。

私が、一九八七年五月にハワイに着任した四カ月後、日系人で昼間の受付を担当していたK子が辞めるというので、マサ先生が、代わりに二十六歳の、やはり日系人女性を雇用しました。この子がハワイタイムでした。勤務初日から遅刻して来て、マサ先生はかりかりしながらも、一週間我慢しました。言葉を荒立てずに、静かに諭すように注意しても、翌日、やはりハワイタイムだったそうです。最後に注意した時に、そんなのハワイでは当たり前と逆ギレされて、直す気はないなと感じてクビにしたそうです。私はこんな「郷に入っては郷に従え」は、しないほうがよいのに、と思いました。日本人は日本人らしく（日系人にしても）時間に正確なほうが似合いますよ、と思いました。

一方、ハワイから太平洋の残り半分を東に飛んで、海を渡ったアメリカ本土、西海岸に「カリフォルニア病」があることを、ご存じの方は少ないと思います。

これは主に、職に就ければどこへでも自由に移動するアメリカ人の中から出てきた精神的疾患のことですが、詳しいカテゴリーは忘れましたが、第四期まであります。要約すると、気候が温暖でのんびりしたカリフォルニアに来ると、それまで競争社会の中でストレスにさらされてきたアメリカ人が、急にスローライフになってしまって、「どうでもいいじゃん、食えればよ」の心境になってしまうことらしいのですが、ハワイと違うのは、こちらは苦労してきた日系人の中では、ほとんど知られていません。つまり、同じ日系人でも、LAとハワイでは少し違うのです。「先祖や親からの因果応報は、海を渡ると消える」と、コージさんから聞きました。まさに海を越えてです。大海を渡ると人間は変われるのです。私は、私自身が人生最高の時をアメリカで過ごしたので、このことを信じているのと同時に、本当に、日本人は井の中のカワズ……と、思うわけです。

基本的に私が嫌いな日本人は「常に根性だ、精神力だ」と言う人々と、もっと悪いことは、「人間やろうと思えばできないことはないんだ」と言う人々ですが、その割には精神医学も進歩せず、まだ日本ではタブーの領域です。言う割には、精神性が低いのが日本人です。だから養老孟司先生の『バカの壁』が売れるのだし、売れた割には、日本は全然変わっていません。東大医学部では、野口英世ら有名な日本人の脳を保存しているそうです。外国人が「日本人は脳が軽いんじゃないか?」と言ったから、というのですが……。

相変わらず、国会議員や役人などの公務員と、大会社の管理職以上の人間たちだけが、小さな社会でいい思いをしています。

バカの壁＝常識の壁と、私はとらえていますが、日本の常識は世界の非常識です。カリフォルニアだとアメリカ市民の中では病気にされてしまう精神状態の人が、現代の日本では大手をふって生活しています。古い体質から脱け出せず、前例に倣って物事を進める人たちが、この国では常識人です。学習能力もパソコンを習うように、皆がやれば、そうするだけです。

日本は、○○会など一部の有能な人たちの集団と、国会にしても、地方にしても議員さんたちと役人などの公務員、そして大会社中心の社会主義国家ですから、個人の特殊能力はあまり認めたがらない。文化やスポーツ、芸能は、一般人の中では遊びととられていて、よく遊び人と呼ばれます。文化後進国です。

私も含めてですが、日本人は本当のアメリカを知りません。と言うよりは、アメリカには共産主義者以外の全ての地球人がいますから、別の言い方をすれば何でもあり、自然環境なども、冬になると湖が凍って車が走れる所もあれば、常夏の国もあります。従って、住んでいる人たちもいろいろです。これがアメリカだと、断言する言い方はできない国なのです。日本人はこのことにもっと留意して、もっと広く地球を見つめ、人間を見つめてほしいな、と思っています。

競争に勝って、金持ちになり、成功した会社、個人は、もっと社会還元してください。弱者を助けてください。自分たちが蹴落としたのですから。不正を働いて何十億も儲けて逮捕された方々、陰で泣いた人たちが大勢いるわけですから、半分くらい社会還元していたら、果たして検察は逮捕したでしょうか？　毎年、自殺者が三万人も出るようになってから、もう六年以上の時が過ぎました。こんな国です日本は、日本人は……。

日本人には、驕(おご)り症候群という病気があります。サラリーマンになって安定収入が得られ始めると、自分は偉いと思う人たちです。また、選挙で選ばれると勝ったと言って、やはり急に偉くなったと錯覚する人たちのことです。そうでなくても、組織の中などで出世したと自覚すると、日本人は皆、この病いが出てきます。私が考えた言葉ではありません。何十年も前から、この症候群はあるのです。歴史的と言ってよいでしょう。

この項の最後に、私がアメリカから帰国して、今でも目につく、鼻につく日本人の習性を記述します。それは、公共の場での、よそ見歩きです。あらゆる場所で、平気でよそ見歩きをします。これは、アメリカでは一度も見た記憶がありません。ひどい者は携帯電話をいじりながら歩いています。また、死角になっている階段の踊り場やビル内の廊下の角でも、行く先前方が見えないのに、平気で下を向きながらだったり、まるで、自分一人しか世の中にいないと思っているのかスタスタと早歩きで、曲がって来ます。もっとひどい連中は、バスや電車を降りるとき、またスーパーの通路などで、自分の歩む先以外の方向を、後ろだったり横だったりを見ながら、進んできます。

いったい、日本人はいつから、こんなになってしまったのだろう？　私が、気がついて腹立たしく思い始めたのは、帰国してからですが……。

余談ですが、帰国直後、街中で、後ろ姿を見ただけでは、男女の区別がつかない若者が、たくさん見受けられました。髪を伸ばして、手足の色が白くキャシャな体つきの若者が多いので判別できなかったのです。これは、実害はないので構いませんが、よそ見歩きは、本当に危険です。アメリカ人なら、事故があればすぐ弁護士を入れて裁判にするので、誰もよそ見歩きをする人間などいません。友人同士などで話しながらの歩行でも、常に前方に目配り、気配りをしています。日本人のこの行動を、平和ボケと言うのでしょうか？　また、銀行や鉄道の切符売場などで、ピッタリ後ろにくっつかれて並ばれるのも、これはアメリカに行く前から感じていましたが、気持ち悪いです。帰国してからは、もちろん、手で押しのけたくなるくらい不快でした。誰かどこかで、教育期間中の三歳から十五歳くらいまでの間に、公共のマナーや、公共道徳を教えてあげてほしいのですが。パソコン操作を教える前にです。よろしく、お願いします。

ところで、やれウーマンリブだ、レディーファーストだ、と言って、アメリカの男女間の関係を誤解している日本人が大変多いと思います。

音楽やコメディーのライブなど、また催事でＭＣ（司会）が、レディースアンドジェントルマン、と真っ先に観客に呼びかけるのは、現実が逆だからです。公共の場ではなく、家庭やプライベートな場では、アメリカ人男性に紳士は少ないし、女性も淑女は少ない。どちらかというと、マッチョな乱暴男に、ガサツなジャジャ馬女です。男の子は高校生ぐらいからプロテインを飲んで、プッシュアップ（腕立て）やレイズアップ（腹筋）にはげみます。異性としてお互い求め合う時代に礼儀として女性を立てることを知っているだけです。西部開拓時代の名残なのでしょうが。ですから、愛の冷めた夫婦間、または親子間が一番悲惨なＤＶ（家庭内暴力）となって問題が表面化します。なぜなら、アメリカの大男は奥さんでも娘でも気に入らなくなると、拳で殴りますから。実際にハワイで有名になってしまった、大柄なご主人に壁に叩きつけられて頭がおかしくなったという評判の小柄な元・日本人妻もいます。まあ、そこまでエスカレートして大事になるのはまれにしても、一般的にアメリカの亭主は女房にサイフは預けません。女に金銭の管理は無理と思っているようです、資本主義の権化の国ですから。

私が目にした、二つの実例を紹介します。

最初はワイキキのファーストフード店でした。忙しい時間帯の夕方、夕食を摂ろうと混雑する注文レジに私が並んだとき、ほぼ同時に隣の列に並ぼうとしていた、旅行者らしきアメリカのファミリーの亭主は幼子を片手に抱きながら、もう一人の小さい子を足元に静かにさせて、ポケットから二〇ドル札を出し、奥さんに自分が食べたい品物を告げると、買って来てくれと言っていました。奥さんは小さな子に〇〇でよいでしょう？のような言い方をすると一人で列に並びました。父・子は席を取って静かに奥さんの列が進むのを見ていました。

二度目は、その半年後くらいにユタ州でした。K君と旅行中、金曜日の夜七時頃のレストランでした。隣のテーブルに西部のカントリースタイルのファミリーがいました。男性は大柄で革のジャケット、ジーンズにブーツ。女性は地味な色のロングドレスで食事していました。男女二人の子供も同じようなカントリースタイルで、奥さんと子供はか細い声で、可愛らしい話し方でした。一家の長が男性であることがハッキリ見てとれます。私たちより先に食事の済んだファミリーはテーブルにチップを置くのも、レジで支払うのも、全て男性がしきって外に出て、テンガロンハットをかぶりながら車に向かう後ろ姿も全て男性中心でした。アメリカでの男女間の考え方は、日本人の認識とはかなり違っています。アメリカの亭主は女房の社会性を信用していない。まだ、女性の大統領が誕生していないことからも理解していただけるでしょう。

アメリカのティーンは男でも女でも、自分をなるべく大人に見せようとします。背のびをするのです。一方、海を越えた日本では、全て、カワイイー!の一言で、わざと子供っぽく、幼く見せます。タレントがまさにその代表ですが、幼児化してしまうのです(そのほうが売れるから)。

日本にも、「女・子供のやること」といった、男女間での差別言葉とも取れる言い方はありますが、現実の多くは亭主は女房に財布を預けて父権や家長権を放棄していますから、日本社会はすでに女性中心に形成されていて、経済、商売も女性をターゲットにして回っています。そろそろ考え直したほうがよいと、私は思っています。

「家庭や家計は、女にまかせるのがよい(平和)」と言って、人体構造上明らかに男女は違うのに、男女平等➡モノラル化➡幼児化現象と、私はとらえていますが、男権を放棄した団塊世代に始まる「女・子供化」社会が、日本をダメな国にした一つの要因ではないでしょうか。

4 母の死(追記)

二〇一四年十一月二十六日、私自身の定期通院の帰りY市の姉のマンションへ行きました。八月に母から電話があり、「腎臓が悪いらしいのだけど、大丈夫だから」と言いました。その後（四～五日後？）もう一度電話があり、「この病院、看護師の教育がなってない」「ナースや職員の会話がウルサイので退院する」との事。四カ月が過ぎてしまいました。私は母と姉の生活状況を見て愕然としました。二人共、かなり病状が悪化していて、翌朝食後、母は前のめりにうなだれ、姉は背あてにもたれ上を向き、口を開けて居眠りを始めました。困ったな、今後、私はどうしたらいいのだろうか？と思案していると、姉が目覚めトイレに立ちました。そのジャージのお尻が丸く濡れていました。とりあえず、私は千葉の家から、姉の主治医の往診に合わせた通いのローテーションを決めました（三日目だけ千葉に戻る）。姉の主治医から、「（母と姉を）一緒にしない方が良い」「（母を）施設に入れた方が良い」「あらぬ事を口走るし……」と助言されて、母を施設に入れ、その近くで私が姉の世話をしようと決めました。母の腎臓病が、姉の腎臓病を追い越しつつある状況でした。すぐに、高齢者向けマンションと施設が併設されている物件を見つけ、引越しを決めました。

ここから（この施設）が地獄の始まりでした。同市内に、腎臓内科のあるＹＫ病院があり、私はそこを目標に決めました。その時は最善の策と思っていましたが、逆でした。姉は私が世話するのでマンションを内見した後は黙って従ってくれましたが、母は納得せず、通帳等も二人とも私に預けることをしぶっていたので、時間をかけて取り上げ、やっと二〇一五年一月十六日に転居しました。まもなく二月九日、施設の契約医師から私に電話が入りました。母の胸と両足指のつけ根に紫斑が出ているので、ＹＫ病院の循環器内科へ救急搬送するそうで、同乗せよとの事でした。施設からも一人同乗するそうですが、母に狭心症があることは分かっていましたが、少し変だな?と思いながら救急車に同乗すると、施設からも、若い女性が一人乗って来ました。さっそく私が、身分と名前を聞くと、「ワーカーです。Tです」とだけ答えました。

救急車がYK病院に着くと、このワーカーは、母のハンドバッグだけを持って救急車を降り、急患受付へと向かいました。仕方なく私が母の靴とコートを持ちました（逆では?）。私を無視しています。母がハンドバッグに現金を入れていたことを、施設の人達はもう知っていたのでしょう。施設の所長はオカマバーの経営者で、水商売の女性が数人（素人なのに）働いていました。このTは、私を無視してYK病院と話をしようとするので、とうとう私は切れました。施設とマンションの運営会社の部長に直接電話して、このまま退去させる通告をして、Tに帰るように伝えましたが、まだ私を無視して、病院と話そうとします（病院の受付も若い女性で、私を無視します）。

病院の診察も、心臓は大丈夫との事で、帰宅させられました。が施設には戻らず、私の生家に母を帰すと、すぐにマンションのバス停一つ先にアパートを探しました。母の紫斑は心臓の悪化ではなく、気が強く限界を越えての歩き過ぎと私は分かっていましたが、素人集団の施設のワーカーや契約医師、救急の研修医には原因は不明で、本人も大丈夫と言っていますから……だって。呆れました。しばらく、昼間だけマンションで二人で暮らし、夜、母をアパートまで、バス停一つ分約五〇〇メートルを車イスで母にライトを持たせ、マンションとアパートを毎日二往復していました。昼間は三人でマンションに……姉と母の状態を見ながらどちらかと一緒にいる生活でしたが、まもなく運営会社の大卒の担当女性が、キャパ二人ですが三人でマンションにいてくださって結構です、と許可をいただきました。

姉はこの時、マンションの隣のT内科とYK病院の二カ所に、定期通院を（医師同士で連絡してくださり）始めました。母も、私と姉と一緒にいられることで、少しだけ落ち着き、平穏な時が一週間程ありました。しかし二月二十四日、母は胸が苦しい気持ちが悪いと言って、食欲が落ち元気がなくなりました。深夜でしたが、今度は私が救急車を呼び、再びYK病院の夜間救急に入りました。しかし夜間当直の研修医では、やはり母の病態が分からず「心臓は大丈夫です。本人も、大丈夫と言っていますから」と、「昼間、胃腸科を受診するように」と、偉そうにほざいていました。夜が明けてから近所のK医院（消化器が専門）に母を連れて行きましたが、K先生は、母が姉と私を生んだ家の町内で開業して移転して、地元に尽くしているベテランで、良心的な先生です。母に点滴しながら、胃腸は大丈夫だがほとんど意識がもうろうとしている母を見て、急変するかもと八時間も処置ベッドで診てくださいました。夜早い時間、少し落ち着いたのか受け答えできるようになったので、帰宅しました。その数日後、T内科のM先生がYK病院の腎臓内科の予約（初診）を取ってくださいました。姉が三月九日、母が三月十二日です。

三月八日の夕食後の十九時、母が横向きですが、直立状態で、アゴを上げイビキをかいて眠り始めました。二十一時になっても寝返りを打ちません。姉も異変に気づき、「(病院に)連れていった方がいいわよ」と言いました。チェーンストークスを考えましたが、イビキをかき始めてからもう二時間経っています。声をかけたり起こすのは危険と思い、一睡もせず観察しながら翌朝の対応を考えました。救急車は呼びませんでした。翌日の三月九日は、姉の定期通院の予約があり、母のYK病院の初診予約(三月十二日)があるので、私一人でどうやって二人を病院へ連れて行くか?です。何とか手段を考え出し、朝七時に、タクシーに私、母、姉の三人で病院に向かいました。母の車イス、姉の車イスは、病院のを使いました。そして無理矢理呼び出した親戚に姉を預けて、母の受付整理券4番を取りました。しかし、案の定、受付事務の女性は手続きを拒否しました。私はワザと大声を出し、意識なく車イスに乗っているだけの母を指示し(イビキはタクシーに乗せる朝方止まっていた)、「見ろ! これでも診察を拒否するのか?」と、救急で二度追い返されていることも含め、「今日は帰らないぞ!!」と、まくし立てました。

フロアガイド(案内)に出ていた、ベテランらしい看護師が飛んできました。母をひと目見るなり「すぐ手続きしなさい」と受付事務員に命じ、母を見ながら書類(カルテ)が出来ると「私が押します」と、母の車イスのハンドルとカルテを同時に持ちながら処置室へと移動しました。移動中に、研修医は困ると姉の主治医を私は指名しました。その日の内に入院が決まり、翌日やっと病態が分かりました。アンモニア中毒だったのです。担当の医師も、病棟の別の優秀な医師(指導医)に代わりました、前日救急で母を追い返した(胃腸科へ連れて行け、と言った）研修医も説明に来ましたが、相変わらず言い訳がましく、半人前のクセにプライドだけは一人前だったので、「もっと真摯に医療にたずさわれよ！」と私が言うと、ムッとして口答えしそうになったので、もういいと面談を終わりにしました。

　母は六十日間入院して、少し元気を取り戻しましたが、今回の治療で、だいぶ腎臓は悪化したようです。脳内の血管に異常があるのは二〇〇四年の脳ドックで分かっていましたが、門脈（肝臓）にも天然のシャント（バイパス）があるようですと説明は受けましたが、造影剤は腎臓を殺しかねないとの事で、確認はできませんでした。

　四月二十九日、次の病院（Ｋ市Ｋ病院）へ転院させられる前に、病院の隣のブロックに私と姉用のアパートを借り、毎日母の面会に行けるように準備しました。私たち家族が若い頃住んでいた風光明媚な観光地のＫ市ですが、郷愁はありませんでした。あまりに変貌していたので……。Ｋ市Ｋ病院では、入院したその夜に母は騒いだようで、翌朝、相談員から出ていくように言われましたが、私は聞きませんでした。五～八月まで、毎日私が面会すると同時に外泊で気晴らしさせて、またリハビリの女性理学療法士がとても優秀な方だったので母も少し落ち着き、私も大変助かりこの理学療法士さんには、今でも感謝しています。九月四日の母の誕生日に外泊後、慢性病棟に移る事で、Ｋ病院と話がまとまりました（五～八月は、一般病棟で問題は度々ありましたが、おおむね良い状況でした）。

　慢性病棟に移ってからリハビリもなくなり、どうも具合が悪いので、また九月十六日に外泊させました。母は気が強いので、這ってでも行くと、一人でトイレまで夜中に這って行っていました。同じ病院なのに、この慢性病棟ではヒドい仕打ちをされました。ここからは感情移入をさけ、簡単に書こうと思います。まず外泊の後、病室に戻りPT（ポータブルトイレ）を戻してもらったら臭いのでフタを開けたら、外泊前に母がしたオシッコとお尻をふいた紙がそのままでした。その後、ある日の昼食時に面会に行くと、母のベッドテーブルにゴム手袋が置いてあり、夕方もう一度私が面会に行くとまだ置いてありました。嫌がらせでしょうか？　その後トイレに一人で行きたがるので、バルン装着と点滴用血管確保を右そけい部にされ、私も仕方なく同意書にサインはしたが、母はまだ意識ははっきりあります。ある夜、バルンをベッド左、点滴チューブをベッド右に出し、動けない状況にされたので、母はどうしてもバルンにオシッコを出す事ができずに度々ナースコールをしたらしいのですが、当直の看護師Mは「しょっちゅうナースコールしないでよ！」と母を怒鳴りつけたそうです。翌午前、病棟の医師と師長は「充分な看護ができず、申し訳ありません」と私に詫びましたが、当のナースは素知らぬ顔をしています。

気が強かった母ですが、この件で「何をされるか分からず恐い」と言って、精神をズタズタにされ沈んでしまいました。私は母をK病院から退院させる決意をして、在宅で母と姉の世話する覚悟を決め、すぐに別の貸家を探しました。在宅で、診療所の院長に往診していただき、三度目の三人の生活を始めましたが、往診の院長が見るに見かねて、次の（母の）病院を決めてくれました。次の病院でも母は、家に帰ると言って度々騒いだようですが、ナースの一人とヘルパーの一人が、「すぐに来てください」と、私に電話してきます。師長や他のナース、ヘルパーは、私が自宅で姉の介護しているのは知っていますから、よく母をなだめていてくれたようです。そして相談員の女性が、在宅介護を、と私に言ってきます。できないと言っているだろうと、とうとう私は切れてナースステーションの前で、怒鳴りつけましたが、ナースは一人も目を向けず出て来ません。無反応でした。

二〇一六年一月三十一日、母は亡くなりました。目にウッスラ涙を浮かべて……。

この国の医療介護体制、まだまだ言いたい事、書きたい事がたくさんあります。細かい不愉快な事は数えあげたら、キリがありません。脳血管障害も、腎不全も、不治の病ですから、命を亡くしたのは仕方がありません。しかし安楽に行かせてあげられない、我が国の医療介護看護体制って、何なのでしょう？　人非人国家、恥知らずな国としか表現のしようがありません。

5　姉の死

姉の最後を書く前に、医療費削減のために厚労省が平民に勧める在宅介護は、健康な成人が、（身内、家族に）三人いなければ成り立ちません。当たり前でしょう？　経済活動に専念する者が最低一人必要だし、被介護者を介護（交代で）する知識、経験、能力を持つ者が、少なくても二名必要だからです。私は若いとき医療施設で理学療法室主任として働いていましたから、何とか一人で母と姉の成人女性二人を介護しました（うまくできたわけではありません)。でも二度倒れています。二〇一四年十二月~二〇一五年一月末の二カ月で体重が七キロ落ちました。生まれて初めての事でした。

二〇一五年三月九日、やっと母をYK病院に入院させることができた翌日(三月十日)、私は午前十時を過ぎても血圧が上がってきません。上が一〇八位でした。すぐにK医院へ行き、待たされている間に、少しだけ上がってきました。診察を受けたのは昼すぎでしたが簡単な検査後、「薬も処置も何もしません」「寝てください」と言われ帰宅しました。

二度目は、母が亡くなった後の二〇一六年九月八日です。朝、目覚めて天井を見たとたん天井が回り始めました。まだ動けたので、トイレで用足しを済ましても落ち着きません。二階にいては大変と思い、ゆっくり階下へ下りました、姉はもう車イスに自分で座っていました。周囲もグルグル回りはじめて、気持ちが悪くなって吐きはじめました。二~三回吐いた後、脳卒中はマズいと思い、電話をかけました。姉の主治医の診療所が、すぐに救急車を呼ぶようにと介護事務所へ連絡。私も同級生のボランティアに、すぐに姉のために誰かをと連絡して、救急車を待ちました。地区で有名な救急病院へ着くと、様々な検査、処置を施してくれましたが、漢方薬二袋を服用したのは忘れません。すぐに治まると、CT検査でも、脳に異常無しで、土曜だったので、週明けに耳鼻科へ行くようにと帰されました。一過性の三半規管の異常があったようで、月曜の耳鼻科の診察でも異常は見つかりませんでした。

この頃は割と、姉も落ち着いていました。二〇一五~二〇一七年、姉はどうも七月になると調子が悪くなるようでした。血圧も乱降下します。二〇〇六年姉自身が気がつき、脳梗塞と診断されたのが七月十三日でしたので、トラウマがあるのでしょうか？　二〇一六年十二月、姉の血液検査で、腎臓の数値が少し良くなっていました。母から私が受け継いだ食事療法が効いてきたと勘違いした私は、姉の主治医の、共倒れされても困るとの発言で、施設入所かショートステイを考え始めました。

ここからが姉の地獄です。姉が黙って行ってくれた施設ＭのＳは、全く食事療法してくれませんでした。私に直に電話をくれて食事療法を相談、実行してくれた施設は人気があって順番待ち三年位との事で、ショートステイ用ベッド二床しかなく、月二回取るのがやっとでした。姉の腎臓の数値が悪化すると同時にむくみも目立つようになってきました。二〇一八年一月十五日、スーパーやコンビニで売っている小さな鏡モチをスライスして、薄味で煮込んであげると、「おいしいわ〜」と言って、喜んで平らげてくれました。最後の笑顔でした。二月になり、このまま悪化するのを黙って見ているのは余りに可哀想と思い、地方に行ってでも、姉と二人で入れる施設を探そうと考えました。どうせどこへ行っても、帯に短しタスキに長し、の施設ばかりというのは承知していたので、私も隣の部屋に入居して、私が世話をすれば良い、私の目が見えなくなったらそのまま世話になろうと考えました。この考えが、姉に地獄を見せてしまいました。私がそのような施設を探す間だけ、介護者を休ませる、レスパイト入院で、入院させてくださる病院を、主治医のＩ院長にお願いしました。Ｋ市の中核病院であるＯＣ病院長に交渉してくださり診察を受けて入院が決まりました。二〇一八年二月二十日でした。

家族にとって、死は簡単に受け入れられるものではないのです。たとえ寝たきりになろうとも、肉親は自分が介護してでも生きていてほしいと願うものです。第一、姉はまだ、私の事を認識しているし、理性も保っています。チンピラ医師や看護師に、勝手にトリアージして欲しくないです。災害でもない、事故でもない、平時です。ただ、不治の病というだけで、勝手に人間を捨てるな！　姉を入院させた後、一旦家に戻り、夕方四時半頃、姉の病室に入ると、六人部屋の入口すぐ右です。アレーッと思いましたが、五時になると、帰宅？の掃除のオバチャンらしい人が、私と姉の前で「昨日楽しかったね、また行こうねーっ」と、看護師と談笑しながら帰って行きました。看護師も、「楽しかったねーっ。また行こうね」と答えています。姉が弱々しい声で、ウルサイ！と言いました。ここはダメだと思い、翌日、月二十八万円と高かったのですが、前述した、二人で入所できる施設を探すまでと決めて、入所の相談をするとベッドは空いているので入所は可能と相談を済ませると、ＯＣ病院の看護師から電話が入りました。個室へ移ってもらいたい旨でしたがもちろん承諾して、夕方、また個室の方へ面会に行くと、ちょうど入ってきた看護師が、「ハイ口開けて」と言って姉の口に散薬を流し込み、その後ベッドの反対側へ行くと、私に「もう帰られるでしょう？」と言ってきました。Ｓ院長と相談した内容など何も伝わっておらず、姉を追い出しにかかっているようです。二月二十一日、夕方のまだ六時です。翌朝九時すぎ、また看護師から電話があり、担当医師から話があるので、午後二時に来てください、との事。私は、すぐに察知して、昨日相談した、月二十八万円の施設に、今日の午後三時頃に再度、相談可能か確認しました。午後一時五十分には、姉の病室で、担当医師を待っていましたが、その時、姉は悲しそうに、「施設に入る」と、か細くつぶやきました二時三十分、やっと医師が来ました。「在宅介護してくれ」と言うので、「分かった。今、この場で退院させる」と私が言うと、PTに腰かけていた姉が腰を浮かせて私に付いてこようと。すると「ホラ、ごらんのとおり転倒のおそれがあります」だと。側にいた看護師にバルンはずせと強い口調で言って病室を出ると、廊下で、医師が私の言動にあせったのか、私の両肩をつかみ「大声を出さないでください」。私はつかまれた両肩を無意識に払いのけると、今度は「オッ、暴力ふるったな?」だって。呆れた私が無視して、前述の施設に相談に行こうとエレベーターの手前で、今度はそのチンピラ医師、右腕を私の首に回して、ヘッドロックの状態で「なあ、昨日はあんなに仲良く相談したじゃねえか?」だって。私はそれも払いのけ、無視して施設に相談のためOC病院を出ると、やはり昨日相談した相談員の女性が、「スミマセン、スミマセン、大丈夫ですか?心臓悪いんでしょう?」と追いかけてきました。「心臓も目も悪いと言っているだろ!」と突っぱね、歩いて施設へ向かいました。OC病院とツーカーかもしれないと少し心配でしたが、今は他に手段がありません。K市、OC病院は、殺人病院です。

二〇一八年二月二十二日(金)、白い悪魔たちに姉の心はズタズタにされ、この日から姉の病状は悪化の一途でした。その後、夕方すぐに介護タクシーを呼びOC病院を出ました。三月一日に、施設の責任者二名が姉と面接して、問題ないですと、三月五日に入所が決まりました。三月三日には、元の診療所のI院長が、診察に来てくれて、「私が診ます」と言ってくれましたが、頭に血が上っていた私は、OC病院のGM医師にヒドイ事されたとグチるばかりで、別の施設にとりあえず入所させ、その間に私と姉二人で入れる施設を探すと、I院長の申し出を辞退してしまいました。もっと冷静になれば良かったのですが……。高額の施設に姉を入所させてから、二人で入れる施設を探し続け、二度面会に行ったのですが、やはりの姉の病状はどんどん悪化していき、とうとう四月五日、O²濃度も下がり、前述した湘南一の病院に救急搬送されました。救急外来では、やはりここもチンピラ医師が多くすったもんだしましたが、とにかく命を救うため透析してほしいと頼み、腎臓内科の特別室へ入院させました。命を救う治療に、発熱があったり、O²が下がったりで、だいぶ手間取りました。担当のOR女医さんは、懸命に姉の命を救ってくれました。私が初めて透析室に様子を見にいった時、だいぶ手前で「ヨイショッ」と女性の大きな声が、聞こえました。看護師の掛け声に姉が同調していたようです。生きることに頑張ってくれていると感じました。つらい未来しか見えないのですが、この救急外来が有名なSK病院は、あらゆる治療を施してくれて、姉は意識が戻りました。「私、歩けなくなっちゃった」と言いました。リハビリ男子だけが、やる気を感じさせず、「こいつはダメだな」と思いましたが、元々もうリハビリは無理と思っていたので、OR医師には何も言いませんでした。透析が順調ならば、南房総の「サ高住」に、二人で入居し、隣のSクリニックで、透析を続けることで準備し、予定していました。世話は、私がするつもりでした。シャントの手術も済み、透析が安定し、担当のOR女医さんも、透析が順調なら、もっと良く（元気に）なりますよ、と言って、五月十五日に転院の民間救急車を送り出してくれました。私たちを地獄のどん底に落とすことになるとはOR女医さんも思わなかったのでしょう。

五月十五日から五月三十日までは順調でした。姉も落ち着いています。ただ、「サ高住」の施設の職員はヒドかった、全員素人です。看護師が日勤で一人、時々の夜勤では三人程いました。信用できないので、ほとんど全部、私が姉の世話をしていました。五月三十一日、K市の貸家の解約日なので、施設を朝早く出ました。入浴日だったのですが、姉を風呂に入れてませんでした。機械を動かせる人がいなかったと言い訳しましたが、翌日から、姉の体の全身に浮いてきたアカ落としが、必死に始まりました。六月五日、私自身の定期通院日なので、また朝早くから施設を出ました。今度もできるだけ早く、施設に戻ったのですが、六月六日姉を無理矢理入浴させました。Mさんという足が不自由ですが信用できる頑張っているヘルパーさんに、入浴機器を動かしていただきました。胸からタオル巻いて、足のアカを落としてあげている時に、姉が「もういいよ」と言いました。六月八日から再三再四発熱するようになり、三十八度を時々超えるようになりました。日勤らしいOナースに先生を呼ぶように頼みましたが、解熱剤で対応するように言われてますからと、S院長を呼ぼうとしません。六月十八日に、施設長のSマサシに先生を呼ぶように直接告げると、二十日の昼頃ならと返事があり待つ事にしました。その間、弁護士に連絡して透析可能の施設をリストアップしてもらい四～五件連絡を取りましたが、やはり全て空きがないとの事で否でした。

六月二十日、やっとSクリニックの院長で、サ高住施設の理事長でもあるST医師と初めて話しました。入所の時は、私から挨拶したのですが無言でボーッと突っ立っていた医者です。精神を病んでいるのか死んだ魚のような目で、「尿路感染なのでウチで治療できます」と、どうせどこへも転院できないと見透かしているようでした。夕方五時すぎ、Sクリニックから施設に連絡が来たようで、「血が出ているので来てください」と言うので、ちゃんと話せと一喝して、初めてクリニックに入りました。姉が無表情で横たわっていました。医師らしい男性二人と看護師数名がいましたが、救急車を呼んだものの、まだ受け入れ先は決まっていない状況でした。姉が血の混じった吐瀉物を吐いたようです。救急車が到着し、男性医師?が、有名なKクリニックを個人的に医師（先方の）と話し、お願いしたようでした。今準備しますと言って、都合呼び出されてから救急車が出るまで、二時間かかりましたか。走行一時間でERに入り、救急外来の若い男性医師が、横柄な態度で一度私の所へ来ました。ここもダメか～と心の中で思いましたが、次の若い女性医師は可愛く親切でした。「すべてを話してください」と言い、だいぶ長く私の話を聞いてくれて、「すべての検査をします」と言ってくれました。三度目に呼ばれた時は、男性医師二人で、専門を告げてくれましたが忘れました。救急隊から渡された資料に、Sクリニックでは熱が出ていないと、私に告げました。やられました。Sクリニックで救急車が中々出発しなかったのは、カルテを改ざんしていたのです。この三度目の前後に、施設のケアマネが、(名前も覚えていない) 私のヒジで血圧を計った、Sテツヤに乗かってきたと言って、待ち合いの私の後に座りました。娘が所沢にいるとか、時々くだらない話をふってきます。Kクリニックでは、その夜六月二十日 (私の六十六歳の誕生日) から二十一日の朝にかけて、約十人位の医師が関わり、ほとんど全ての検査をしてくれたようです。朝三時、ケアマネの「施設に帰りませんか?」の発言に切れて、「もう帰れ、二度と戻らない。退出する」と告げ、帰しました。姉の死に直面している状況なのに、こいつら皆、人非人だと思いました。

朝五時 (二十一日)、やっと集中治療室で、姉と会えました。もう、姉は落ち着いていて「ここどこ」、説明すると「私、地理は強い」と言って理解したようでした。「水が飲みたい」「肩が寒い」の四語が、最後の言葉でした。朝六時のバスで、木更津へ向かい、茅ヶ崎からの同級生と八時に待ち合わせして、施設に姉の身の回り品だけ取りに行き、自宅に寄った後、Kクリニックへ戻りました。更に医師が増え、腎臓内科の若い女医二名から、シャントがつぶれていて、透析ができていたのか?と聞かされました。呆れましたが、Sクリニックは絶対許さんと心に決め、看護師三人がかりで姉のアカ落としをしてくれているのを見て、安心して帰宅しました。翌二十二日は弁護士と面談を約束していましたが、深夜二時四十分頃、Kクリニックから電話があり、担当医が十二時まで診ていてくれていたが帰宅後、姉は持ち直したので、「明日は遠出しないで、病院に来るか、病院の近くにいてください。急変の可能性があります」との事。朝一で、弁護士に面談のキャンセルの連絡をして、都合の良い電車がないのでタクシーで鴨川へ向かいました。偶然、隣家の運転手さんでしたが、何かあったら遠慮せず言ってと、ERの入口で降ろしてくれました。私がERの受付で到着を告げると、すぐに総合内科部長と男性医師二名で、右下腿が敗血症で黒ずんできているのを知らされて、私服の総合内科部長に別室で、「もう可哀想です。良くて寝たキリです」と告げられ、急変するので側にいてあげてくださいと、言われました。十四時五十七分、急に呼吸が荒くなると、私の目の前で姉は息を引き取りました。前夜、持ち直したのは、私を待ってくれたのでしょうか？　祖母はあてつけのように、母の誕生日に亡くなりましたが、姉はずらしてくれたようです。両親にネグレクトのような扱いを受けながらも、一流大企業のNで頑張り、一人でマンションまで買って一所懸命生きてきたのに、不憫でなりなりません。

6　そして、ひとりぼっち

日本国民《平民》が、救われる三つの道。

一、自民党を真二つに割る

一、日弁連（三万九千人の弁護士）が超法規的行動に決起する（警察、検察の協力は必要）

一、米国に再占領してもらう。ＧＨＱの再編成
もちろん、防衛省（大臣、自衛隊）は、米軍に協力する。⇓自衛隊のクーデターに、米軍が、無血説得という形が良いかも知れない。上記は小説のようですが、そのくらい今の日本の行政、国会、医療、教育は退廃していて、絵空事ではすまない処置が必要です。

一八五三年ペリーの来航以来、日本は文化文明に目覚め、モボモガの平和の時代はほんのわずかでした。やがて軍事大国となり、みじめな敗戦を迎えましたが、ＤＮＡの成せる業でしょうか、反省もせず進歩もせず、再び東條内閣以来の、戦後最悪の政権が続いています。このままでは、人類はアジアから滅亡の歴史が始まると、私は思います。

ほとんどの平民国民は知っています。街のコンビニや郵便局、サービス業のレジに十円～千円以内でも、足し算、引き算の暗算ができない人間があふれ出していることを……。キーボードが叩ければいい、ボタンを押せればいいだけの教育は、人間への教育として正しいのでしょうか？　その内、チンパンジーがレジ打ってくれるかも？　ロボットがレジに立つ時代は、もうまもなく来るでしょうが……。これで良いのかな？人類？　人でなし、人非人、生命を軽んじる人々が、社会をリードする二十一世紀になりつつあります。

まもなく私は失明すると思います。姉も私も、この国のクズ人間達が作った、制度（ザル法作りが得意な行政府と立法府、特に悪いのは、耳触りの良い言葉を使って、病気の弱者をいじめる厚労省の通達）に地獄を見せられました。恨みこそあれ、愛国心などありません。神や仏が存在するなら、「この国に天誅を……」お願いします。

もう一点だけ書かせてください。マッカーサーがGHQを閉鎖、帰国時の「日本の成人男子の知能は～」は、前述しましたが、安倍晋三氏が任命した、国務大臣の女性たちはほとんど、「少し頭の良い中学生の女の子レベル」つまり十五歳程度の知能。外国の女性リーダー、特に欧米の各機関のリーダー達との差は歴然！　コロナへの対応を見ても明らかです。私の個人的見解ですが、日本人には、脳血管に天然のシャントがあったり（生まれながらの奇型）、脳梗塞にしても症状が軽い（言動等）ので、見過ごされている方々が、非常に多いように思います。カリフォルニア病の事は前述しましたが、社会的に大それた事はしなくても、身内や個人間で、発言・行動が、（少し）おかしい方々が大勢いるように思います。本書のだいぶ前に記述しましたが、それが、アメリカに住む日本人、日系人、アメリカ人から、「日本人って、バカですよね？」になります。残念ですが……。私は、それに対する言葉を知っていましたが……。

私の残された人生で、やる事は一つです。姉のために生きる。とうとう、一人ぼっちになってしまいました。

あとがきに代えて

　二〇〇六年夏に姉が脳梗塞の病に倒れて、生活スタイルの変更を余儀なくされました。父の死に際しての姉の発言の一部分は本文中に記しましたが、私は八年ほど前から「少しおかしなことを言う?」と感じていました。が、姉の性格と思い、見過ごしていました。我ながら想像力が乏しくて不覚でした。その時、姉の異変に気づくべきだったのです。

　私のみならず、多くの日本人は政治屋たちの失言に見られるように、欧米人と比べると想像力が乏しいと思われます。最近は、大学生ですら、あまり本を読まなくなったと聞きますし（本は、知識と想像力を磨くものと、私は理解しています）……、日本人はもっと情操教育を取り入れて、想像力を豊かにすべきではないかと思います。経済活動ばかりに専念しないで、様々な文化を吸収し、よく遊び、長いスパンで物事を考える習慣を身につけ、日々の暮らしにも余裕をもって過ごしてほしいと願っています。

　〝人生に目標を持ち〟〝本を読み〟〝旅をする〟これは、私の人生のモットーにしているものですが、大切なことではないかと思っています。

姉は、その後、私の主治医のB先生に頼んで、C大病院へ検査入院させました。B先生はすぐに手続きをしてくれて、八月三十日に頼んだのですが、異例の早さで、九月十五日から入院できました。この時、脳以外にも病気がありそうと直感していた私の第六感は当たりました。腎臓がよくないことが判明しました。入院中に母を諭しました。「姉はもう、一人暮らしはできないんだよ」と。初めて口答えもせず、ヒステリックにならずに黙っていましたが、私の言葉を理解したようでした。しかし、ここから、母と姉二人の地獄が始まりました（第七章　４　母の死　以降）。

人間は健康が一番、私は、大好きだった祖母の言葉を常にかみしめています。

家族とは、

一、ひとつ屋根の下に住み、

一、ひとつの財布で家計を営み、

一、役割分担して、仲良く共同生活することとなり。

私は、全ての人の性格や病気の根本は遺伝子にあると、思っています。発症原因や誘因はもちろん別にあると思いますが、コンピュータや電子科学や化学や遺伝子学などあらゆる分野の発達により、今まで分からなかった病気のことなども、この約十五年で急激に解明されてきているので、やはり長生きはするものです。しかし、一般社会の中では、能力不足の医師や、私や、私の家族のように進歩についていけない人たちが必ずいます。役人や議員ら常識の壁を打ち破れない人たちのほうが、現実は多いのです。

私の母は一度、こうしたいと思ったら何がなんでも実行するまで、頭の中では完結しないようでした。昔の軍人を思い出しました。日本の脳外科医、大脳生理学者、精神科医には、もっと頑張ってほしいと、そう願っています。

本文中に少し書きましたが、日本の「やっちゃん体質」だけは絶対に正さなくては、この国は良くならないと思っています。私にとっては、会社役員などの企業経営者も含めて、役人もヤクザも同意の「やっちゃん」です。古くは関東軍しかり、バブル期は土建業や不動産業、政治屋しかりです。最近になってやっと国民が、役人天国やヤクザのやっちゃん体質（談合など）がいけないことに気がつき始めました。私は、これは良い兆しであり、さらに改善を進めなければいけないと思っている国民の一人です。特に、この本の後半の五章以降はその理由を述べた私の半生記ですが、前半に書いたように海を越えて外国で暮らした経験を持つ一人として、「このままでよいのか日本よ！」と、警鐘を鳴らしたつもりです。本書をお読みいただいた方々とともに、これからの日本を考えるきっかけになれば幸いです。

最後に、装いも新たに出版してくださった文芸社のスタッフの方々にお礼申し上げます。

二〇〇七年　夏

広野城治

おわりに

本書は二〇〇七年に文芸社より刊行された『海を越えて』を一部割愛・追加・改稿・改題し、電子書籍化に向け再編集されたものです。

「海を越えて」を書きはじめた時に私は緑内障と診断を受け、見えているうちに書き残さなければと思い、同書を刊行しました。

今回は新型コロナによる外出自粛生活中の今、私は失明寸前であり、前回同様やはり書き残さなければ……の思いです。

一九九二年四月、私は南海の楽園ハワイ、また、夢のアメリカ生活から帰国しました。以後二十八年、何も変わっていない日本の行政、社会に地獄を見せられ続けてきました。

この後、我が人生のエンディングノートとして、日本が変わらなければいけない、社会のしくみを指摘したいと思います。

日本の社会変革のプライオリティー（優先順位）

1、一極集中の解消　（今の日本にもっとも必要）

2、遷都、道州制導入
3、選挙制度改革（いずれも何一つまともに成し得ていません）
4、教育制度改革（今の受験制度の廃止、東大を廃校、（男子に割り増し点をした医大を廃校）
5、刑法改正（道交法も含む交通犯は刑法で裁く・罰は、すべて上乗せ加算式とする）。
6、上記のすべてに関連する行政改革、国家・地方公務員法改正
7、幼児化現象の歯止め（放送倫理法、サイバー管理法の確立）。
（社会学者、加藤諦三先生は、幼児化が日本社会の混迷を招いていると提言している）
※右記7項目は、一九九一年のバブル破裂以前から、賢明なまともな人間性の持ち主達から唱えられていた事ですが、何一つ達成されておりません。しかも、この原稿を私が見えない目で必死に執筆中に）補正予算案が可決されました。Go Toキャンペーン、ワーケーション、何ですか？　平民の私には理解不能です。国民が新型感染症で困っている今、各省庁で予算の取り合いをしています。東日本災害後もありましたが、火事場ドロボウです。日本の官僚は……恥知らずな、人非人集団です。国庫にあるのは、財務省や官僚のお金ではないのです。年貢でもなく、税金です。平民をバカにして国民の財産をむさぼり喰らう。鬼畜、山賊国家です。

第二次大戦中、「米の将、日本の下士官、ドイツの兵」という優秀な軍人の喩えがありました。今は死語です。また、マッカーサーがGHQを閉鎖して帰国後、「日本の成人男

子の知能は、米のそれの十二歳程度」というセリフを吉田茂（総理）は、「まだ成長の余地がある」ということですと、変なフォローをラジオで流しました。果たして日本人成人男子の知能は、その後約七十年、成長しているのかな？　ねえ、お孫さん。未だに日本政府・官僚は、原理原則を理解していないようです。「戦（いくさ）」には、戦力集中の原則があります。寄ってたかって袋叩きにするのです。それが勝利の方程式です。昔、米国が日本にしたように……（ましてや今はウイルスやハッカーにしても見えない相手との戦争です）。また、敗戦しない事を願っています。

日本人には大きな弱点があります。大陸でいじめられ追い払われ日本列島にたどり着いた人々が私達の祖先です。なぜ前歴踏襲主義が社会にはびこっているのか？「楽だから」モノマネやコピーが脳内の省エネなのはもちろんですが、それよりも想像力と創造力の欠如が大きな理由です。更に、驕り症候群です。社会的に少しまともな生活が出来るようになると、威張り散らし、マウンティングしてきます（弱者に対し）、猿じゃあるまいし。もう日本の社会では、チンパンジーのように共喰いが始まっています。残念ですが……。

私は、H－1ビザの資格を持って一九八七年五月から約五年間アメリカで生活しました。我が人生のハイライトでした。南海のハワイ生活は王国でした。Climax、最高潮でした。

本書では、前半で楽しさを強調して、後半は帰国後の地獄を強調して書きました。どうか一緒に憂いてください。嘆いていただきたいです。こんな国に誰がした！　私は実在する浦島太郎です。

※何の業種、職業、政治、水商売でも研究においても、数字が読めない人（大卒の高等数学ではありません、小学生の算数です）は、ダメです。もちろん、公表が大原則です。

戦後最悪の政権下、COVID-19蔓延の日本にて、実はパスポートを再取得し、アメリカ（ハワイ）へ逃げようとした私ですが、遅かった。間に合わず、外房の家でじーっと、自粛の日々です。しばらく静観する他ありません。この機会に深慮することが必要なのでしょう。

いずれ自由にはばたける日が来ることを願って——。

二〇二〇年　秋

著者プロフィール

広野 城治（こうの じょうじ）

昭和27年6月、神奈川県横須賀市生まれ。

昭和34年8月～46年3月、鎌倉市在住。

昭和45年、高校3年の11月、プロ野球・大洋ホエールズの入団テストに合格するも入団を辞退。

昭和46年、神奈川県立横須賀工業高校造船科卒業後、相模原市役所に就職し硬式野球部に入部。

昭和49年8月、第13回神宮崇敬会野球大会に相模原支部チームの投手として全試合登板し準優勝して敢闘賞を受賞。

昭和50年～53年、相模原市役所硬式野球部の主戦投手として神奈川県の社会人野球で活躍。

昭和53年7月、藤沢リトルリーグコーチとして渡米。親善訪問したミネソタ州ミネアポリス市から名誉市民証を受証。

昭和62年5月～平成4年4月、約5年H-1・VISA資格にて米国就労。

千葉県在住。

著書：『海を越えて』2007年 文芸社
　　　『ビーストボール（野獣野球）』2019年 文芸社

カバー・本文写真／著者

あの日のワイキキ　ジョージのつぶやき

2020年11月15日　初版第1刷発行

著　者　広野 城治
発行者　瓜谷 綱延
発行所　株式会社文芸社
〒160-0022　東京都新宿区新宿1－10－1
電話　03-5369-3060（代表）
03-5369-2299（販売）

印　刷　株式会社文芸社
製本所　株式会社MOTOMURA

ISBN978-4-286-21831-1